소포클레스의 비극

횔덜린이 번역하고 주석한

소포클레스의 비극

오이디푸스 왕

안티고네

프리드리히 횔덜린

장영태 옮김

소포클레스의 비극

1판 1쇄 발행 2023년 3월 17일

지은이 | 소포클레스 · 횔덜린
옮긴이 | 장영태
발행인 | 신현부

발행처 | 부북스
주소 | 04613 서울시 중구 다산로29길 52—15, 301호
전화 | 02-2235-6041
팩스 | 02-2253-6042
이메일 | boobooks@naver.com

ISBN 979-11-91758-22-1

목차

일러두기

1. 이 번역의 저본은 요헨 슈미트(Jochen Schmidt)가 편집한 《횔덜린 전집 제2권 Hölderlin, Sämtliche Werke und Briefe in drei Bänden, Band 2》(Deutscher Klassiker Verlag, 1994)에 수록된 《Die Trauerspiele des Sophokles》이다.
2. 각주는 위 번역 저본과 크나우프(Michael Knaupp)가 편집한 뮌헨판 전집(Münchner Ausgabe)을 참고하여 옮긴이가 작성하였다.
3. 원문에서 강조를 위해서 표기한 이태릭체를 본서에서는 고딕체로 표시했다.

제1부

횔덜린이 번역한 소포클레스의 비극

오이디푸스 왕

Oedipus der Tyrann[1]

1 이 독일어 제호 Tyrann은 횔덜린이 그리스어 원제 τύραννος를 그대로 옮긴 것이다. 그리스어 τύραννος는 사전적으로 '지배자', '통치자' 그리고 '전제군주' 또는 '폭군'을 동시에 의미하지만, 독일어 Tyrann은 후자의 의미로 사용되기 때문에 다른 소포클레스 비극의 독역자들은 '왕 König'으로 번역한다. 횔덜린은 τύραννος원문 그대로 번역한 것은 '지배자', '통치자'로 이 단어를 이해했기 때문으로 보인다.

등장인물

오이디푸스

사제

크레온

티레시아스

이오카스타

사자(使者)

폴리보스의 하인

다른 사자

코로스 테바이 원로들로 이루어짐

제1막

제1장

오이디푸스, 사제

오이디푸스

오 그대들 오랜 카드모스[2] 가계에서 새로 태어난 자손들이여,
무슨 일로 그대들은 청원의 나뭇가지[3]를 들고
여기에 둘러앉아 나를 괴롭히고 있는 것이오?
온 도시가 희생자들로 가득하고
속죄의 노래와 탄식의 기도로 가득하구나.
이 일에 대해서는 다른 사람을 통해 듣기를 원치 않아,
내 아이들이여, 모두로부터 명성이 자자한
이 오이디푸스가 몸소 여기에 왔소이다.

어쨌든, 노인장, 이들을 대신해서 말하기에
그대가 적합해 보이니, 말해 보시오! 무슨 연유로
저들이 두려워하고 또는 고통을 겪는단 말이오?
내가 무슨 일이든 도와주겠소. 내가 그런 청원에 연민의 정을

---

2 테바이를 처음 세운 사람.

3 보호를 청원하는 의식에 쓰이는 올리브나무나 월계수 가지.

느끼지 않는다면, 내가 무정한 사람일 것이오.

사제

오 이 나라의 통치자이신 오이디푸스 님이시여!
그대는 많은 이들이 그대의 제단[4]에 주저앉아
있는 것을 보고 있나이다. 이들은 날기에 아직
힘이 강하지 못하고, 다른 이들은 나이 때문에 몸이 무겁습니다.
나는 제우스의 사제이고, 이들 중 더러는 젊은이들 가운데서
뽑혀온 자들입니다. 다른 나뭇가지들은 화환을 두르고
광장에 모여 있습니다. 팔라스[5]의 두 신전 옆에,
그리고 이스메노스[6]의
예언하는 재 곁에 모여 있습니다. 그대도 보시다시피
심하게 도시는 벌써 요동치고 있으며, 심연에서 그리고
붉은 파도에서 머리를 들어 올릴 수 없기 때문입니다.
도시는 대지의 열매를 맺는 잔들에서도,
가축 무리에서도 그리고 여인의 세상에 나오지도 않은 태생에서도
죽음을 알아채고 있습니다. 또한 사악한 역병의 신[7]이 안으로부터
불길을 뿜어내고 카드모스의 집들을 텅 비게 하고 있습니다.

---

4 오이디푸스 집안에 차려진 제단.

5 아테나 여신의 다른 이름.

6 테바이의 강. 강의 신을 의미하기도 한다.

7 아폴론.

그리하여 지옥[8]은 탄식과 신음으로 풍요롭게 되었나이다.
지금 나와 여기 제단에 누워있는 아이들이 그대를
신과 같다고 여기지는 않는다고 해도 세상만사에서
그리고 정령들과의 화합에 있어서
그대를 으뜸가는 분으로 여기고 있습니다.
그대는 카드모스 시에 오셔서 우리가 가혹한 자
여가수[9]에게 바치는 공물을 면제해 주셨습니다. 또한 우리에게서
아무런 단서도 알아보지 않으시고, 가르침도 받지 않은 채,
모두가 말하고 생각하는 대로, 신의 부름을 통해서
우리를 일으켜 세우셨습니다.
그리하여 지금, 만인을 능가할 만큼 강하신 오이디푸스 님이시여!
우리가 그대에게 겸허하게 애원하오니
우리에게 보호의 방도를 찾아 주시옵소서.
음성을 신들로부터이든 한 사람으로부터이든
들어서 말입니다. 내가 알기로는
경험이 많은 사람의 조언을 통해서라면
운명조차도 가장 활발하게 생기를 찾기 때문입니다.
자 어서, 인간 가운데 가장 훌륭하신 분이시여! 이 도시
다시 일으켜 세워 주십시오. 자, 현명하게 행하십시오! 이전의 거침없는 성품 때문에

8 그리스 신화에서의 하데스.

9 스핑크스.

이 나라는 그대를 구원자라 부르고 있나이다.
그대의 통치에 대해서 우리가 바르게 태도를 취했으나, 다시금
쓰러지게 되었다고 생각하는 이들은 없나이다.
굳건하게 이 도시를 바로 세워 주소서!
그러면 이전에 그대가 지닌 힘 그대로, 사람들로 가득하여
텅 빈 곳보다 훨씬 아름다운 이 나라에서 통치하시게 될 것입니다.
그 안에서 사람들이 함께 살지 않는다면,
성벽이나 배들은 아무것도 아니게 될 것이니까요.

오이디푸스

오 가엾은 아들들이여, 그대들이 무엇을 원하여 왔는지
알겠거니와 모를 리도 없소. 그대들 모두가 괴로워하고 있다는 것을
내가 잘 알고 있기 때문이오. 그리고 그대들 누구도 나만큼
괴로워하지는 않으리라는 것도 그렇소. 그대들의 고통은
한 사람에만 해당하며, 그것은 그 사람 자신 이외에는
다른 누구에게도 영향을 미치지 않기 때문이오. 그러나 나의 영혼은
도시와 나와 그대를 위해 비탄에 잠겨 있소.
그러니 그대들은 잠자고 있는 나를 잠에서 깨운 것이 아니오.
그러나 그대들은 내가 수없이 많은 눈물을 흘리며
많은 근심의 길을 헤매고 있었다는 것을 알아 두시오.
그러나 내가 충분히 골똘히 생각해 낸
한 가지 방책을 나는 실천에 옮겼소.
메노이케우스의 아들이자, 나의 처남인 크레온을

내가 퓌토[10]로, 포이보스[11]의 집으로 보내
이 도시를 구하기 위해서 내가 말과 행동으로
무엇을 해야 할지 그가 알아 오도록 해 놓았소.
그런데 날짜를 시간으로 계산해 보건대, 그가
무엇을 하고 있는지 벌써 걱정스럽소. 그가 적당해 보이는
평소의 소요 시간을 넘어 지체하고 있으니 말이오.
그러나 그가 돌아오고 나서도, 신께서 우리에게 계시한 것을
내가 모두 행하지 않는다면, 아마도 나는 나쁜 사람이 될지도 모르오.

사제

제때 말씀을 잘하셨습니다. 바로 지금
저기에 있는 저들이 크레온의 도착을 나에게 알려 주는군요.

오이디푸스

오 아폴론 왕이시여! 그가 여기에 도착하면
구원의 눈빛을 반짝이면서 나타나 주시기를.

사제

그가 만족한 모습을 하고 있습니다. 그렇지 않다면 나무들 중의 나무인
월계수로 가득 엮은 관을 쓰고 오지는 않을 테니까요.

---

10 델포이의 옛 이름.

11 아폴론의 다른 이름.

제2장

오이디푸스. 사제. 크레온

오이디푸스

우리가 곧 알게 되겠지요, 목소리가 들릴 만큼 가까이 와 있으니까.
오, 왕자여, 나의 인척이여, 메노이케우스의 아들이여,
그대는 신에게서 어떤 소식을 우리에게 가져왔는가?

크레온

좋은 소식입니다. 제가 말씀드리는 것이 좋지 않은 일이라 할지라도
결과가 좋으면 모든 것이 만족스러울 것이기 때문입니다.

오이디푸스

그런데 무슨 신탁이 그런가. 자네의 말은 나를
과감하게도, 조심스럽게 하지도 않으니 말일세.

크레온

이들이 주변에 서 있는 이곳에서 듣기를 원하시면
말씀드리겠습니다만, 안으로 함께 들어갈 수도 있습니다.

오이디푸스

모든 사람들 앞에서 말하게나. 나는 나의 영혼 때문이라기보다는
이들을 위해 짐을 지고 있기 때문이네.

크레온

그러시다면 제가 신에게서 들은 것을 말씀드리지요.

포이보스 왕께서 저희에게 분명히 말씀 하셨습니다.
이 땅에서 양육되는 오욕을 이 나라에서 몰아내고
치유할 수 없는 것을 기르지 말라고 하셨습니다.

오이디푸스

무슨 정화를 통해서란 말인가? 또 그 불운은 무엇이란 말인가?

크레온

사람을 추방하거나, 살해는 살해로 갚아야 한다고 했습니다.
그런 피가 우리 도시에 요동치고 있다고 했습니다.

오이디푸스

신께서는 이 운명을 어떤 사람의 운명이라고 생각하시는 건가?

크레온

오, 왕이시여! 그대가 이 도시를 다스리기 전에
이 나라에서는 라이오스가 통치자였습니다.

오이디푸스

나도 알고 있네. 뵌 적은 없으니까, 들어서이지만.

크레온

그분이 살해되었기 때문에,
신께서 분명히 원하시는 것은
그 살해자들을 우리가 직접 벌을 주라는 것입니다.

오이디푸스

그런데 이 나라 어디에 그들이 있는가? 아무런 낌새도 없는 오래전 범죄의 흔적을 찾을 수 있단 말인가?

크레온

이 나라 안에서라고, 신께서 말씀하십니다. 찾는 것은
잡게 되지만, 놓친 것은 달아나기 마련입니다.

오이디푸스

라이오스가 쓰러진 것은 집 안에서인가, 집 밖에서인가?
아니면 그는 이국땅에서 그렇게 살해당하신 것인가?

크레온

신탁을 받으려고 떠나셨다고들 합니다. 떠나신 길로
그분은 다시는 집으로 돌아오시지 않았습니다.

오이디푸스

사자나 동반자 누구도 그 광경을 보지 못했단 말인가?
어느 누가 그 일에 관해서 듣거나 알아보지도 않았는가?

크레온

그들은 죽었습니다. 단 한 사람만이 공포의 현장에서 도망쳐 나왔습니다.
그러나 그가 알고 있는 것 중에 확실히 말할 수 있는 것은 단 한 가지입니다.

오이디푸스

그것이 무엇인가? 희망의 작은 단초라도 접한다면,
한 가지로도 많은 것을 알아보게 되니까 말일세.

크레온

그가 말하기를 도적들이 그를 습격해서
한 사람의 힘이 아니라 여럿이 그를 살해했다는 것입니다.

오이디푸스

도적이 돈으로 매수되지 않고서야 어떻게
그런 불손한 일을 저지를 수 있었겠는가?

크레온

그렇지요. 그렇지만 라이오스가 살해되었을 때,
그런 재앙에서 도움을 주려고 했던 사람은 하나도 없었습니다.

오이디푸스

어떤 재앙이, 통치가 무너졌는데도, 범인을 추적하는 것을
방해하고 추적하지 못하도록 막았단 말인가?

크레온

수수께끼 같은 노래를 부르는 스핑크스가 우리를 몰아붙여, 그 때문에
해명될 수 있었던 모호한 것의 추적을 우리가 멈추었습니다.

오이디푸스

그렇다면 내가 그것을 처음부터 규명하겠소.
아폴론 신께서 어김없이 고인의 복수를
결정하셨고, 그 점에서 자네도 마찬가지이니까 말일세.
전우로서 그대들도 이 나라의, 따라서 신의

복수자인 나를 분명히 보게 될 것이네.
다른 이들을 사랑해서가 아니라,
스스로, 나 자신을 위해서 내가 그 오욕을 내쫓을 것이오.
왕을 시해한 자는 같은 손으로 능히
나를 살해하려고 할 수 있을 테니까.
그러니 내가 그분을 돕는 것이 나 자신에게도 유익한 일이오.
자, 아들들이여, 서둘러 제단에서 일어나
청원의 나뭇가지를 들고 여기를 떠나시오.
다른 누군가는 카드모스의 백성들을 이곳으로 불러 모으시오.
그다음 나는 할 수 있는 모든 일을 다 하겠소, 우리가
신의 도움으로 성공하게 되거나, 아니면 패배하게 될 것이오.

사제

오 아들들이여! 우리 일어섭시다. 우리가 여기에 온 것은
이분께서 말씀하신 것 바로 그 때문이었으니까요.
우리에게 예언을 보내 주신 포이보스께서
구원자로 오셔서 역병의 치료자가 되어 주시기를.

테바이 원로들로 구성된 코로스

오 너 제우스의 호의로 가득한 말씀이여[12], 너는 무엇을 위해서
황금이 많은 퓌토에서
빛나는 테바이로 왔는가?

---

12 아폴론은 제우스의 대변자이다.

나는 두려운 생각에 긴장하여
공포에 비틀거리고 있노라.
비탄하며 기도하는 델로스의 치유자[13]여,
사방에서 두려워하면서,
그대는 어떤 새로운 재앙을, 아니면
돌고 도는 시간 끝에 다시 돌아와, 나에게서 재앙을 끝내려고 하는가?
나에게 말해 다오, 황금과 같은 희망의 아들이여,
너 불멸의 말[14]이여!

먼저 그대를 부르며 나는 왔도다,
제우스의 딸이시며, 불멸이신 아테나여,
그리고 그대의 자매이자,
이 나라를 지키시는 수호신으로
아고라의 둥근 왕좌, 그 명예로운 자리를
차지하고 있는 아르테미스와
멀리 쏘아 맞히는 포이보스도. 오! 오!
그대들 죽음을 막아주는 세 수호신[15]이여! 나에게 나타나시라!
일찍이 이 도시를 덮쳤던
지난날 이 미궁에서도

13 아폴론.

14 델피의 신탁을 의미한다.

15 아테나, 아폴론, 아르테미스.

그대들이 재난의 불길을 몰아내셨듯이,
지금도 그처럼 또한 오시라, 그대 신들이시여!

나는 수없이 재앙을 당했다,
그리고 나의 백성들 모두가 앓고 있다.
그러나 누구에게도 보호해줄 무기가 남아 있지 않고,
아무도 그것으로 보호받지 못하고 있다. 또한
영광스러운 이 땅의 새싹들은 자라나지 않으며,
여인들은 출산의 가엾은 노고를
견디어 내지 못한다. 그대도 보고 있듯이
목숨은 잇달아
잘 나는 날개를 단 새들처럼,
막을 길 없는 불길보다도 더 힘차게
서방신의 강변으로 날아가고,
이렇게 도시는 수없이 고통을 겪고 있네.
불쌍한 이 도시의 아이들은
문상도 없이 들판에
죽어 누워있네. 그러나 그 안에서 백발의
여인들과 노모들은
제단가에서, 다른 이들은 다른 곳에서
몸서리쳐지는 고난을
속죄하면서 탄식하고 있네.
또한 구원을 비는 기도와
한탄의 목소리도 함께.

그러니 오 제우스의
당당한 황금빛 따님[16]이시여,
구원의 힘을 보내 주시오.
또한 청동의 방패도 없이
이제 나를 불태우는 사나운 자, 아레스[17]를 만나
그 물러서는 자를
이 조국에서, 불도 꺼진 채,
암피트리테[18]의 큰 침실이나,
포구도 없는 항구로,
트라케 해안의 파도 속으로 들어가게 해 주소서.
끝내 밤이 지나가면,
한낮이 들어서니까요.
그러면 오 그대, 불을 당기는 번개로부터
힘을 끌어내어, 제우스여! 아버지시여!
그대의 벼락으로 그를 파멸케 하소서!
뤼케이오스의 왕[19]이시여, 그대의 성스럽게 노한
시위로부터 가장 억제할 수 없는
화살이, 조준되어

16 아테나.

17 아레스는 여기서 그저 전쟁의 신일 뿐만이 아니라, 파괴, 재앙, 역병과 동일시된다.

18 바다의 여신. 여기서는 바다를 말함.

19 아폴론.

마치 아군처럼, 쏟아지기를 원합니다!
또한 뤼키아 산맥을 뚫고 솟아오르는
아르테미스의 불타는 횃불[20]도 쏟아지게 하소서!
나는 또한 이 나라의 습속에 따라
도취한 박코스라고 불리는, 마이나스들[21]과
함께 따로 사는 에비어[22]를 부르오니,
환히 비치며 빛나는 횃불을 들고, 신들 가운데
아무 명예도 없는 그 신[23]에 맞서 싸워주소서!

20 사냥의 신 아르테미스가 밤에 산을 넘어 사냥감을 뒤쫓을 때, 길을 비친 횃불.

21 박코스(디오니소스)의 여신도들.

22 디오니소스의 별명.

23 페스트의 악령을 의미함.

제2막

제1장

오이디푸스, 코로스

오이디푸스

그대는 기원하고 있구려, 그대가 기원하고 있듯이, 나에게
귀 기울여 내 말을 듣고 역병을 피하고 싶어 하는구려,
그러려면 그대는 힘을 지니고 악의 짐을 덜어야만 할 것이오.
내가 추적하고자 하지만, 이 사건은 나에게 낯선 일이고,
그 과정은 더욱이나 모르고 있소.
나에게 아무런 단서도 없다면, 당연히 내가 추적하지 못하겠지요.
이제, 뒤늦게 이 도시의 시민이 된 내가 시민들에게 와서
그대들 모든 카드모스 백성들에게 선포하오,
그대들 가운데 누구든 랍다코스의 아들
라이오스가 누구의 손에 죽었는지를 아는 사람은
그 모든 사실을 나에게 알리라고 명하는 것이오.
만일 처벌이 두렵다고 해도, 스스로 범행을 자백하게 되면
그는 별 피해 없이 이 나라를 떠나는 것 이외
다른 처벌로 심하게 고통을 당하지 않을 것이오.
그러나 이방의 다른 자를 범인으로 알고 있다면,
그 범인에 대해 침묵하지 마시오.

그러면 나는 상금을 내릴 것이고, 감사 또한
함께할 것이오. 그러나 그대들이 침묵을 지킨다면,
사랑하는 사람을 위해서나 자신을 위해서 두려워
그 일을 옆으로 밀어 놓으면,
내가 그것에 대해 무엇을 할지
내 말을 들어 두시오. (그 살인자가 누구이든지 간에
내가 권력과 왕좌를 쥐고 이 나라에 있는 한)
누구도 그를 집에 들이거나, 그에게 말을 걸어서는 안 되며
신들께 드리는 기도도, 제물을 바치는 일에도
의식 전 정화행위도 함께해서는 안 되오.
그자를 그 어디에서건 집 밖으로 몰아내야만 하오, 그런
역병의 오점을 우리에게 가져다준 자가 바로 그이기 때문이며,
이것은 퓌토 신의 신탁이 나에게 분명히 밝혀 주었던 것이오.
그리하여 나는 이제 이 신[24]과
피살자와 한 편이 되었소.
범행을 저지른 자가 혼자서 숨든
여럿이 함께 숨든,
나는 그자가 불행하게
끔찍한 생을 살다 가기를 원하오.
내 집의 한 식탁을 쓰는 자라도, 그런 자로 내가 안다면,
내가 이 범인에게 퍼부은 저주를 그가 똑같이 겪기를 바라오.
나는 이 모든 일을 행하라고 그대들에게 명령하오,

24 아폴론을 의미함.

나 자신을 위해 그리고 신을 위해 또한
열매도 맺지 못하고 신도 없이 죽어 가는 이 나라를 위해서.
설령 신에 의해 이 일이 그렇게 정해지지 않았다고 하더라도
가장 훌륭하신 분, 왕께서 살해되었는데도
그것을 추적하지 않고, 그대들이 정화하지 않고
그대로 두는 것을 용납하는 것은 합당치 않소. 나는 이제
그분이 이전에 갖고 있었던 통치권을 차지하고,
그분의 침대를 차지하고, 그분의 아내 자식을
내 아내와 자식으로 이어받았소. 그가
재난을 당하지 않았더라면, 우리는 공동체로 묶였을 것이오.
그러나 운명이 그분의 머리를 덮치고 말았소.
따라서 나는 친아버지의 일이듯이 그 일을 위해 싸울 것이며,
모든 힘을 다해서 언젠가는 살인범을 찾아내겠소.
이전에 통치하던 랍다코스의 아들이자, 포리도로스의 아들이며,
옛 카드모스 아들의 명예를 위해서 말이오.
내 명령을 실행하지 않는 자들에게는 그들이
경작할 땅도, 여인들이 낳을 아이들도 내려 주시지 말기를,
그리하여 그들이 그런 숙명[25]과 더 심한 재앙으로
죽어 가기를 나는 신들에게 빌겠소.
그러나 이 일을 기뻐하고, 전우가 되는
우리 다른 카드모스 백성들에게
신들 모두가 늘 축복으로 함께하시기를 바라오.

25 페스트를 의미한다.

코로스

그대가 저를 저주 안에 넣어 묶으시니 드리는 말씀입니다만,
제가 살해하지 않았음은 물론 살해자를 밝힐 수도 없습니다.
누가 범행을 저질렀는지 추적하고자 한다면,
포이보스께서 전언으로 말씀해 주셔야만 할 것입니다.

오이디푸스

옳은 말을 했소. 그러나 신들께서 원치 않는 것을
사람이 그들에게 강요할 수는 없소, 그 누구라도 말이오.

코로스

그렇다면 제 생각에 떠오르는 두 번째의 것을 말씀드리겠습니다.

오이디푸스

세 번째 것도, 말하지 않아 놓치지 마시오.

코로스

이런 일에서 티레시아스 왕[26]이 포이보스 왕의 의중을
가장 잘 압니다. 그에게 물으면, 오 왕이시여,
가장 확실하게 답을 들을 수 있을 것입니다.

오이디푸스

나는 이 일을 시도하는 것을 게을리하지 않았소이다.
나는 크레온의 충고에 따라서 두 번이나 사자를 보냈는데

---

26 예언의 신인 아폴론뿐만 아니라, 그 사제도 왕이라고 불린다. 예컨대 호메로스의 《오뒷세우스》에서 테바이의 예언자 티레시아스를 왕이라고 부른다.

그가 아직 오지 않은 것을 벌써 오랫동안 의아해하는 중이라오.

코로스

그렇다면 오래된 다른 말들은 부질없는 말들이었군요.

오이디푸스

어떤 다른 말들 말이요? 말들은 모두 챙기고 있소.

코로스

선왕께서는 길손들에 의해서 살해되었다고 합니다.

오이디푸스

나도 그렇게 들었소. 그런데 그것을 목격한 자를 아무도 알지 못하고 있소.

코로스

그러나 그가 두려움에 대해서 조금이라도 안다면,
그리고 그대의 저주를 들었다면, 그것을 오래 견디지 못할 것입니다.

오이디푸스

범죄를 행하고도 두려워하지 않는 자는 말도 두려워하지 않는 법이오.

코로스

그러나 그자를 조사해 밝혀낼 사람이 있습니다. 저 사람들이
그 신통한 예언자를 벌써 이리로 모셔오고 있군요.
사람들 가운데 오로지 저분만이 진리를 안에 품고 있답니다.

제2장

오이디푸스, 코로스, 티레시아스

오이디푸스

말해진 것이든, 말해지지 않은 것이든, 하늘의 일이든,
지상의 일이든 모든 것을 통찰하고 있는, 오 티레시아스여!
그대가 도시를 눈으로 보지는 못한다 해도, 그대는
이 도시가 어떤 역병에 걸렸는지는 알고 있을 것이요.
이로부터 우리를 구해 줄 첫 번째 구원자는
오직 그대뿐이오, 오 왕이시여.
그대가 사자들에게서 방금 들었는지는 모르겠으나,
포이보스께서는 우리의 보고에 이런 답변을 보내 주셨소.
우리가 라이오스의 살해자를 찾아내
죽여버리거나 나라 밖으로 추방해야만
비로소 이 역병에서 구원을 받을 수 있다는 것이오.
그러니 그대 자신과 나라를 구하고, 나를 또한 구하기 위해,
피살자의 온갖 오욕을 풀어 주기 위해서
새들로부터 방책을 듣는 것[27]까지도 꺼리지 말기를 바라오.
우리는 말하자면 그대와 한 운명이오. 자신이 가진 능력을
활용하여 남을 돕는 것은 가장 아름다운 일이라오.

---

27 새들의 나는 모양의 의미를 해석하는 것도 예언자의 몫이다.

티레시아스

아아! 지혜 있는 자에게 지혜가 쓸모없을 때,
지혜로움은 얼마나 괴로운 일인가. 내가 잘 알면서도
내가 길을 잃었구나, 여기에 오지 않았어야 했는데.

오이디푸스

그대가 그렇게 의기소침해 들어오다니 웬일이요?

티레시아스

집으로 돌려보내 주시오. 그대의 일은 그대가
내 일은 내가 하는 것이 상책이오, 내 말에 귀를 기울이신다면.

오이디푸스

조언을 피하겠다니, 옳은 말이 아니려니와
그대를 길러 준 이 도시를 위하는 것도 아니오.

티레시아스

제가 보아하니, 그대가 하는 말이 그대에게 좋은 결과로
이어지지도 않은 것처럼, 내가 같은 일을 겪지 않으려는 것이오.

코로스

절대로 안 되지요! 신중하게 행하시오! 돌아서지
마시오! 우리가 모두 그대 앞에 무릎을 꿇고 빌고 있소이다.

티레시아스

그대들 모두 분별이 없으시군요. 나는 나의 불행을 말하지 않겠고,
그대의 불행을 드러내지도 않을 것이오.

오이디푸스

알고 있으면서도 말하지 않겠다니 무슨 말이요?
그대는 우리를 배신하고 이 도시를 망하게 할 생각이요?

티레시아스

나는 나 자신도 그대도 괴롭히고 싶지 않소. 이것을 두고 그대는
결코 탓할 수 없소. 그대는 나에게서 아무것도 듣지 못할 것이오.

오이디푸스

사악한 그대가 (돌로 만들어진 것처럼 뻔뻔하게)
가장 사악한 말을 내뱉는 것이오?
그렇게 뻔뻔하게, 그렇게 무자비하게 굴기요?

티레시아스

그대는 나의 성미를 탓하시는군요. 함께 사는
그대의 것[28]은 보지 못하고, 나를 꾸짖다니요.

오이디푸스

이 도시를 모욕하는 그대의 그러한 언사에
화내지 않을 사람이 어디 있겠소?

티레시아스

내가 침묵으로 덮는다고 해도 올 것은 옵니다.

28 동거 중인 어머니 이오카스타를 암시하고 있다.

오이디푸스

무엇이 올 것인지, 온다면 그대는 말해 주어야 하지 않겠나?

티레시아스

나는 더 이상 말하지 않을 것이오. 그것에
화가 나신다면 실컷 화를 내시오.

오이디푸스

오 좋소! 화가 났으니 말인데, 내가
아는 것을 다 말하겠소. 내가 보기에 그대는
직접 그대의 손으로는 아니지만, 그 범행에 함께 참여해
살해를 모의하고 실행했소. 그대가 장님이 아니라면,
그 범행을 그대 혼자서 저질렀다고 내가 말했을 것이오.

티레시아스

정말입니까? 그렇다면 제가 확실히 말하건대
그대가 처음 행한 명령을 지키십시오, 이날부터
여기 이 사람들과 나에게 말을 걸지도 마시오.
이 나라에 오점을 안긴 사람과 말하는 꼴이 되기 때문이오.

오이디푸스

그렇게 뻔뻔하게 이런 말을 지껄이는 거요?
그러고도 그대가 다시 안전하리라 생각하는 것이오?

티레시아스

벌써 벌을 면했소이다. 힘 있는 진실을 간직하고 있기 때문이지요.

오이디푸스

그것은 누구에게서 배웠소? 그대의 재주는 아닌 것 같으니 말이오.

티레시아스

그대에게서 배웠지요. 그대가 뜻에 거슬러 말하도록 나에게 강요했으니까요.

오이디푸스

무슨 말이요? 내가 알아듣도록 다시 말해 보시오.

티레시아스

그대는 벌써 알아듣지 않았소? 그런데도 다시 말하도록 부추기는 것이오?

오이디푸스

알아들은 것은 하나도 없소, 다시 말해 보시오!

티레시아스

그대가 찾고 있는 그 살해의 범인이 바로 그대라고 내가 말하고 있소.

오이디푸스

두 번씩이나 나를 모욕하다니, 그대에게 좋은 일이 없을 것이오.

티레시아스

그대가 더 화가 나도록 다른 말을 더하겠소.

오이디푸스

얼마든지 하시오! 말해 봐도 헛될 것이요.

티레시아스

내 말은 그대가 부지중에 가장 가까운 사람과 가장 수치스럽게
동거하면서, 어떤 불행에 놓여 있는지를 모르고 있다는 것이오.

오이디푸스

이런 말을 하고도 언제까지라도 쾌재를 부를 수 있다고 믿는 것이오?

티레시아스

진리의 힘이 유효하다면 물론이지요.

오이디푸스

진리에는 힘이 있지, 그러나 그대에게는 해당이 되지 않지.
그대는 귀도 멀고, 이성도 눈도 멀었으니까.

티레시아스

불쌍도 하시지, 머지않아 그대를 향해서 욕설을
퍼붓지 않을 사람이 아무도 없는데, 나에게 욕설을 퍼붓고 있으니.

오이디푸스

그대는 마지막 밤에 다가섰소, 그대는 햇빛을 보는 나나
다른 사람 누구도 해칠 수 없을 것이오.

티레시아스

그대로 인해서 쓰러지는 것이 나의 운명은 아니니까요.[29]

---

29 휠덜린의 번역 "그대로 인해서 쓰러지는 것이 나의 운명은 아니니까요"는 그리

이 일을 끝장내려고 하는 아폴론께서 책임을 지실 일이지요.

오이디푸스

그 말은 크레온의 수작인가, 아니면 그대의 수작인가?

티레시아스

그대에게 화를 미치는 자는 크레온이 아니라, 그대 자신이지요.

오이디푸스

오 부유함이여, 권력이여, 경쟁이 치열한 삶에서의
온갖 재주를 뛰어넘는 재주여,
너희들이 지켜보는 시기심은 또한 얼마나 큰가?
이 도시가, 요구하지 않았는데도, 나에게 부여했고,
맡겨 준 이 통치권 때문에
이전부터 충실하고 사랑스러웠던 크레온이
남몰래 기습적으로 나를 몰아내려고 애쓰고 있지 않소?
이 교활한 마술사, 이득만을 바라보며,
예언술에나 눈이 멀게 태어난,
음흉하고 거지 같은 자를 오게 했으니 말이오.
자, 말해 보시오, 어떻게 그대가 예언자로서 현명하다는 것이요?

스어 원문에서의 "그대"와 "나"를 바꾸어 번역한 결과이다. 슈미트에 의하면 이러한 오류는 횔덜린이 번역 대본으로 했던 브르바흐사 판의 오류로 인한 것이 분명하기 때문에 원문에 따라 정정하는 것이 옳다는 것이다. 이에 따르자면 "나로 인해서 쓰러지는 것이 그대의 운명은 아니니까요"가 되어야 할 것이다.

여기에 어두운 노래를 부르는 여인, 그 암캐[30]가 왔을 때,
그대는 왜 이 나라의 백성을 위해 구원의 노래를 부르지 않았소?
그 수수께끼가 누구든 풀 수 있는 것은 아니었고,
예언술을 필요로 했었지만,
그대는 그것을 선물로 새들로부터도
신들 중 어느 신으로부터도 받지 않았소.
그러나 나, 배운 것 없는 오이디푸스가
거기에 나타나서 그녀를 침묵시켰소.
새들에게서 배워서가 아니라
나 자신의 재치를 가지고 그렇게 했던 것이오. 그대는
그러한 나를 내쫓고, 크레온의 왕좌 곁에 붙으려고 생각하고 있소.
내 생각에는 그대와 그리고 그대와 함께 일을 이끈 자는
눈물로서 그 죗값을 치르게 될 것이오. 그대가 나이만 들지 않았다면,
그대가 주제넘게 생각한 것을 고통스럽게 느꼈을 텐데.

코로스

저희들이 보기에 저분의 말씀이나 그대의 말씀이나
모두 분노에서 나온 것 같습니다, 오이디푸스 님.
그러나 필요한 것은, 어떻게 신의 주문을
가장 잘 이행할 것인가를 알아내는 일입니다.

30 스핑크스. 소포클레스의 원전에도 나타나는 "암캐"라는 표현은 스핑크스의 속성을 나타내기에는 적절치 않다(슈미트)는 평가도 있다.

티레시아스

그대가 여전히 제멋대로라면, 나도 똑같이
대답할 수밖에 없소. 나에게도 그럴 권리가 있으니까.
나는 그대의 종으로서가 아니라, 록시아스[31]의 종으로 살고 있으니,
크레온 밑으로 등록되지는 않을 것이오.
그대가 나를 눈이 멀었다고 조롱하니 하는 말인데,
그대는 보았다고 하면서도, 어떤 불행에 빠져 있는지,
어디서 누구와 함께 살고 있는지 보지 못하고 있소.
그대가 누구에게서 태어났는지는 알고나 있소? 그대는
모르겠지만, 여기 지하에 있는 그리고 지상에 있는
그대의 혈족들에게 그대는 원수이외다. 그리고 사방으로
어머니와 아버지의 저주가 엄청난 힘으로 뒤쫓아 와
그대를 이 나라의 밖으로 내쫓을 것이오,
지금은 잘 보던 눈도 그 이후에는 어둠만을 보게 되겠지요.
그러면 그대의 비명소리는 어느 항구라도 가득 채우지 않고,
키타에른 산[32]의 어디에서라도 곧장 메아리치지 않을 것 같소?
그대는 무사한 항해 끝에 포구가 없는 항구에
다다른 것처럼, 그대의 혼례식을 느끼고 있는가요?
그대는 그대와 그대의 자식들에게 동시에 미칠
수없이 많은 불행을 느끼지 못하고 있소.
그러니 면전에서 크레온과 나에게 실컷

31 아폴론.

32 테바이 남쪽에 있는 산.

욕하시오, 그대보다 더 비참하게 파멸할
필멸의 인간은 아무도 없을 테니까 말이오.

오이디푸스

저자의 이런 말을 듣고서도 참아야 하는가?
당장 파멸해 버려라! 어서 빨리 이 집에서
돌아서서 꺼져버리지 않겠나?

티레시아스

그대가 부르지 않았다면, 내가 여기에 오지도 않았을 것이오.

오이디푸스

그대가 터무니없는 소리를 그렇게 지껄일 줄을 내가 정말 몰랐지,
그럴 줄 알았다면 그대를 이 집 안으로 불러드리지 않았을 텐데.

티레시아스

우리가 그대의 생각대로 바보로 태어났는지 모르지만,
그대를 낳아준 부모에게는 현명한 사람이었소.

오이디푸스

그런데 누구에게라고? 잠깐! 인간 중 누가 나를 낳았는가?

티레시아스

오늘이요, 오늘이 그대를 낳고 그대를 죽일 것이오.

오이디푸스

어찌 그대는 모든 것을 그렇게 수수께끼처럼 애매하게만 말하는가!

티레시아스

그렇지만 그런 수수께끼를 푸는 일에 그대는 능하지 않나요?

오이디푸스

그대가 나를 위대하게 보아야 할 것으로 나를 모욕하다니.

티레시아스

그러나 바로 그 재주[33]가 그대를 파멸시킨 것이오.

오이디푸스

그렇지만 내가 이 도시를 구했으니, 그런 것은 개의치 않소.

티레시아스

그렇다면 나는 가겠소, 애야, 나를 데려가다오.

오이디푸스

그 애가 그를 데려가게 하라, 그대가 이 자리에 그대로 있으면,
그대가 끝까지 불행을 쌓기만 할 것 같구나.

티레시아스

간다고 말했습니다만, 내가 온 이유를 말하고 나서 가겠소.
그대의 면전쯤은 두렵지 않소. 그대가 나를
파멸케 한다 해도, 그것은 아무것도 아니오. 그러나 그대에게
말하겠소, 그대가 위협하고 선언하면서 오랫동안 찾은 사람,
라이오스의 살해자가 바로 여기에 있소, 이방인으로서

---

33 스핑크스의 수수께끼를 풀었다는 오이디푸스의 재주.

우리와 함께 살고 있다고들 하지만, 곧 토박이로,
테바이인으로 밝혀질 것이오. 그러나 그런 행운을
기뻐하지 못할 것이오. 그는 앞을 보는 자에서 눈먼 자가 되고
부유한 자 대신 거지가 되어 지팡이로 앞을 두드리며
이국의 땅으로 떠날 수밖에 없으니까요.
그리고 그는 같이 사는 자식들에게 형이자 아버지로서,
그를 낳아 준 여인에게 아들이자 남편으로, 아버지와 한 침대를 쓰며,
그 아버지의 살해자임이 드러날 것이오.
그러니 안으로 들어가시오! 그리고 곰곰이 생각해 보시오!
그러고도 내가 거짓말쟁이로 생각되면
이제는 예언술에 더해 내가 무식하다고 말하시오.

그들이 퇴장한다.

테바이 원로들로 이루어진 코로스

과연 누구인가? 예언하는 델포이의
바위[34]가 이르기를
말로 다 할 수 없는 짓을 피 묻은 손으로
저질렀다고 하는 그 자는?
이제 시간이 되었네, 그자가
폭풍처럼 달리는 말들보다 더 힘차게

---

34 델포이와 그곳의 신전은 파르나소스산 남쪽 기슭 높은 바위 언덕에 자리하고 있다.

도주하기 위해 발을 움직여야 할 시간이.
제우스의 아들[35]이 불과 번개로
무장하고 그에게 덤벼들고
더불어 무자비한 운명의 여신들이
무시무시하게 다가오기 때문이네.

흰 눈 덮인 곳으로부터
바로 파르나소스산으로부터
그 숨겨진 자를 어떻게든 찾아내라는
목소리가 번쩍이었네.
그는 거친 숲속 가운데를
동굴과 바위 사이로, 황소처럼 헤매네.
그 불행한 자 불행의 발걸음으로, 외롭게.
대지의 한가운데서 나온 그 예언의 말씀
벗어나려 하지만, 그 말씀 항상
살아서 사방을 맴돈다네.

그 현명한 새소리의 해석자가
무서운 일을 환기시키고, 격동시키지만
분명하지도 않고 부인할 수도 없어
내가 무슨 말을 해야 할지 알지 못하네.
희망으로 날아오르지만,

---

35 아폴론.

지금도 그 이후도 보지 못하네.
랍다코스[36]의 아들과 폴뤼보스[37]의 아들 사이에
무슨 다툼이 있었는지
나는 그전에도
몰랐지만, 지금도 여전히 모른다네,
어떤 시험을 통해서
내가
오이디푸스의 명성에 거슬리며
밝혀지지도 않은 죽음에서
랍다코스의 아들의 복수자를 만난단 말인가?

그러나 제우스와 아폴론께서는
현명하셔서 인간사를 알고 계시네.
그러나 사람들 가운데
어떤 한 예언자가 나보다 뛰어나다는 것은
옳은 판단이 아니라네.
그 예언자는
평범한 지혜로 지혜에 응하려 하기 때문이지.
그러나 그 비난의 말이 옳다는 것을
보기 전에 그분을 비난하는 자들 가운데
내가 가담하고 싶지는 않구나. 분명히

36 라이오스의 아버지.

37 코린토스의 왕이자 오이디푸스의 양아버지.

그분 위로 날개를 단 여인[38]이 다가왔을 때,
그전에 그분이 시험을 통해서 현명하다고, 이 도시에
호의를 가지고 있다는 것으로 드러났네. 따라서
내 생각으로는 그가 결코
그 파렴치한 일로 대가를 치르는 일은 없을 것이네.

38 스핑크스.

제3막

제1장

크레온, 코로스

크레온

그대들이여! 시민들이여! 왕이신 오이디푸스 님께서
나에게 죄를 덮어씌운다는 가혹한 말을 내가 들었소.
그 때문에 고통을 견디다 못해 내가 왔소이다. 이런 상황에서
왕께서 내가 한 말이나 행동을 통해서
해로운 일을 당했다고 생각한다면, 내가
그런 치욕을 견디면서 더 사는 것은
달갑지 않소이다. 그런 비난 때문에 받을 형벌은
나에게 간단치 않고, 실로 엄청날 것이오.
내가 이 도시에서 악한 자라고,
그대와 사랑하는 사람들에게 불린다면 말이오.

코로스

그러나 그러한 비난은 이성적 판단이라기보다는
분노에서 온 것으로 보입니다.

크레온

그 예언자가 나의 조언에 따라서

그런 거짓말을 했다는 것에 증거라도 있다는 거요?

코로스

분명 그렇게 말했소. 어떤 생각에서인지는 알지 못합니다.

크레온

눈을 똑바로 뜨고, 올바른 정신에서
나에 대한 고발이 선포된 것이오?

코로스

모르겠습니다. 위대하신 분이 하는 일을 나는
알 수 없지요. 그런데 그분께서 몸소 집에서 나오고 있군요.

제2장

오이디푸스, 크레온, 코로스

오이디푸스

거기! 자네! 어떻게 네가 여길 왔는가? 내 집에 올 만큼
너는 그렇게 뻔뻔한 낯짝을 하고 있구나,
우리 중 한 분이셨던 선왕의 살해자이자,
나의 통치권까지 넘보는 도둑임이 틀림없는데도.
자, 말해 보아라, 네가 내게서 어떤 약점이나
어리석음을 보았기에 그런 짓을 하려 했는지.
네가 속임수를 써서 몰래 기어들어 와, 그런 짓을

벌이는 것을 내가 알아차리지 못하고, 내가 알아차려도
막아내지 못하리라고 생각했는가? 백성의 지지와 많은 돈으로
얻어지는 왕위를 백성과 친구들의 도움 없이 사냥하려는
너의 기도가 어리석지 않은가?

크레온

당신이 무얼 시작하는지 아시지요? 당신의 말과
대등한 내 대답도 들으시고 나서, 판단하십시오!

오이디푸스

말하는 데는 네가 강하지만, 내가 네게서 배우는 것은 마땅치 않네,
네가 잘못 생각하고 있다는 것을 내가 알게 되었으니까.

크레온

그 점에 관해서 우선 내가 하려는 말을 들으시오.

오이디푸스

그 말만은, 네가 사악한 자가 아니라는 말만은 하지 말라.

크레온

정신 빠진 고집을 재산이라고 생각한다면,
올바른 생각이 아닙니다.

오이디푸스

네가 일가친척을 해치고도 아무런 처벌도 받지 않으리라고
생각한다면, 그것이야말로 올바른 생각이 아니지.

크레온

당신의 이 말은 옳다고 인정하오.
그렇지만 당신이 입은 해가 무엇인지 말해 주시오.

오이디푸스

네가 그 용한 예언자를 불러오기 위해 사람을 보내는 것이
필요하다고 나에게 조언했느냐, 하지 않았느냐?

크레온

지금도 그런 생각에는 변함이 없습니다.

오이디푸스

벌써 얼마나 오래되었나, 선왕 라이오스께서…

크레온

무슨 일이 저질러졌다고요? 나는 이해할 수 없습니다.

오이디푸스

어떤 치명적인 범행으로 그분은 눈앞에서 사라지셨다.

크레온

벌써 오래전으로 멀리 거슬러 올라가야 합니다.

오이디푸스

그때도 그 예언자가 예언술을 펼치고 있었느냐?

크레온

지혜롭고 정당하다고 그때도 존경을 받고 있었소.

오이디푸스

그렇다면 그때 그자가 나에 관해서 뭐라고 말한 적이 있느냐?

크레온

아니요, 없었소. 내가 가까이 있을 때는 적어도.

오이디푸스

그렇지만 자네들은 피살자를 위해서 수색하지 않았는가?

크레온

물론 했지요, 왜 안 했겠습니까? 그러나 아무 이야기도 듣지 못 했습니다.

오이디푸스

그렇다면 그 당시 그 현자는 왜 지금처럼 말하지 않았는가?

크레온

나는 모릅니다. 내가 모르면, 입을 다물 수밖에.

오이디푸스

그 정도는 알고 있을 터인데. 정직하다면, 말할 수 있을 것이다.

크레온

무얼 말입니까? 내가 알고 있다면, 부인하지 않을 것이오.

오이디푸스

그것 말이다. 만일 너와 공모하지 않았다면, 그자가
나를 라이오스 왕의 살해자라고 말하지는 않았을 것이다.

크레온

그가 사실을 말하고 있는지를 당신 자신이 알아야 하오. 나는
당신이 나에게서 듣고자 하는 것을 당신에게서 듣고 싶소.

오이디푸스

마음대로 묻게, 내가 살해자로 잡히는 일은 결코 없을 테니까.

크레온

무슨 말이오? 당신은 나의 누이와 결혼했지요?

오이디푸스

그 질문에는 부정할 수가 없군.

크레온

당신은 그녀와 함께 이 땅을 관리하며 통치하고 있소.

오이디푸스

그녀는 원하는 것이 무엇이든지 나에게서 얻고 있지.

크레온

나는 세 번째로서 당신 두 분과는 한패가 아니오?

오이디푸스

그러니까 너는 이제 사악한 친구로 드러난 것이지.

크레온

아니지요, 당신도, 나처럼, 이치를 따져 보면 알 수 있소.
무엇보다도 이 점을 숙고해 보시오. 같은 권력을 가진다면,

편안하게 잠을 자는 것보다, 두려움 가운데, 통치하는 것을
바라는 사람이 있으리라고 생각하시는지요.
나는 천생이 왕처럼 행세하는 것보다
통치자가 되는 것을 더 바라는 쪽으로 되어 먹질 않았소.
자제할 줄 아는 사람은 다 그렇듯이 말이요.
지금 나는 두려움 없이 모든 것을 당신에게서 얻고 있소,
내가 직접 통치한다면, 싫은 일도 많이 해야 하겠지요.
어찌 걱정 없이 명예와 권력을 누리는 것보다
실제로 통치자가 되는 것이 나에게 즐거운 일이겠소?
이득과 함께 즐거움을 얻는 것 이외 다른 것을 요구할 만큼
나는 아직 그렇게 어리석지는 않소.
모든 것이 나를 기쁘게 하고, 모든 사람이 나에게 인사를 건네며,
당신이 필요로 하는 사람들은 나를 찾고 있소.
그들에겐 모든 성공이 그 안에 담겨 있으니까요.
어찌 내가 이런 것을 버리고 저것을 가지겠어요?
좋게 생각하는 마음은 결코 사악해지지 않지요.
나는 본래 사악한 기질이 아니고, 또한 결코,
다른 이와 함께 그런 일을 감행할 만큼 대담하지도 않소.
그러니 당신의 질책을 거두고, 퓌토[39]에 가셔서
내가 신탁을 당신에게 분명히 전했는지를 물어보세요.
그리고 당신이 내가 예언자와 공모한 것을 찾아낸다면,
한 사람의 판결에 따라서가 아니라,

39 델피.

당신과 나 이중의 저주 가운데 나를 잡아 죽이시오.
다만 불분명한 추측으로 나를 고발하지는 마시오!
허황하게도 악인을 좋다고 생각하고
선을 악이라고 생각하는 것은 옳지 않으니까요.
고상한 사람이 한 친구를 배척하는 것은, 나에게는
자신의 가장 귀중한 생명을 버리는 것과 같으니까요.
그러나 시간이 흐르면 당신도 이런 점을 분명히 알게 될 것이오,
오로지 시간만이 정의로운 사람을 드러내 보이지만,
단 하루 만에도 사악한 자를 알아볼 수 있다는 것을.

코로스

왕이시여! 그것에서 행운이 오리라는 것을 그가 잘 말했나이다.
속단은 안전하지 않습니다.

오이디푸스

덫을 놓은 자가 재빨리 빠져나가려고 하면,
나 역시 재빨리 대책을 세워야만 하오, 내 쪽에서.
내가 안일하게 여유를 부리고 지체하면,
그자는 목적을 달성하고 내 목적은 빗나가고 말 것이오.

크레온

나를 나라 밖으로 내쫓으려는 것 외 무엇을 더 하려는 것이오?

오이디푸스

아니지! 내가 원하는 것은 네가 죽는 일이지, 추방은 아니네.

크레온

시기(猜忌)가 무엇인지 당신이 나에게 보여 주신다면.

오이디푸스

나에게 고분고분 말하지도 않고, 믿지도 않겠다는 것인가?

크레온

제정신이신 것을 볼 수 있다면!—

오이디푸스

나의 일에서는 그렇다!—

크레온

그러면 나의 일에도 그래야만 하오.

오이디푸스

그렇다! 네가 사악한 자만 아니라면!

크레온

그러나 당신이 아무것도 알지 못한다면?

오이디푸스

그래도 다스려야만 하겠지.

크레온

그렇지요! 그러나 잘못된 통치자들이 통치하면 안 되지요.

오이디푸스

아 도시여! 도시여!

크레온

그렇지만 도시는 당신의 도시일 뿐 아니라, 나의 도시이기도 하지요.

코로스

나리들 그만들 하시오! 마침 이오카스타 왕비께서
집을 나와 여기로 오고 있는 것이 보입니다.
그녀의 도움으로 다툼은 여기서 끝내야만 합니다.

제3장

오이디푸스, 크레온, 코로스, 이오카스타

이오카스타

불쌍한 양반들이여! 무엇 때문에 어리석은 말다툼을 벌이고 있나요,
나라가 이렇게 병들어 있는데, 자신들의 불행을 두고
다투고 있으니 부끄럽지도 않으세요?
아무것도 아닌 일을 더 큰 일로 만들지 않도록
당신은 성안으로 들어가시고, 크레온 너는 집으로 돌아가지 않겠니?

크레온

오 누이여! 당신의 남편 오이디푸스가 나에게 끔찍한 일을
저지를 생각을 하고 있어요, 두 가지 중 하나를 선택한답니다.
나를 고향 땅에서 내쫓거나 아니면 나를 죽이거나 말이오.

오이디푸스

그렇소, 오 부인이여! 그가 사악한 계략으로 나의 몸에
해를 가하려는 것을 발견하고 내가 그를 붙잡았기 때문이오.

크레온

당신이 내가 저질렀다고 고발하고 있는 일을
내가 조금이라도 행했다면, 나는 아무런 이득도 얻지 못하고
저주를 받아 죽어도 좋소.

이오카스타

제발! 그의 말을 믿으세요, 오이디푸스 님!
무엇보다 신들 앞에서 한 그의 맹세를 존중하시고,
그다음 나와 여기에 임하고 있는 이들을 존중해 주세요.

코로스

믿어 주시기를, 너그럽게 숙고해 주시기를
간청하나이다, 왕이시여!

오이디푸스

어찌 내가 그대에게 양보하기를 바라오?

코로스

과거에는 결코 어리석지 않았고,
지금은 맹세로 강해진 이 사람,
그를 존중하십시오!

오이디푸스

그대가 바라는 것이 무엇인지 알고나 있소?

코로스

알고 있습니다.

오이디푸스

그렇다면 그대가 가진 생각을 말해 보시오!

코로스

전하께서 성스럽게 사랑스러운 친구를
불확실한 말만 듣고서
불명예스럽게
죄인으로 몰아서는 안 된다는 것입니다.

오이디푸스

알아 두시오, 그대가 그것을 나에게 요구하면,
나의 죽음이나 이 땅에서의 추방을 요구하는 것이나 마찬가지요.

코로스

결코 아닙니다! 모든 신들의
맨 앞을 달리는 헬리오스에게 맹세코!
그런 생각을 내가 한다면,
신들과 친구들에게 버림받고
가장 비참하게 죽기를 바랍니다.
불행에 불행이

옛 불행에 두 분의 불행이 겹쳐지면,
시들어 가는 나라 때문에
나의 불행한 영혼은 지치고 말 것입니다.

오이디푸스

그러면 그자는 가게 하라, 내가 죽거나
명예도 없이 이 땅에서 강제로 추방되어야 할지라도.
그의 말이 아니라, 그대의 비탄의 말이
나에게 동정심을 일으켰소. 그자는 나에게 역겨울 뿐이오!

크레온

당신은 양보할 때도, 분노할 때도
증오하는 것이 분명하군요. 그런 영혼이
자신을 견디는 것은 정말 힘든 법이오.

오이디푸스

나를 두고 썩 물러나지 못할까?

크레온

갑니다,
당신에게서는 이해받지 못했으나, 여기 계신 분들과는 공감하고 있소이다.

크레온이 퇴장한다.

코로스

부인이시여! 이분을 집 안으로

모시지 않으시렵니까?

이오카스타

무슨 일인지 우선 알아야겠소.

코로스

말하는 가운데 모르는 사이 의심이
생겼고, 부당한 일이
자극을 주었습니다.

이오카스타

양쪽에서 다 그랬나요?

코로스

그렇습니다.

이오카스타

무슨 말이었나요?

코로스

저로서는 이것으로 충분합니다. 나라도 지칠 대로 지쳐 있으니
그렇고요,
말싸움은 지금 멈춘 그대로 있게 하는 것이 좋겠습니다.

오이디푸스

그대가 나의 관심을 도외시하고 나의 열정을 무디게 하면서,
좋은 생각이랍시고, 어느 지경에 이르렀는지 알고는 있는가?

코로스

오 왕이시여! 내가 한 번만 말한 것이
아닙니다. 내가 당신을 멀리하고자 했다면,
내가 정신도 없고 아무런 대책도 없이
헤매는 모습이었을 것을
당신은 알고 있습니다.
전하! 당신은 나의 사랑하는 나라가
곤경에서 헤맬 때,
순풍으로 바르게 이끌어 주셨습니다.
하실 수 있는 한 이제 다시 안전하게 이끌어 주십시오.

이오카스타

제발! 저에게도 말씀해 주세요, 오 왕이시여!
무엇 때문에 그렇게 분노하셨는지를요.

오이디푸스

말하겠소, 이들 중 누구보다도 당신을
존중하니까. 그것은 크레온이 음모를 꾸몄기 때문이오.

이오카스타

당신이 싸움 가운데 분명히 반발했다면, 그것을 말해 주세요.

오이디푸스

내가 라이오스의 살해자라고 그가 말했소.

이오카스타

그 자신이 알아서인가요, 아니면 다른 사람에게서 들어서인가요?

오이디푸스

그가 재앙을 몰고 오는 자, 예언자를 여기로 보냈소.
그자가 할 수 있는 한 모든 것을 입으로 날름거렸으니 말이오.

이오카스타

그대가 들은 그대에 관한 일은 잊어버리세요, 그리고
내 말을 들으시고 깨달으시기를 바랍니다.
예언술을 가지고 있는 필멸의 인간은 결코 없답니다.
이에 대한 확실한 증거를 제시할게요.
한때 라이오스에게 신탁이 내린 적이 있어요.
포이보스 자신이 아니라, 신의 사자를 통해서인데,
라이오스와 나 사이에 낳은 아들에 의해서
죽게 되는 운명이 그의 운명이라는 것이었지요.
그러나 소문에 따르면, 세 갈래의 갈림길에서 어느 날
알 수 없는 살해자들이 그를 죽였다고 합니다.
그렇기도 하지만, 아이가 태어나 사흘도 안 돼
라이오스가 그의 두 발을 묶어, 낯모르는 사람들을 시켜
인적이 드문 산속에 내다 버렸습니다.
그리하여 아폴론은 아이가
아버지의 살해자가 되고,
라이오스가 아들에 의해 죽으리라는
라이오스 자신이 두려워하던 끔찍한 일을 이루지 못했습니다.
예언자는 스스로 예언을 그렇게 결정했던 것이지요.
그러니 그것으로 돌아가지는 마십시오! 신이 필요하다고

생각하는 것은 신 자신이 쉽게 드러내는 법이니까요.

오이디푸스

여보! 방금 당신 얘기를 듣고 보니, 내 정신이
혼돈에 빠지고, 내 마음이 이리저리 흔들리는구려.

이오카스타

무슨 염려 때문에 그렇게 불안해하며 말하는가요?

오이디푸스

마차가 다니는 세 갈래 길에서 라이오스가
살해되었다는 것을 당신에게서 들은 것 같구려.

이오카스타

사람들이 그렇게 말했고, 아직도 끝없이 떠돌고 있어요.

오이디푸스

이러한 운명의 사건이 일어난 곳이 어디란 말이요?

이오카스타

그 땅은 포키스라고 부릅니다. 델피에서 오는 길과
다울리스에서 오는 길이 만나는 갈림길이지요.

오이디푸스

그 일이 있고 나서 얼마나 시간이 지났소?

이오카스타

당신이 이 나라의 통치권을 잡기 얼마 전에

그런 소문이 이 도시에 전해졌답니다.

오이디푸스

오 제우스 신이시여! 당신은 내게 무슨 일이 일어나기를 바라십니까?

이오카스타

아 오이디푸스여, 무엇 때문에 이 일이 마음에 걸리는가요?

오이디푸스

나에게 묻지 마시오. 대신 라이오스에 관해서, 그 사람이
어떤 모습이었는지, 연배는 어느 정도에 이르렀었는지 말해 주시오.

이오카스타

키가 크고, 곱슬머리는 막 흰 머리카락으로 덮이기 시작했고,
외모는 당신과 별다르지 않았어요.

오이디푸스

내가 불쌍하구나. 조금 전 나 자신에게 엄청나게 저주를
퍼붓고도, 나는 아무것도 몰랐었구나!

이오카스타

무슨 말인가요? 당신을 바라보기가 무서워요, 왕이시여!

오이디푸스

그 예언자가 볼 수 있는 자는 아니었을까 몹시 두렵소.
한 가지만 더 말해 준다면, 더 분명히 밝혀질 것 같소.

이오카스타

두렵군요. 그러나 물으신다면, 내가 알고 있는 한, 말할게요.

오이디푸스

그는 혼자 길을 나섰소, 아니면 국왕처럼
무장한 호위병들과 함께였소?

이오카스타

모두 다섯 명이었어요. 전령이 그들과 함께했고,
라이오스만 마차를 타고 갔지요.

오이디푸스

아! 아! 이제는 분명해졌구나. 누가
그 죽음의 소식을 전했소, 오 부인이여!

이오카스타

하인이오. 그는 혼자서 도망쳐 돌아왔어요.

오이디푸스

그가 지금도 집에 머물고 있소?

이오카스타

아니에요! 아닙니다! 그가 그곳에서 돌아와
당신이 권력을 잡고 라이오스가 죽었음을 듣고 나서
나의 두 손을 붙들고 간청했어요.
가능한 한 도시에서 멀리 떨어진
들판으로, 양떼 목장으로 보내달라고요.

그래서 나는 그를 보내 주었어요. 그 하인은
이것보다도 더 큰 은총을 받아 마땅했으니까요.

오이디푸스

그자를 당장 우리한테 데리고 올 수 있겠소?

이오카스타

데리고 올 수 있어요. 하지만 왜 그가 오기를 원하나요?

오이디푸스

내가 너무 많은 말을 하지 않았나 두렵소, 여보,
그래서 그자를 만나 보려고 하는 것이오.

이오카스타

그를 오게 할 수 있어요, 그렇지만 당신을 괴롭히고 있는 것이
무엇인지 알 권리가 나에게도 있다고 생각해요, 오 왕이시여!

오이디푸스

내가 누구인지를 가지고 이제 당신은 너무
꺼릴 필요가 없소. 이러한 운명이 나에게 주어진 것을
말할 수 있는 적당한 사람이 당신 말고 누구겠소.
나의 아버지 폴뤼보스는 코린토스 출신이고
나의 어머니는 도리스 출신의 메로페였소. 그곳에서
나는 시민들 가운데서 가장 위대한 자로 대접받았소.
적어도 그런 일이 나에게 닥치기 전에는 말이오. 그 일은
놀랄만했지만, 내가 열중할만한 일은 아니었소.

연회 자리에 어떤 술 취한 자가 나타나, 포도주를 마시고 있는
나에게, 내가 아버지의 진짜 아들이 아니라고 했소.
나는 분노했지만 당일에는
겨우 참았고, 다음날 나는
아버지와 어머니에게 가서, 그 일에 관해 물었소.
두 분은 언짢아하며 그자에게 노발대발하고
그 말에 대해 처벌을 내렸소. 그렇게 해서 두 분은
내 마음을 달래 주었지만, 그 말은 나를 항상 가시처럼 찔러대었소.
그 말 뒤에는 많은 것이 들어 있었기 때문이오. 그리하여
나는 남모르게 아버지 어머니 앞을 떠나서
퓌토로 갔지요. 그러나 포이보스께서는
내가 온 사유를 무시하고, 나를 내쫓으며,
나에게 다른 힘들고, 엄청나고, 비참한 일을
드러내 보이며 말했소. 내가 어머니와
몸을 섞게 될 것이고, 차마 보기 힘든
자손을 사람들에게 보이고, 나를 낳아 준
아버지의 살해자가 되리라는 것이었소.
그 말을 듣고 나서, 나는 별들로 위치를 관측하면서
마침내 코린토스의 땅을 피해서 떠났소.
내가 나의 사악한 신탁의 끔찍한 일이
실현되는 것을 결코 보지 않아도 될 곳으로 말이오.
그런데 길을 가다가 그 선왕이 살해되었다고
당신이 말한 그 장소에 이르게 되었소.
오 부인! 당신에게도 이제 진실을 말하겠소.

내가 세 갈래 길을 가까이 걷고 있을 때,
당신이 나에게 말했던 대로 한 전령과
마차에 탄 한 남자와 마주치게 되었소.
그 안내자와 그 노인이 나를 강제로
길옆으로 몰아내려고 했소.
나는 화가 나서 나를 몰아내려는 마부를
때렸소. 이를 보고 있던 나이 든 자가 내가
마차 곁에 서 있는 것을 보고 양 끝이 뾰족한 장대로
나의 머리를 겨냥해 정수리를 쳤소.
그는 똑같은 대가를 치른 것이 아니었소. 왜냐면
이 손에 들린 지팡이에 순식간에 얻어맞고
그는 마차 한가운데서 나자빠져 갑자기 굴러떨어졌소.
내가 모두를 죽였던 것이오. 그러나 그 낯선 자가
라이오스와 무엇인가 함께 나누고 있다면,
우리 둘 중 어느 한 사람보다 더 불행한 사람이 어디 있겠소?
그리고 신들로부터 더 미움받을 사람 누가 있겠소?
이 방에서 그 누구도, 어느 시민도 그자를
집에 들게 해서도 안 되고, 말을 걸어서도 안 되며,
집에서 내쫓아야만 하겠지요? 이러한 저주를
내린 사람이 다른 이가 아니라 바로 나란 말이오.
그분을 죽인 내 손으로 죽은 이의 침대를
더럽히고 있소. 내가 사악한 것이지요?
아주 불결하지 않소? 만일 내가 추방되어야 한다면,
추방된 가운데 내 가족을 보아서도 안 되고

고향으로 가서도 안 될 것이오. 그러지 말고
내가 어머니와 결혼하고,
나를 낳아주시고 나를 키워 주신
아버지 폴뤼보스를 죽여야만 하겠소?
무정한 신들께서 이러한 일을 나에게 보낸 것으로
누가 판단한다면, 올바르게 설명한 것이 아니겠소?
아니요, 오 너 신들의 성스러운 빛이여, 이날을
나는 보기 원치 않노라, 오히려 뜻밖의 재앙의 치욕이
나를 만나는 것을 보기 이전에
사람들에게서 사라지고 말겠노라!

코로스

우리도 두렵습니다, 왕이시여, 그러나 현장에 있었던 자로부터
모든 것을 알아내기 전까지는 희망을 지니십시오.

오이디푸스

나에게는 그 사람, 목동을 기다리는 것만이
희망으로 남아 있을 뿐이오.

이오카스타

그가 나타나면, 당신의 요구는 무엇인가요?

오이디푸스

당신에게 말하겠소. 만일 그자가 당신에게
그처럼 말한 것이 사실로 밝혀지면, 나는 재앙을 면할 것 같소.

이오카스타

나한테서 무슨 말을 특별히 들었다는 건가요?

오이디푸스

도적들에 대해서 그가 말하면서, 그들이
그를 죽였다고 했다고 당신이 말했소. 그가 지금도
똑같은 수효를 말한다면, 나는 그를 죽이지
않은 것이오. 하나는 여럿과 같을 수가 없으니까.
그러나 만일 살인자가 동반자 없는 단 한 사람이라고 한다면,
그때는 이 범죄가 분명히 나에게로 넘어오게 될 것이오.

이오카스타

그러나 그가 분명히 그렇게 말했다는 것을 알아 두세요.
그리고 그는 이 말을 뒤집을 수가 없어요.
나 혼자가 아니라, 온 도시가 그 말을 들었으니까요.
만일 그가 그전에 한 말에서 조금이라도 벗어난다고 해도,
오 왕이시여! 라이오스의 살해가 예언과 일치한다는 것을
정확하고 바르게 증명하지 못할 거예요. 록시아스께서는
라이오스가 나의 아이의 손에 죽는다고 말씀했으니까요.
그 불행한 아이는 그를 죽이기도 전에
먼저 세상을 떠났답니다.
그러니 예언에 관해서는 나는 이제
아무것도 보지 않을 것입니다. 처음에도 그랬지만 말입니다.

오이디푸스

옳은 생각이오. 그러나 사람을 보내
그 목자를 데려오게 하시오, 소홀히 하지 마시고.

이오카스타

서둘러 사람을 보내겠습니다. 자, 집 안으로 들어갑시다.
나는 당신이 좋아하지 않는 일을 결코 하고 싶지 않아요.

그들이 퇴장한다.

테바이 원로들로 이루어진 코로스

모든 말과 행동에서
경건하게 그 성스러움에
내가 함께하기를 원합니다. 그 법칙들
눈앞에 있고, 신적인 천공에서
태어났으니, 오로지
올림포스만이 그의 아버지라네. 필멸의
인간의 천성이 그 법칙을 낳은 것이 아니고
망각 속에 그 법칙들 잠들지 않네.
신은 그 법칙들 안에서 위대하고
나이를 먹지도 않는다네.

오만은 폭군을 낳는다네. 오만은
때에 맞지도 않고 감당할 수도 없는

많은 것으로 허황되게 배를 채워
지극히 높은 곳으로 올라갔다가
가파른 필연의 나락으로 곤두박질하니,
발을 제대로 쓸 수가 없기 때문이네.
그러나 이 도시에 유익한 것, 오랜 유물을
신께서 결코 풀지 마시라고 나는 기도하네.
나는 신을 결코 놓지 않을 것이며,
신을 수호자로 여기겠네.

그러나 누군가 말과 행동으로 오만하게 걸으며
정의의 여신을 두려워하지 않고, 또한
신들의 보좌를 공경하지 않는다면,
걸맞지 않은 과시 때문에
사악한 운명의 차지가 되리라.
정당한 방식으로 이익을 취하지 않고,
불경한 것을 억제하지도 않고,
범해서는 안 되는 것에 손을 댄다면,
분노의 화살들이
그 영혼을 공격할 때,
누가 이를 물리칠 수 있겠는가? 그런 행동들이
도대체 존중받을 만한가? 그렇다면
나는 무엇을 노래해야 하겠는가?

나는 손댈 수 없는 것을 향해,

대지의 배꼽으로, 아바이의 사원으로도[40]
더는 경건한 마음으로 다가서지 않으리라,
이 신탁이 필멸의 인간들 모두에게
명백한 것이 아니라고 한다면.
그러나 오 권세를 지닌 이여, 만물을
다스리는 제우스 신이여, 바른 소리를 들으신다면,
그대와 그대의 불멸의 통치에서
숨겨진 것이 없기를 비나이다.
라이오스에 대한 오래전의 신탁은
이미 오명을 쓰고 있으며, 결코
아폴론의 존경으로 드러나지 않습니다.
불행하게도 신적인 것들은 사라지고 있나이다.

40 돌로 된 배꼽이 있는 가장 저명한 신탁의 장소 델피를 "대지의 배꼽"이라 말하고 있다. 아바이에도 아폴론 신전이 있다. 소포클레스의 원전에는 이 아바이의 아폴론 신전을 "올림피아"라고 부르고 있는데 횔덜린은 이것을 번역하지 않았다.

제4막

제1장

이오카스타, 사자, 코로스

이후 오이디푸스

이오카스타

이 나라의 여러 어르신네들이여, 화관과 향료를 손에 들고
신들의 제전으로 갈까 하는 생각이
나에게 떠 올랐어요. 오이디푸스께서 온갖 근심 때문에
마음이 극단으로 향하고 있기 때문이죠.
그는 생각이 깊은 사람처럼
과거의 일에서 앞의 일을 판단하려 하지 않아요.
오히려 두려움을 일으키는 모든 자의 제물이랍니다.
제가 더는 아무것도 할 수 없기에, 마지막으로
오 뤼케이오스의 아폴론이시여,
여기 가까이 계시는[41] 그대에게,
구원하시는 수단을 저희에게
보내 주십사하는 청원의 징표를 들고 서둘러 찾아왔나이다.
배의 키잡이 같은 그이가 겁에 질려 있는 모습을 보고

---

41 당시 궁문 앞에는 아폴론과 헤르메스 신상이 나란히 세워져 있었다.

지금 우리 모두 두려움에 떨고 있답니다.

사자

그대들 이방인들이여, 오이디푸스 왕의 집이
어디인지를 당신들에게 들을 수 있겠소?
그가 지금 어디에 있는지를 알려 준다면 제일 좋겠고요.

코로스

여기가 그의 집이며 그는 집 안에 계십니다, 이방인이여.
이분이 부인이며, 그분의 자식들의 어머니이지요.

사자

그러시다면, 풍요로우시고, 언제나 풍요로움과 함께하시기를,
언제까지라도 오이디푸스 왕의 정실부인이시니까!

이오카스타

이방인이여, 그대도 그러하기를. 그대도 덕담하였으니
그런 말을 들을 만하오. 그러나 말해 보시오, 그대는
무슨 청원을 하려고, 또 무슨 소식을 가지고 왔단 말이오?

사자

그대의 가정과 남편에게 좋은 소식을 가지고 왔습니다, 부인!

이오카스타

무슨 소식이오? 그대는 누구에게서 온 것이오?

사자

코린토스에서 왔소이다. 제 말씀이 부인을 기쁘게 해 드릴 것 같

습니다,
왜 아니겠습니까? 그러나 또한 슬프게 할 수도 있습니다.

이오카스타

그렇게 이중으로 힘을 가진 것이 무엇이오?

사자

이스트모스[42] 땅의 주민들이 오이디푸스를 왕으로
삼으려고 합니다. 그가 왕위에 올라야 한다고 합니다.

이오카스타

어떻다고요? 연로한 폴뤼보스께서 더는 통치하지 않으신다고요?

사자

그렇습니다. 죽음이 그분을 무덤에 가두어 놓았으니까요.

이오카스타

무어라 했소, 폴뤼보스께서 세상을 떠나셨다는 거요?

사자

제가 사실을 말하지 않는다면, 죽어 마땅합니다.

이오카스타

이봐라, 너는 즉시 주인님에게로 가서 이 사실을
말씀드리지 않겠느냐? 오 신들의 예언들이여,
너희는 어디에 있느냐? 오이디푸스는 자신이

---

42 코린토스 지협.

그를 죽이지 않기 위해서 오랫동안 그를 피해 있었다.
이제 그가 죽었다, 그에 의해서가 아니라, 우발적으로.

오이디푸스

오 가장 사랑하는 부인, 이오카스타여!
무엇 때문에 나를 집에서 불러내었소?

이오카스타

이 사람의 말을 들어 보세요, 그리고 그 굉장한
신의 예언이 어느 지경에 있는지 묻고 들어 보세요.

오이디푸스

그런데 이 사람은 누구요? 그리고 나에게 무슨 말을 하려는 거요?

이오카스타

그는 코린토스에서 온 사자예요, 그가 말하기를 당신의 아버지
폴뤼보스께서 더 이상 살아있지 않고, 죽었다고 합니다.

오이디푸스

이방인이여, 이게 무슨 말이냐? 나에게 직접 설명하라!

사자

제가 우선 이 사실을 분명히 해야만 한다면,
그분께서는 돌아가셨습니다.

오이디푸스

음모로 돌아가셨느냐? 아니면 병에 걸려서 세상을 떠나셨느냐?

사자

작은 충격도 나이 든 몸을 잠들게 하기 쉽지요.

오이디푸스

그 연로하신 분이 병으로 시들어 버리신 것 같구나.

사자

또한 오래 사신 세월에 비추어서도 그렇습니다.

오이디푸스

아아! 부인, 이제 누가 다시 한번 예언의 화덕이나
저 위에서 지저귀는 새들에게
물어야만 하겠소? 그 예언에 따르면
나는 아버지를 죽여야만 했으나, 그분은
돌아가셔서 지하에 잠들어 있고, 나는 여기 살아 있고
나의 창(槍)은 깨끗하니 말이오. 그분이 꿈속에서
나에게 죽임을 당한 것이라면, [달리]
나 때문에 돌아가셨다고 할 수 있겠지만.
폴뤼보스께서는 더는 쓸모가 없어진 오늘의 신탁들을 데리고
지하세계로 내려가 이제는 거기에 누워 계시오.

이오카스타

내가 오래전에 당신에게 그렇게 말하지 않았던가요?

오이디푸스

당신이 그렇게 말했었지요, 그러나 나는 두려움에 끌려다녔소.

이오카스타

이제는 그 일에 더는 신경을 쓰지 마세요.

오이디푸스

어떻게요? 내가 어찌 어머니의 침대를 두려워하지 않을 수 있겠소?

이오카스타

우연의 지배를 받는 인간이 도대체 무엇을 두려워합니까?
예감은 아무것도 분명히 하는 것이 없지요.
할 수 있는 대로 그날그날을 살아가는 것,
그것이 상책이랍니다. 그러니 당신의 어머니와의
결혼을 두려워하지 마십시오! 남자는 자주
꿈속에서 자신의 어머니와 동침해 왔으니까요.
그런 일을 아무렇지 않게 여기는 자라야만
인생을 가장 가볍게 살아간답니다.

오이디푸스

어머니가 살아 계시지 않다면야 당신의 말이
모두 옳다고 하겠지요. 그러나 그분이 살아 있는 한
당신 말이 옳다 해도 두려워하지 않을 수 없소.

이오카스타

그렇지만 당신 아버지의 무덤은 당신에게 큰 위안이지요.

오이디푸스

큰 위안이지요. 그렇소! 그러나 나는 살아 있는 그 여인이 두렵소.

사자

도대체 어느 여인 때문에 그대가 그렇게 두려워하시옵니까?

오이디푸스

메로페 말이요, 노인장, 폴뤼보스의 아내.

사자

그 여인이 그대를 두렵게 하는 것이 도대체 무엇입니까?

오이디푸스

신이 보내신 예언의 힘 때문이오, 오 이방인이여!

사자

다른 사람이 그 예언을 알아도 되나요, 안 되나요?

오이디푸스

알아도 괜찮지. 과거에 록시아스께서 나에게 말씀하시기를
내가 어머니와 살을 섞고 내 손으로
나의 아버지의 피를 흘리게 할 운명이라고 했소.
그 때문에 나는 코린토스로부터 오랫동안 멀리 떠나서
살아 온 것이오. 운이 좋았지만
부모님의 얼굴을 보는 것 또한 기분 좋은 일이지요.

사자

그 두려움 때문에 그곳에서 떠나 계셨던 것입니까?

오이디푸스

아버지의 살해자가 되지 않기 위해서지요, 오 노인장이여!

사자

제가 호의를 가지고 왔으니, 어찌 제가 이 두려움에서
그대를 벗어나게 하지 못하겠습니까, 오 왕이시여!

오이디푸스

그대는 나에게 준 가치에 합당한 보상을 받게 될 것이오.

사자

저 역시 그 때문에 이곳에 온 것입니다, 당신께서
고향에 돌아오시면 저도 뭔가 이득을 볼까 해서 말씀입니다.

오이디푸스

그러나 나를 낳은 이들 가까이에는 절대로 가지 않을 것이오.

사자

내 아들이여! 그대는 지금 무엇을 하는지 모르고 있는 것이 분명하군요.

오이디푸스

그게 무슨 뜻인지 제발 말해 주시오, 노인장!

사자

그 일 때문에 그대가 고향에 가지 않으려는 것이오?

오이디푸스

포이보스의 신탁이 나에게 분명해지지 않을까 두려우니까.

사자

부모로부터 오염되지 않을까 두려워서인가요?

오이디푸스

바로 그것이오, 노인장, 그것이 항상 나를 두렵게 하오.

사자

당신은 두려워할 이유도 없는데 두려워하고 있다는 것을 알고나 있소?

오이디푸스

어떻게 그렇지 않을 수 있겠소? 내가 그 어머니의 자식이 아니란 말이오?

사자

그렇습니다. 폴뤼보스는 당신과 혈연이 아니었습니다.

오이디푸스

무슨 말인가? 폴뤼보스가 나를 씨로 심지 않았다는 것인가?

사자

그 사정은 우리 둘 사이와 같습니다.

오이디푸스

무슨 말이요? 아버지가 어떻게 남하고 같단 말이요?

사자

폴뤼보스도 나도 아버지가 아닌 것은 마찬가지이니까요.

오이디푸스

그렇다면 왜 그분이 나를 아들이라 불렀지요?

사자

그분은 내 손에서 그대를 선물로 받으셨습니다.

오이디푸스

남의 손에서 받았는데도 어찌하여 그분이 나를 그처럼 사랑하셨단 말이오?

사자

자식이 없어서 그분이 그렇게 마음을 먹으셨지요.

오이디푸스

그대는 나를 사서 그분께 드린 것이오, 아비라면서 드린 것이오?

사자

나는 키타이론의 숲이 우거진 골짜기에서 그대를 발견했사옵니다.

오이디푸스

무슨 일로 그대는 그 장소에 가게 되었소?

사자

나는 그곳에서 산중의 가축들을 돌보고 있었습니다.

오이디푸스

목동으로서, 아니면 품삯꾼으로 떠돌아다녔던 것인가?

사자

그때 나는 그대의 구원자였사옵니다, 내 아들이여.

오이디푸스

그대가 나를 품에 안았을 때, 나는 어떤 고통을 겪고 있었는가?

사자

양 발목이 그것을 증언해 줄 것이옵니다.

오이디푸스

오 나에게! 왜 그대는 이 오래전의 불행을 말하는가.

사자

두 발이 묶여 있기에 내가 풀어드렸습니다.

오이디푸스

내가 요람에서부터 엄청난 오욕을 타고났구나.

사자

이 일로 인해서 당신은 지금의 이름으로 불리게 된 것이옵니다.

오이디푸스

제발! 누가 그렇게 했느냐? 어머니인가, 아버지인가! 말하라.

사자

나는 모릅니다, 아이를 준 사람이 더 잘 알겠지요.

오이디푸스

나를 다른 사람에게서 받았는가, 그대가 직접 발견했는가?

사자

직접 발견한 것이 아닙니다! 다른 목자가 그대를 나에게 주었사

옵니다.

오이디푸스

그자가 누군가? 나에게 분명히 말해 줄 수 있는가?

사자

그는 라이오스의 하인 중 한 사람이라고 했사옵니다.

오이디푸스

이전 이 나라 통치자의 하인이란 말인가?

사자

그렇습니다, 그는 그분의 목동이었습니다.

오이디푸스

그가 아직 살아 있어, 내가 만나 볼 수 있겠는가?

사자

이 고장 토박이인 그대들이 가장 잘 알겠지요.

오이디푸스

여기에 있는 너희들 중
이 사람이 말하는 목동을 아는 자 있느냐?
여기서나 시골에서 그를 본 적이 있는가?
나에게 말하라, 이 일을 밝힐 때가 되었다.

코로스

그대가 그전에도 벌써 보고 싶어 했던 사람,

시골에 사는 그 사람 말고 다른 사람은 아니라고 생각합니다.
그러나 그 일은 이오카스타께서 가장 잘 말할 수 있을 것입니다.

오이디푸스

부인! 방금 우리가 사자에게 데려오라고 한 저자가, 이 노인장이 말하는
바로 그자라고 당신도 생각하고 있소?

이오카스타

누가 누구에 대해서 말했나요? 그것으로 되돌아가지 마세요!
그리고 사람들이 말하는 것을 너무 심각하게 생각하지 마세요.

오이디푸스

이러한 증거를 잡고서도 나의 출생의 비밀을
캐서는 안 된다는 것은 말도 안 되오!

이오카스타

제발 안 됩니다! 당신이 생명을 소중히 여긴다면,
따지지 마세요. 내가 괴로워하는 것으로 충분해요.

오이디푸스

염려 마시오! 내가 삼대에 걸친 노예의 자식으로 드러나더라도
당신을 미천하게 만들지는 않을 것이오.

이오카스타

그렇지만, 내 말을 따르세요, 그렇게 하지는 마세요!

오이디푸스

그렇게 할 수는 없소, 나는 정확하게 알아내야만 하겠소.

이오카스타

선의를 가지고, 최선의 길을 당신에게 말하는 것이랍니다.

오이디푸스

그러나 이 최선이 오랫동안 나를 괴롭혔소.

이오카스타

오 불쌍한 사람, 당신이 누구인지 알지 못하게 되기를!

오이디푸스

누가 가서 나에게 그 목자를 데려오려느냐?
이 여인은 지체 높은 가문을 뻐기도록 내버려 두어라!

이오카스타

슬프고 슬프도다! 불행한 이여! 이것만을 당신에게
말할 수 있을 뿐, 지금 그리고 앞으로도 달리 말할 수 없네요!

(그녀가 퇴장한다)

코로스

오이디푸스의 부인께서는 무엇 때문에
격렬한 고통으로 흥분하시면서 가버리셨나요? 불행한 일이
그녀의 침묵에서 터져 나오지 않을까 두렵습니다.

오이디푸스

터져 나오려면 터져 나오라지. 나는 나의 출생이

비록 비천하다 할지라도 그것을 알고 싶소.
여인들은 자신을 위대하게 생각하니, 그녀가
나의 비천한 출생을 부끄럽게 여기는 것은 당연하오.
그러나 나는 좋은 선물을 주시는 행운의 여신의 아들로 여기며,
불명예를 당하고 싶지는 않소.
그분이 나의 어머니이기 때문이오. 또한 나와 함께 태어난
달들이 나를 때때로 위대하게 또는 미천하게 에워싸 왔소.
그렇게 태어났으니, 내가 누구인지를 알아보지도 않은 채
그렇게 끝내고 싶지는 않소.

테바이 원로들로 구성된 코로스

내가 예언자이며
생각이 현명하다면,
올림포스에 맹세하건대,
오 키타이론 산이여, 당신은 모르지 않으리라!
내일 만월이 뜰 때, 오이디푸스의 동포로서,
그분의 유모와 어머니로서
당신을 공경한다는 것을. 또한
당신이 우리의 왕에게 호의를
베풀었음에 답례하리라는 것을. 그리고
신비로운 포이보스여, 이 일이
당신의 맘에 드시기를.

내 아들이여, 도대체 누가,
복된 자들 가운데 그대를,
산중을 돌아다니는 판 신[43] 곁에 누워
낳았는가, 아니면 록시아스의 신부가
그대를 낳으셨나? 그분에게는
평원의 목초지가 다 소중하니까. 아니면
퀼레네의 지배자[44]인가, 아니면
높은 산맥에서 사는 박코스인가,
그가 자주 함께 유희하던 헬리콘산의 요정에게서
그대를 발견된 자로서 거두셨던가?

제2장

오이디푸스, 코로스, 사자

하인[45]

오이디푸스

내가 만난 적이 없기는 하지만

---

43 목동의 신. 신화에서 악몽을 꾸게 하고 나그네에게 공포를 불러일으키는 인물로 묘사되어 있다.

44 퀼레네 산정에서 태어난 헤르메스.

45 등장인물 목록에는 '폴리보스의 하인' 으로 되어 있으나, 여기 실제 등장인물은 선왕 라이오스의 신하로 등장한다.

한마디 해도 될까요, 노인장? 우리가
오랫동안 찾았던 목자를 보고 있다고 생각하네.
연로한 나이로 보아 여기 이 이방인과
동년배로 보이오. 나는 그를 데리고 온 자들,
나의 하인들을 알아보았소. 그렇지만 그대가
알고 있는 것으로 나를 도울 수 있소, 그대가 그 목자를 앞서 보았을 테니까.

코로스

그대가 아시는 대로, 그를 잘 알고 있어요. 그는 라이오스에게
충실했던 한 신하로, 그의 목자였지요.

오이디푸스

먼저 그대에게 묻겠소, 코린토스에서 온 이방인이여,
그대가 말하는 사람이 바로 이 사람이오?

사자

그대가 보고 계신 사람이 바로 그 사람입니다.

오이디푸스

이보시게, 노인. 이쪽을 보고 내가 묻는 말에
답하시오. 당신은 과거 라이오스 왕의 하인이었소?

하인

그렇습니다, 팔려 온 것은 아니고, 그 집에서 자란 하인이었습니다.

오이디푸스

어떤 일을 보살피고, 어떤 생활을 돌보았는가?

하인

가축을 돌보며 일생의 대부분을 보냈습니다.

오이디푸스

어느 지역에서 주로 생활하며 살았는가?

하인

키타이론 산과 그 주변에서였습니다.

오이디푸스

그곳에서 만났을 터인데, 여기 이 사람을 모르느냐?

하인

그가 하는 일이 무엇이었다고요? 어떤 사람을 말씀하시는 겁니까?

오이디푸스

여기 이 사람 말이다. 한때 그와 함께하지 않았느냐?

하인

당장 생각이 나지 않아 말할 수 없습니다.

사자

놀랄 일은 아닙니다. 그러나 저는 이 알려진 적이 없는 사람을
잘 기억하고 있습니다. 또한 이 사람은 키타이론 산 지역에서
두 무리의 가축 떼를, 그리고 저는
한 무리의 가축 떼를 데리고 함께 지낸 것을

그가 알고 있다는 것도 알고 있습니다. 봄에서부터,
큰곰자리별이 뜨는 가을까지 몇 달을 그것도 3년씩이나 말입니다.
겨울이 되면 저는 저의 외양간으로
그는 라이오스의 농장으로 돌아갔었습니다.
내 말이 사실이오, 사실이 아니오?

하인

오래전의 일인데도, 당신은 사실을 말하고 있소.

사자

자, 이제 말해 보시오, 내가 나의 자식으로 기를 수 있도록
당신이 나에게 한 어린아이를 주었다는 것을 말이오.

하인

무슨 일이요, 무엇 때문에 그 얘기를 하는 거요?

사자

그때는 아직 어리기는 했었지만, 그때 그 아이가 바로 이분이오.

하인

죽고 싶지 않나? 입 닥치지 않겠나?

오이디푸스

오 노인장, 그를 꾸짖지 마시라. 이 사람의 말보다
그대의 말이 더 꾸지람을 들어야 하겠구나.

하인

훌륭하신 주인님이여, 제가 무슨 잘못을 했습니까?

오이디푸스

여기 이 사람이 말하고 있는 어린아이에 대해 말하지 않으니까.

하인

그는 생각 없이 말하고 있습니다, 허튼소리지요.

오이디푸스

흔쾌히 말하지 않으면, 울면서 말하게 될 것이다.

하인

제발 그것 때문에 이 노인네를 채찍질하지는 마십시오.

오이디푸스

누가 즉시 이 자의 두 손을 묶지 않겠느냐?

하인

불행한 내 신세여, 무엇을 알고 싶으십니까?

오이디푸스

그가 말하고 있는 바로 그 아이를 여기 이 사람에게 주었느냐?

하인

주었습니다. 내가 그날 죽었더라면 얼마나 좋았을까?.

오이디푸스

이실직고하지 않으면, 그렇게 될 것이다.

하인

말씀드리면, 저는 더 확실하게 죽게 될 것입니다.

오이디푸스

이자가 꾸물대면서 시간을 벌려는 것인가?

하인

아니올시다. 제가 주었다고 이미 말씀드렸습니다.

오이디푸스

어디서 났느냐? 네 아이였느냐, 아니면 다른 사람의 아이였느냐?

하인

제 아이가 아니었습니다. 누군가에게서 받았습니다.

오이디푸스

여기 시민 중 누구에게서, 어느 집안에서 받았느냐?

하인

제발 더는 묻지 말아 주십시오, 주인님!

오이디푸스

내가 한 번 더 묻게 되면 너는 끝장이다.

하인

그 아이는 라이오스 집안의 아이였습니다.

오이디푸스

노예였느냐, 아니면 그 가족의 하나였느냐?

하인

아! 아! 끔찍한 말을 내가 직접 하지 않을 수 없게 되었구나.

오이디푸스

그 이야기를 듣는 나도 끔찍하다만, 그래도 들어야만 하겠다.

하인

그분의 아들이라 했습니다. 그러나 안에 계시는 부인께서
그 일을 가장 잘 설명해 주실 것 같습니다.

오이디푸스

도대체 그녀가 그 아이를 너에게 주었단 말이냐?

하인

그렇습니다, 왕이시여.

오이디푸스

뭘 하려고?

하인

저더러 그 아이를 없애라고요.

오이디푸스

그녀가 불행하게 그 아이를 낳았기 때문이었나?

하인

사악한 신탁이 두려워서였습니다.

오이디푸스

어떤 신탁이었나?

하인

그 아이가 부모를 죽일 것이라는 말씀이었습니다.

오이디푸스

그렇다면 너는 어찌하여 그 아이를 이 노인에게 주었느냐?

하인

그는 먼 나라에서 살았고, 그 아이를 그 먼 곳으로
데려갈 줄로 알아서였습니다. 그러나 그는 그 아이를 구해서
엄청난 일을 일으켰습니다. 이 노인이 일컫는 사람이 바로
그대라면, 그대는 불행한 분이십니다.

오이디푸스

아! 아! 모든 것이 이제 분명하게 밝혀졌구나!
오 빛이여! 내가 너를 보는 것도 이제 마지막이도다!
나는 태어나서는 안 될 사람에게서 태어났고
같이 살아서는 안 되는 장소에서 같이 살고,
죽여서는 안 되는 사람을 죽였구나!

그가 퇴장한다.

테바이의 원로로 구성된 코로스

코로스

아! 너희들 죽을 운명의 인간 종족이여!
헤아려 볼 때, 그대들의 삶은

아무것도 아니도다.
어느 누가
행복한 것처럼 보이다가
기울어져 몰락하는 것
이상의 행복을 누리는가.
내 그대를 본보기 삼아
그대의 운명을 본보기 삼아, 오 불쌍한 이여!
인간 중 누구도 행복하다고 말하지 않으리라.

오이디푸스 그대는 탁월한 실력으로 과녁을 맞히고
철저히 풍요로운 행복을 손에 넣었으니,
오 제우스시여, 굽은 발톱을 가진,
예언하는 처녀[46]를 물리치고
이 나라의 죽음을 막아주는 탑으로 우뚝 섰다.
그때부터 그대는 왕이라 불리었고
위대한 테바이를 통치하며
지극히 높이 공경을 받았나이다.
그러나 지금은 어디에, 삶의 굴곡 가운데
노고를 겪으며 거친 고통 속에서 사는
그대말고 더 비참한 자가 있다는 소리가 들리는가?

오 고귀한 분 오이디푸스여!

---

46 스핑크스.

하나의 항구[47]가 드넓어 그대를 만족시켰구나,
아들로서 아버지와 함께
신랑이 되어 함께 들어갈 만큼.
어찌하여 아버지의 흔적이, 오 불쌍한 이여!
아무런 말도 없이 그대를
여기에 이르도록 놓아둘 수 있었을까?
모든 것을 보는 시간이
모르는 사이 그대를 찾아내어
아들과 아비가 바뀌 가며 행한
결혼을 결혼 아닌 결혼으로
심판하신다네.
아! 라이오스의 아들이여!
내가 그대를, 그대를 보지 않았더라면 좋았을 것을,
겉으로는 입에서 환호를
쏟아내며 애설하게 통곡하노라.
그러나 솔직하게 말하자면, 그대 덕택에
한숨을 돌리고, 눈을 감고 잠들었다네[48].

47 이오카스타를 의미한다.

48 코로스는 여기서 오이디푸스가 도시를 스핑크스에게서 풀려나게 했음을 암시한다.

제5막

제1장

사자, 코로스

사자

오 그대들, 이 나라에서 언제나 가장
존경받는 이들이여, 그대들은
어떤 일을 듣고, 보게 되며, 어떤 슬픔을
견디어 내야 할까? 한 친척처럼, 아직도
랍다코스 가문에 염려를 아끼지 않는다면.
이스트로스나 파시스의 강물[49]도 이 집안이
품고 있는 재앙을 다 씻어내지 못할 것으로 보이니까.
그러나 책임이 있건 없건 간에 곧 좋지 않은 일이
백일하에 드러날 터인데, 자초한 것으로 드러나는
불행이야말로 고통 가운데 가장 고통스러운 일이지요.

코로스

우리가 알고 있는 것도 더 할 탄식이 없거늘
그대가 알고 있는 것이 아직 더 남아 있다는 것이오?

---

49 이스트로스는 도나우, 파시스는 카우카수스의 남쪽 콜키스에 있는 강.

사자

가장 시급하게 전하고 들어야 할 소식은
저 신과 같은 이오카스타가 죽었다는 것이오.

코로스

불행하신 분! 무슨 일 때문이오?

사자

그녀가 스스로 목숨을 끊으셨다오. 그 참상을 실감하지
못할는지 모르겠습니다, 직접 보지 못하셨으니까요.
그렇지만 제 기억에 남아 있는 한
그 불쌍한 마님의 고통을 들으셔야만 합니다.
마님께서는 분노 가운데 쓰러질 듯
궁 안으로 들어서더니, 결혼 침대로 달려가서
두 손끝으로 머리카락을 쥐어뜯으셨습니다.
마님은 들어서자 문을 쾅 닫고,
이미 오래전에 세상을 떠난 라이오스를 부르며
오래전에 낳은 자손을 생각하셨으니, 그로 인해서
그분이 죽고 어미가 뒤에 남게 되고, 자식 없는 마님은
제 자식에게서 자식을 낳아, 그를 불행한 자식으로 만든 때문이지요.
마님은 불행하게도 남편에게서 남편을, 자식에게서 자식을
낳았던 그녀의 침대 가에서 통곡했습니다.
그다음 마님이 어떻게 돌아가셨는지 저는 모릅니다.
비명을 지르며 오이디푸스 왕이 뛰어 들어오시고,
그 앞에서 마님의 불행을 직접 볼 수 없었기 때문이지요,

우리는 주위를 뛰어다니는 그분을 주목했으니까요.
그는 우왕좌왕하면서 우리에게 창을 달라고 요구하고
아내, 아니 아내가 아니라, 자신을 낳은 그리고
자신의 아이들을 낳은 밭이 어디에 있는지 물었습니다.
미쳐 날뛰는 그분께 신들 중 한 분이 길을 가리켰습니다.
가까이에는 있는 누구도 가리키지 않았기 때문입니다.
그분은 어떤 선동자에 따르기라도 하듯이, 힘껏 달려가
두 쪽으로 된 문에 이르러 걸쇠에서 빗장을 뜯어내고서는
방 안으로 뛰어들었습니다.
거기에 그녀가 매달려 있는 것을 우리가 보았던 것입니다.
올가미에 목을 매었던 것 같습니다.
그가 그녀를 보자, 큰 소리로 울부짖으며, 그 불쌍한 분은
매단 밧줄을 풀고 나서, 바닥에 쓰러지셨습니다,
그 고통에 몸부림치시는 분이. 그리고 이어지는 광경은 끔찍했습니다.
그분은 마님의 옷에서 장식으로 꽂혀 있던 황금 핀을
빼내어서 그것을 높이 들더니
자신의 두 눈의 동공을 찌르면서
두 눈은 그가 고통을 겪으며, 그가 저지른 끔찍한 일을
보지 못하게 되리라고, 그리하여
그가 보아서는 안 되는 사람들을 충분히 보아
알면서도 알아보지 못했으니
앞으로는 어둠 속에서 지내도록 하라고 말했던 것 같습니다.
그렇게 환호하며 눈꺼풀을 들어 올리고

한 번이 아니라 여러 차례 눈을 찔렀습니다. 피투성이 눈알의 피가
그분의 수염을 핏빛으로 적셨습니다. 마치 살해당한 듯이
흐르는 피가 방울져 떨어지는 것이 아니라,
피의 소나기가 우박처럼 검붉게 쏟아졌습니다.
두 분에게서 이런 재앙이 각각이 아니라,
남편과 부인을 향해 한꺼번에 뭉쳐져 터져 나왔습니다.
이분들의 옛 행복은 이런 일이 있기 전에는
참된 행복이었습니다. 그러나 지금, 오늘에는
탄식과 방황과 죽음과 치욕, 그리고 이름 붙일 수 있는
온갖 불행에서 어느 하나 빠짐이 없습니다.

코로스

그 불쌍한 이는 지금 고통에서 좀 진정되셨는가?

사자

그는 소리치고 있어요, 빗장을 열어서
카드모스의 모든 이들에게
아비를 살해한 자를 보여주라고, 그리고 어미를, —그런 상스러운 말을
차마 내가 말해서는 안 되겠습니다— 보여주라고.
그는 이 땅에서 자신을 추방하려고 합니다.
자신이 저주를 받았으니 저주받은 채 집에 머물지 않으려 합니다.
그 강한 분도 그를 이끌어 줄 한 사람을
필요로 합니다. 그의 고통은 그가 감당하기에
너무도 크기 때문이지요, 그러나 그대에게도 보여 줄 것입니다.

이 대문의 빗장이 열리고 있습니다.
그대가 그 광경을 보게 되면,
적이라 할지라도 그를 가엾게 여길 것입니다.

제2장

코로스, 오이디푸스, 이어서 크레온

코로스

오 그 끔찍한 광경을 바라보는 것은 인간의 고통이어라,
오 내가 만났던 모든 재앙 중
가장 끔찍하구나, 오 불쌍한 이여!
그대를 덮친 광기는 어디서 온 것입니까?
어떤 신이 가장 위대하신 분, 그대를
죽음에 이르는 운명으로 이끌었나요?
아! 아! 불쌍한 이여,
내가 하고 싶은 말, 묻고 싶은 일, 보고 싶은 일
많건만, 그대를 쳐다볼 수가 없소이다.
그대는 그렇게 나를 몸 떨리게 하고 있소이다.

오이디푸스

아아! 아아! 슬프고 슬프도다!
아! 이 불쌍한 신세여! 고통받는 나는
이 대지 위 어디로 이끌려 가게 될까?

목소리는 나를 데리고 어디로 퍼져 갈까?
아! 악령이시여! 당신은 어디로 끌고 가시려는가?

코로스

무서운 곳으로, 전대미문의 곳으로, 볼 수도 없는 곳으로.

오이디푸스

아! 어둠의 구름이여! 너는 두렵게
물결처럼 적시며, 말할 수도 길들일 수도 없이,
그리고 저항할 수도 없이 나를 찾아왔구나! 오 나를! 오 나를!
이 범행 기억의
바늘과 몰이 막대가
얼마나 나를 찌르고 있는가?

코로스

그대가 이중으로 비탄하고 이중으로 고통을 느끼시는 것은
이러한 불행 가운데에서는 놀라운 일이 아닙니다!

오이디푸스

내 친구여, 그대는 아직 나를 인도하며
내 곁에 머물러 있구려!
그대는 지금도 여전히 참을성 있게
이 눈먼 자를 돌보고 있구려. 아! 아!
그대는 나에게 자신을 숨기지 못하오, 내가 비록
어둠 속에 있지만, 그대의 목소리는 잘 알고 있으니까.

코로스

끔찍한 일을 저지르신 그대여! 어찌 그대의 눈을 그렇게
욕되게 할 수 있었습니까? 어떤 신이 그대를 부추겼나요?

오이디푸스

아폴론이었소, 아폴론, 오 친구들이여,
내게 그러한 불행이 일어나게 하고.
여기 나의, 나의 고통을 불러일으킨 분은.
그러나 눈을 찌른 자는 다른 사람이 아닌
고통받는 나 자신이었소,
즐거운 것은 아무것도 볼 수 없었던
내가 무엇을 보아야만 한단 말이오.

코로스

그대가 말씀하시는 대로였습니다.

오이디푸스

친구들이여! 내가 아직 무엇을 더 보아야 하고, 무엇을
더 사랑해야 하며, 무엇을 더 들어야 하겠소?
나를 이 나라 밖으로 빨리 데려다주시오,
오 친구들이여! 아무 가치도 없는 자,
가장 저주받은 자이자
인간 가운데 신으로부터 가장 미움을 받은 나를.

코로스

한 번의 마주침으로 왜소해지신 분이여,

내가 차라리 그대를 전혀 몰랐더라면 얼마나 좋을까.

오이디푸스

삼림에 버려진 자의 발목에서
족쇄를 풀어 주고 죽음에서
나를 구해 준 자,
그 누구든 죽어 없어져라, 무슨
고마운 일을 베푼 것이 아니니까.
그때 내가 죽었더라면, 친구들과 나에게도
이런 걱정거리가 되지 않았을 텐데.

코로스

그러했더라면 하는 것이 나의 바람이기도 합니다.

오이디푸스

그랬더라면, 내가 아버지의 살해자가 되지도
않았을 것이고, 나를 낳아 준 여인이
부인이라 불리지도 않았으련만,
지금 나는 고통스럽소. 불경한 여인의 아들이며,
나 자신이 태어난 곳에서 혈족을 태어나게 한 불쌍한 나.
재앙 중 원초적인 재앙이 있다면,
그것은 이 오이디푸스의 몫이었소.

코로스

그대가 좋은 결정을 내렸다고 말할 수는 없소이다,
장님으로 사느니 죽는 것이 더 나을 수도 있으니까요.

오이디푸스

이 일이 최선으로 저질러진 일이 아닌 한
가르치지도 말고 아무 충고도 하지 마시오.
내가 어떤 멀쩡한 눈으로 저승을 떠돌며
아버지를 뵐 수 있으며, 또 어머니를 뵐 수 있단
말이요. 두 분에게 죽음의 고통 이상으로도
갚지 못할 죄를 내가 지었기 때문이오.
그러나 내 아이들의 얼굴, 그것이 피어올랐던,
그 꽃핀 얼굴이 보고 싶지 않을 수 있겠소만
이제는 결코 아니오! 나의 성했던 눈으로는,
그리고 도시도, 성의 탑도, 신상들도 보고 싶지 않소.
가장 불행한 자이긴 했으나 테바이에서 유일한 자인
나와 가장 잘 지냈던 그 성스러운 것들을
나 자신이 무너뜨렸던 것이오. 신들을 통해서
부정한 자로 밝혀지는 자는
라이오스의 혈족이라 할지라도
모두가 증오하라고 나 자신이 말했었기 때문이오.
나의 이런 오욕을 내가 선포했으니
내가 눈을 바로 뜨고 어찌 이 백성을 바라보겠소?
결코 그럴 수는 없소. 내 귀에 울리는 소리의
근원에게, 내가 쥐고 있지는 않지만, 자물쇠가 있다면,
나의 이 불쌍한 육신을 잠가
보지도 듣지도 못한다면 얼마나 좋겠소, 모든 슬픔에서
멀리 떨어져서 생각이 머문다면 감미로울 터이니까.

아, 키타이론 산이여! 왜 너는 나를 받아 주었는가?
나를 받자마자 즉시 나를 죽였더라면,
내가 누구인지 사람들에게 폭로하지 않았을 텐데.
오 폴뤼보스여, 코린토스여, 선조들의
조상 대대로 내려온 집이여, 재앙을 피해서
얼마나 아름답게 나를 길러 주었던가?
이제 나는 사악한 자의 아들로 밝혀져 사악한 자가 되었노라.
오 세 갈래의 길이여! 너 후미진 임원이여,
삼거리에 있는 너, 숲과 외딴 모서리여, 거기서
너희는 내 손에 의해 쏟아진 나의 피, 내 아버지의 피를
마셨으니, 나를 기억하겠느냐? 내가 너희들이 있는 데서
무슨 일을 저지르고, 여기로 온 다음에
다시 무슨 짓을 했는지 알고 있느냐? 오 결혼, 결혼이여!
너는 처음에 나를 낳았다. 그런 다음 너는 나를 낳은 곳에서
똑같은 씨를 생산했구나, 그리고
형제인 아버지들, 그의 형제들이자 자식들을,
근친상간의 혈족들을 보여 주었다. 또한 부인이자 어머니인 여인을,
나아가 인간들 사이에 가장 수치스러운 일이 무엇인지를!
그러나 해서 아름답지 않은 일은 다시는 말하지 않는 법.
그러니 제발 될수록 빨리 나를 이 나라 밖 어디에
숨기든지, 죽이거나 또는 바다에
던져 버려주시라, 그대들이 더는 볼 수 없는 곳으로.
자! 그래도 이 비참한 자를
붙들어 주어도 될 것 같소. 내 말을 따라 주시오!

두려워하지 마시오! 나 말고는 이 세상 누구도
나의 고통을 결코 감당할 수 없을 터이니 말이요.

코로스

행동이든 조언이든 그대가 원하는 것을 위해서
저기 바로 크레온 님이 오시는군요. 그가 그대를 대신해서
나라의 수호자로 남겨진 유일한 분이니까요.

오이디푸스

오 맙소사! 그에게 내가 무슨 할 말이 있겠소?
나를 믿어달라고 할 무슨 요구권이 나에게 있단 말이요?
벌써 오래전에 나는 그 앞에서 전적으로 잘못했음이 드러났으니
말이요.

크레온

오이디푸스 님, 내가 조롱하는 사람으로나
과거 한때의 잘못을 비난하려고 온 것은 아니오.
너희들이 인간 족속들 앞에서
아무런 거리낌이 없다고 할지라도, 모두를 먹이시는
우리 왕인 태양신의 화염만은 존중하여라!
대지도, 신성한 비도 그리고 햇빛도 받아들일 수 없는
그러한 재앙을 가리지도 않고,
드러내어서는 안 되는 만큼,
그분을 어서 집 안으로 모시거라,
집안사람의 재앙은 우선 집안사람들 간에

보고 들어야 하는 법이니까.

오이디푸스

제발! 나에게서 두려움을 거두고,
가장 특출한 자로서 가장 사악한 인간에게로 왔으니,
내 청을 들어주오, 나를 위해서가 아니라 자네를 위해서 말이오.

크레온

그렇게 간곡하게 청하시려는 것이 무엇입니까?

오이디푸스

그대가 할 수 있는 한 빨리 나를 이 나라 밖으로 내보내서,
내가 아무하고도 말을 건네지 않아도 되는 곳으로 데려다주오.

크레온

알아 두세요, 내가 무엇을 해야 할지 우선 신에게
묻고자 하지 않았다면, 벌써 그렇게 되었을지도 모릅니다.

오이디푸스

그렇지만 불경하게 아버지를 죽인 나를 파멸시키라는
신탁이 그분에게서 벌써 내려진 것이 밝혀졌다오.

크레온

신탁은 그랬지요, 그러나 이런 경우에는 우리가 멈춰
어떻게 할지를 들어 보는 것이 훨씬 낫겠지요.

오이디푸스

이 불쌍한 자를 위해서 그대들이 신탁을 구하겠다는 말이오?

크레온

이번에는 아마도 그대도 신을 믿게 될 것이오.

오이디푸스

나도 믿겠소, 그리고 마음에 걸리는 한 가지를 그대에게 부탁하겠소.
저 궁전에 있는 여인을 그대가 하고 싶은 대로 묻어 주오,
그대가 그대 가족을 묻어 주는 것은 당연한 일이니까.
나에 대해서는 조상의 도시가
생명이 있는 한 나를 동거자로
받아들이지 않도록 애써 주오. 그리고
내가 산에서 살도록 해 주오.
그곳은 나의 키타이론으로 불리는 곳, 어머니와
아버지가, 생전에 나의 묘지로 골라 놓은 곳이니,
나를 없애려고 한 그들의 뜻에 따라서 거기서 죽도록 말이오.
적어도 나는 이것만은 알고 있소, 어떤 역병도,
그 외의 어떤 것도 나를 파괴할 수 없었으리라는 것을. 내가 죽음에서
구원받지 않았다면, 이런 큰 재앙을 만나지는 않았을 터이니까.
그러나 나의 운명은 가고 싶은 데로 가도록 내버려 두오.
아이들에 관해서는, 사내아이들에 관해서는,
나 때문에 염려하지 마시오, 크레온이여. 그들은 사내들이니,
어디에서 살든지
결코 궁핍을 겪지는 않을 것이오,
그러나 나의 가련한 여자아이들은
식사에 빠진 적도, 누가 빠진 채 내 식탁에

자리한 적도 결코 없었으며, 내가 손댄 것은
무엇이나 항상 함께 나눴소, 그러니 그들을 그대가 돌봐주시오.
또한 가능하다면 이 두 손으로 그 아이들을
어루만지고 이 불행을 두고 실컷 울도록 허락해 주오.
제발, 오 나의 왕이여!
부탁이오, 고귀한 가문의 후손이여! 내가 그들을 만지면
내가 눈으로 보았을 때, 그들을 붙들고 있는 듯 여기게 될 것이오.
내가 무슨 말을 하고 있는가?
맙소사, 내가 사랑하는 아이들이
내 주변에서 우는 소리를 듣고 있지는 않나? 크레온이 나를
불쌍히 여겨 나에게 가장 소중한 아이들을 보내 주었구나.
내 말이 맞지 않는가?

크레온

옳소, 내가 그들을 그대에게로 데리고 오도록 했소,
그전부터 애들을 만나는 일이 그대의 기쁨이었으니까요.

오이디푸스

축복받으시기를. 신이 나를 이끄셨던 길보다
더 좋은 길로 그대를 인도하시길 바라오.
오 애들아, 너희들 어디에 있느냐? 이리로 오거라, 어서
나의 오라버니로서의 손길이 닿는 곳으로, 너희를
태어나게 한 아버지의 이전의 밝은 두 눈을 이렇게
보지 못하도록 한 이 두 손이 닿는 곳으로 말이다.
애들아, 나는 알지도 듣지도 못한 채,

내가 심어진 바로 그곳에서 너희 아비가 되었다.
내가 장차 남겨진 너희들의 쓰라린 삶과
너희가 사람들의 폭력으로 당할 고통을 생각하면
너희를 위해 울지 않을 수 없고, 너희를 쳐다볼 수 없구나.
시민들의 어떤 모임에 너희가 갈 수 있겠느냐?
축제 행렬에 함께하기는커녕, 집으로 올 때
울지 않고 어떤 축제에 갈 수 있겠느냐?
너희가 어떻든 결혼 적령기에 이르면,
누가 있겠느냐? 너희 부모와 너희에게 던져지는
모욕은 물론 비방을 무릅쓰고 너희를
받아드릴 사내가 어디 있겠는가?
여기에 어떤 재앙이 부족한가? 너희 아비는
제 아비를 죽이고, 자신을 잉태한 여인에게
씨를 뿌려서, 자기 자신이 태어난 바로
같은 데서 너희를 낳았다고
그렇게 너희는 비난받겠지.
그러니 누가 너희를 구제하겠느냐? 아무도 안 할 것이다,
애들아, 그러니 결혼도 못 하고 메마르게
시들어 버릴 것이 분명하구나.
오 메노이케우스의 아들[50]이여! 이들을 낳은
우리 둘이 다 없어졌으니
그대만이 단 하나의 아버지로 남은 셈이오.

---

50 크레온.

그러니 결혼도 못 한 채 불쌍하게 떠도는
이 친척 아이들을 업신여기지 마시고,
이들이 나와 같은 불행에 놓이지 않도록 해 주오.
이들이 이 나이에 처한 불운을 보아, 이들을 동정해 주오.
이 애들은 모든 것을 잃었소. 그리고 그대 곁에 서 있소.
약속해 주시오, 고귀한 분이여! 나에게 손을 내미시오!
애들아, 너희가 이미 철이 들었다면,
내 너희에게 충고할 일이 많다만, 이제 나에게 약속해다오,
형편에 따라서 살아가야만 하겠지만, 너희를 낳은
이 아비보다 어렵지 않은 삶을 살겠다고 말이다.

크레온

이제 됐습니다, 눈물을 흘리시며 어디로 향하시렵니까?
이제는 궁 안으로 드시지요!

오이디푸스

내키지는 않지만, 따를 수밖에.

크레온

모든 것은 제때가 있는 법이랍니다.

오이디푸스

내가 지금 무엇을 원하는지 그대는 알고 있소?

크레온

말하오. 들어야 알 것 같소.

오이디푸스

나를 이 고향 밖으로 내보내 주시라는 말이오.

크레온

그대는 신이 주실 일을 나에게 청하고 있소.

오이디푸스

하지만 나는 신들에게서 미움받은 자요.

크레온

그런 까닭에 그대는 곧 소원을 이루게 될 것이오.

오이디푸스

그러면 약속하는 것이오?

크레온

생각하지 않는 일을 나는 두 번 말하지 않소이다.

오이디푸스

이제 나를 궁 안으로 데려가 주시오.

크레온

가십시오! 다만 아이들만은 놔두십시오!

오이디푸스

그대는 결코 아이들을 나에게서 떼어 놓지 못하오.

크레온

만사가 그대의 권한 아래 있다고 여기지 마시오.

그대의 것이었던 것도 평생 그대를 따르지 않습니다.

코로스

그대들 테바이의 시민들이여, 이분 오이디푸스를 보시오,
유명한 수수께끼를 풀고, 누구보다도 뛰어나셨던 분,
시민들이 질투의 시선으로 그의 행운을 바라보기를 마다하지 않았던 분이
어떻게 거대한 운명의 뇌우 속으로 휩쓸리게 되었는지를.
그러니 생의 마지막 날이 나타날 때까지를 바라다보되,
필멸의 인간이 비참함을 겪지 않고 삶의 종착지에 이르기 전에는
어느 누구도 행복한 사람이라고 기리지 마시기를.

안티고네

Antigonae

등장인물

안티고네

이스메네

코로스, 테바이의 원로들로 구성됨

크레온

파수꾼

하이몬

티레시아스

사자

에우뤼디케

제1막

제1장

안티고네, 이스메네

안티고네

함께 피를 나눈 동생아! 오 이스메네야!
오이디푸스께서 당하신 이래로 우리가 살아오는 동안
대지의 신[51]이 우리에게 가하지 않은
불행한 일을 너는 하나라도 알고 있니?
어떤 참담한 일도 어떤 방황도
어떤 수치스럽고 불명예스러운 일도
너와 나의 불행에서 보지 않은 게 하나도 없으니 말이다.
그런데 지금, 장군님[52]께서 도시 전체에 대고
우리를 향해서 무슨 포고를 내리셨다는 거냐?
너는 들었니? 아니면 친구들에게
적에게나 줄 재앙이 닥치고 있다는 것을 너는 모르고 있니?

이스메네

친구들에 관해서, 안티고네 언니, 좋은 소식이건

---

51 제우스. 제4막 제1장에서는 "시간의 아버지"(987행)라고도 불린다.

52 장군으로 아르고스와의 전쟁에서 돌아와 새 왕이 된 크레온.

슬픈 소식이건 저는 한마디 말도
듣지 못했어요,
우리 자매가, 한날한시에 서로의 손에 의해
죽어 세상을 떠나신 두 오빠를 잃은 뒤로는요.
그리고 지난밤, 아르고스 군대가 떠난 뒤로
내가 더 행복하거나 더 나빠지게 된 것은 아닌지
나는 아무것도 아는 것이 없어요.

안티고네

나도 그런 생각이야, 그래서 네가 특별히
들을 수 있도록 너를 궁전 문 앞으로 불러낸 거야.

이스메네

언니가 무슨 검붉은 말을 물들이는 것 같은데, 그게 무어예요?

안티고네

크레온 님이 장례를 가지고 우리 두 오빠를 바꾸어 가며
화관을 얹어 주는가 하면, 모욕을 주지 않았겠니?
사람들이 말하기를 에테오클레스 오라버니는 지하의
사자들 사이에 명예를 누리도록, 정당하게
바른 법도에 따라서 땅에 묻어 주도록 했으나,
비참하게 돌아가신 폴뤼네이케스 오라버니의 시신은
누구도 그를 무덤에 묻지도, 애도하지도 말며,
애도의 눈물도 무덤도 없이
짐승의 먹이가 되고 새 떼의 반가운 먹이가 되도록

버려두라고 시민들에게 포고했대.
그 선한 크레온 님이 너와 나에게도
그런 명령을, 그래 나에게도, 내리셨다는 거야.
그리고 모르고 있는 사람들에게
분명히 알리려고, 이리로 오신데.
이 일은 아무것도 아닌 일이 아닌 거지.
조금이라도 명령을 거슬려 행동하는 자는
그 자리에서 돌로 쳐 죽이게 하셨대.
네 처지가 그러하니, 네가 선한 이들에게서 고귀하게 태어났는지,
아니면 비겁한 사람인지를 네가 곧 증명해 주겠지.

이스메네

오 가여운 언니, 사태가 그렇다면 내가 무엇을 할 수 있을까?
내가 그냥 두고 보아야 하나요, 아니면 무덤으로 가야 하나요?

안티고네

네가 나와 함께 행동하고 나를 도울 것인지 곰곰이 생각해 봐!

이스메네

그것은 주제넘은 일이에요. 언니는 지금 무슨 생각을 하는 거예요?

안티고네

네가 이 손을 도와서 오빠의 시신을 들어 옮길 거니?

이스메네

도시 전체에 금지령이 내려져 있는데도, 오빠를 무덤으로 데려 가려고?

안티고네

너와 나의 오빠를 묻을 거야, 네가 원하지 않는다고 하더라도.
아무도 나를 신의 없다고 생각하지 않도록 말이야.

이스메네

거친 양반! 크레온이 금지했는데도?

안티고네

나의 일은 그 사람하고 아무 상관이 없어.

이스메네

오 맙소사! 언니, 곰곰이 생각해 봐, 어떻게 아버지는
당신이 지은 죄과로 혼란에 빠져서
자기 자신의 손으로 두 눈을 찌르시고
어머니이자 부인은
이중의 고통 속에서 옭아맨 밧줄로
생명을 끊어 버린 다음
증오와 멸시 속에서 세상을 떠나셨는지를 말이야. 그리고
세 번째로 어떻게 두 오라버니께서 한날한시에
각자 상대방의 손으로 혈족의 죽음에 이르게 되었는지도 말이야.
이제 홀로 남겨진 것이 우리 두 사람인데,
우리가 왕의 명령과 권력을 일부러 소홀히 하면
가장 비참하게 죽게 된다는 사실을 생각해 봐요.
그리고 우리는 여자인 만큼, 남자들을 향해서
싸움을 걸어서는 안 된다는 것도 말이야.

그리고 또한 우리가 더 강한 자들의 통치 아래 있는 한,
우리는 이런 말도 듣고 복종해야만 할 거야, 더 가혹한 일도!
그래서 나는 지하에 계신 분들께
용서를 빌겠어요, 통치하고 있는 사람들이
나를 다스리도록 용납하겠다고.
지나친 행동은 부질없는 짓이니까요.

안티고네

나는 너에게 요구하지 않겠다. 이제는 네가 하고
싶어 해도, 나는 너의 도움이 달갑지 않아.
그렇고말고! 너는 너 좋을 대로 생각해, 그렇지만
나는 그분을 묻겠어, 그런 다음 죽는 것은 아름다운 일이니까.
나는 그 성스러운 일을 치르고 나서, 사랑하는 그의 곁에
사랑스럽게 눕게 되겠지. 여기 지상에서보다
지하에 계신 분들의 마음에 드는 시간이 더 길 터이니까.
거기에 나는 영원히 깃들게 될 터이니 말이야. 그렇지만 너는
신들이 존중할 만한 일에도 경멸하는 태도를 그대로 간직하렴.

이스메네

나는 그런 것을 경멸하지 않아요, 나는 태생적으로
시민이 저항하면서 취하는 행동에 서툴 뿐이랍니다.

안티고네

너는 [그걸] 그렇게 변명으로 삼으려무나. 그러나 나는
가장 사랑하는 오라버니에게 무덤을 쌓아주러 가겠다.

이스메네

가련한 언니! 오! 언니가 걱정돼요!

안티고네

내 걱정은 하지 말아! 너의 인생이나 잘 꾸려나가려무나!

이스메네

어찌 됐든, 누구에게도 그 일을 알려서는 안 돼!
이제는 입을 다물어야 해! 나도 그렇게 할 거야.

안티고네

오 아니야! 크게 외쳐! 네가 침묵하고 모든 이들 앞에서
이 일을 말하지 않는다면, 나는 너를 더 미워하게 될 거야.

이스메네

언니의 영혼은 그처럼 차가운 일에 뜨겁게 고통을 겪고 있어요.

안티고네

나는 내가 누구의 마음에 가장 크게 들어야 하는지를 알 뿐이야.

이스메네

그렇게 할 수 있을지는 모르지만, 언니는 불가능한 일을 시도하고 있어.

안티고네

물론! 할 수 없으면, 그때는 그만두어야만 하겠지.

이스메네

누구든 처음부터 불가능한 것을 쫓을 필요는 없지.

안티고네

네가 그렇게 말하고자 하면, 나는 너를 미워할 거야,
죽은 이도 너를 증오한다 해도 넌 할 말이 없지.
그러나 나와 나의 미친 생각이
끔찍한 일을 당하도록 내 버려둬. 나는
비열한 죽음을 견딜 만큼 그렇게 감상적이지는 않아.

이스메네

언니 생각이 그렇다면, 가세요. 그러나 언니가 사랑스러운 음성으로
사랑스럽게 말하더라도, 의미가 없다는 것만은 알아 두세요.

테바이의 원로로 구성된 코로스

오 태양 빛살이여,
오래전부터 일곱 개 성문의 테바이를 비친
가장 아름다운 햇살이여, 오 빛이여
드디어 모습을 나타내었구나.
오 낮의 황금빛 눈이여,
완전무장을 하고 디르케[53]의
강물 위를 거닐며, 아르고스에서

---

53 테바이의 강.

온 흰 방패를 든 자[54]를
그대는 매서운 재갈로
고꾸라지듯 도망치도록 만들었도다.
그자는, 폴뤼네이케스의 질투로 두 패로 갈라진
우리 나라 위를 날카롭게, 마치 독수리처럼
외치며 날아들었다네.
그의 날개는 눈처럼 하얗고,
두렵게도, 많은 무기를 들고
말총으로 장식한 투구를 쓰고 왔었다네.

그는 궁전 위에 서서는
피에 굶주린 창들로
일곱 성문
입을 에워싸도록 지휘했네.
그러나 그가 우리의 피로
볼을 가득
채우기 전에,
헤파이토스[55]의 관솔불이
성탑의 꼭대기를 붙들기 전에,
거기서 물러갔다네.

54 일곱 장수가 이끈 아르고스 군, 흰 방패를 들었다는 것은 "아르고스"가 보통명사로는 "흰색"을 뜻하기 때문으로 보임.

55 불의 신.

그렇게 군신 마르스의 소동이
등 뒤에서 적이 되고,
용[56]과 싸우는 자에게는 장애가 되었기 때문이네.
제우스 신은 요란한 혓바닥의
호언장담을 매우 싫어하셔서, 그들이
눈부신 황금빛을 자랑하며 넓은 보폭으로
오만하게 앞을 내다보면서 다가오는 것을 보자
가파른 성의 계단에서
승리를 외치려는 자에게
불꽃을 던져 그들을 내동댕이쳤다네.

그자는 비틀거리며 딱딱한 땅바닥에 쓰러졌다네.
사랑에 취한 듯, 광란하는 무리와 함께
헐떡이며, 미친 듯이
역풍의 소용돌이 가운데 달려들던 그는.
그러나 뜻대로 되지 않았네.
전쟁의 신[57]은
다른 적에게 다른 것을 나눠 주시네, 가혹하게
그가 정당하게 한 전사의 손을 뿌리칠 때도.
일곱 영주가 일곱 성문 앞에서
진을 치고 대등하게 맞서다가

56 테바이 인들은 자신들이 용의 후손이라고 믿었다.

57 아레스.

승리의 제우스 신에게 청동의 무기를 공물로 남겼다네.
오직 한 명의 아버지와 한 명의 어머니에게서
태어난 역겨운 운명의 두 사람만이
서로 두 개의 창으로 겨누다가 둘은
함께 공동의 죽음을 나누었다네.

그러나 위대한 이름 승리의 여신[58]이
전차가 많은 테바이로 은혜롭게 오셨으니,
이제 전쟁도 끝난 터라,
잊기로 하세!
모든 신전들을 향해서
코로스 소리와 함께, 밤을 새우면서
가세! 그리고 테바이 땅을
뒤흔들면서 박코스[59]의 원무가 휩쓸게 하세!
그러나 메노이케우스의 아들,
크레온께서 신들의 새로운 뜻에 따라서
새롭게 이곳의 왕이 되셨다네.
그가 이제 원로 회의를 소집하고 회의를 열고자
공적인 통보를 내었고, 여기서
어떤 계획을 말하고자
이리로 오고 계시네.

58 니케.

59 주신(酒神) 디오니소스의 다른 이름.

제2장

크레온, 코로스

크레온

여러분, 이 도시에 관한 것인 한, 신들께서는
우리 도시를 심한 풍랑으로 뒤흔드셨다가
이제 다시금 일으켜 세우셨습니다.
내가 여러 사람 중 그대들을 이렇게 따로
부른 것은 두 가지 이유에서인데, 그 하나는
라이오스 왕좌의 통치를 여러분이 존중했으며,
또 오이디푸스가 이 나라를 세웠을 때,
그리고 그분이 돌아가시고 난 후에도 그분의 자식들에 대해
변함없이 충성을 다한 것을 내가 알기 때문이요.
이제 이중의 운명 때문에 이 아들들이
제 손으로 치욕을 낳는 가운데 서로 치고받아
한날한시에 죽어 버렸기 때문에,
망자의 친척 가운데 계승 순위에 따라서
내가 권력과 왕좌를 손에 넣게 되었소.
권한과 명령에 익숙한 사람들과는 달리, 아무나
다른 사람의 영혼과 사고방식과 생각을
완전하게 이해하는 것은
가능한 일이 아니오. 요직에 있으면서,
최고의 계획에 머물지 않고, 대신

무엇인가 두려워서 입을 다물고 있는 자는
내가 보기에 못된 목숨으로 생각되오, 예나 지금이나.
누군가 자기 조국보다 사랑하는 친구를 더 소중하게
생각한다면, 나는 그런 자를 몹시 경멸하오.
모든 것을 항상 굽어보시는 제우스께서는 알고 계시지만,
내가 시민들에게 안녕 대신에 혼란이 다가오는 것을
본다면, 나는 침묵하지 않을 것이며,
이 땅에 재앙이 있기를 원하는 자가 있다면,
나는 그를 결코 친구로 여기지 않을 것이오.
이 배를 타고 바르게 항해할 때, 이 도시가 구원을 가져오며,
친구를 얻을 수 있다는 것을 내가 알기 때문이오.
이러한 원칙에 따라서 나는 이 도시를 키우려고 하오.
그러나 지금 나는 오이디푸스의 아들들 때문에
이와 유사한 것을 시민들에게 포고하였소.
이 도시를 위하여 싸우다가 죽은 에테오클레스는
모든 면에서 뛰어난 창잡이로서 전사했으니
묘지에 묻어, 지하의 가장 뛰어난 사자에게
어울리는 예절로 봉헌할 것이오.
그러나 그와 혈연의 형제인 자이며,
조국의 땅,
고향의 신들을 망명에서 돌아와
꼭대기에서부터 불태워 없애고,
친족의 피를 마시며, 이들을 노예로
끌고 가려 한 폴뤼네이케스에 대해서는

나는 이 도시에 대고 알리게 했던 것이오,
누구도 그를 묻지 말고, 애도하지도 말며,
묻히지 못한 채 버려두어서, 새들과 개들에게
갈기갈기 찢겨 먹이가 되는 것을 보이게 하라고 말이오.
이것이 내 뜻이오. 그리고 나에게서 선한 사람보다
악한 자가 더 존중받는 일을 결코 없을 것이오.
그러나 이 도시에 대해서 선의를 가진 사람은
죽었든 살았든 나에게서 똑같이 존중받을 것이오.

코로스

오 메노이케우스의 아들, 크레온 님, 이 도시의
적과 친구들에게 그렇게 하실 생각이시군요,
또한 그대는 죽은 자나 살아 있는 자에게
어디서건 법령을 사용할 권한을 가지고 계십니다.

크레온

여러분은 이제 이렇게 명한 것의 감시자가 되어 주시오.

코로스

그런 역할은 젊은이들에게 맡기시지요.

크레온

아니요. 저 밖에서 그 시체를 이미 감시하고 있소.

코로스

그렇다면 우리에게 또 다른 할 일을 명하시려는군요.

크레온

그렇소. 이런 명령이 맘에 들지 않는 자들도 분명 있을 터니까.

코로스

죽기를 바라는 그런 어리석은 자는 여기에 하나도 없소이다.

크레온

그것은 그런 일에 대한 대가요. 헛된 희망과 함께 취한
이익은 그런 자를 자주 파멸로 이끌었지요.

제3장

크레온, 코로스, 사자[60]

사자

왕이시여, 이번에는, 제가 숨이 차도록
급히 달려왔다거나, 가벼운 발걸음으로
걸어왔다거나 지껄이지 않겠습니다. 왜냐면
걱정이 여러 차례 저를 멈추게 하고, 저로 하여금
발길을 되돌리게 했으니까요. 그리고 제 마음이
저에게 여러 공상을 하게 했으니까요. 너 가련한 사람아!
어디로 가고 있느냐, 거기 처벌이 기다리고 있는 곳으로?

---

60 이 장면에서의 사자는 서두의 등장인물 목록에는 나오지만, 본문에는 등장하지 않는 "파수꾼"이다.

불행한 사람아, 그러나 크레온이 다른 사람에게서
이 일을 듣게 된다면, 네가 뒷감당을 어떻게 하려느냐?
너는 그런 것이 도대체 걱정스럽지도 않으냐?
그런 것들을 생각하면서 저는 느릿느릿 걸어왔으며,
그러다 보니 짧은 길이 먼 길이 되고 말았습니다.
결국 여기에 와야 한다는 생각이 이겼던 것이지요.
제가 드리는 말씀이 아무것도 아니라 하더라도
말씀드리겠습니다. 제가 하는 일에는 응당한 것만이
뒤따르리라는 희망을 안고 제가 왔으니까요.

크레온

무슨 일이 있는가, 무엇 때문에 네가 그처럼 주눅이 들었느냐?

사자

저와 관련하여 모든 것을 말씀드리고 싶습니다.
제가 그 일을 저지르지 않았고, 누가 그랬는지도 모릅니다.
그러니 제가 벌을 받는다면, 그것은 옳지 않습니다요.

크레온

너는 잘 헤아리고 있구나. 나쁜 일을 막아 줄 울타리를
치고 있는 것을 보니. 분명 좋지 않은 소식을 전하러 왔구나.

사자

무서운 소식을 전하려 할 때는 많이 망설이게 되는 법이지요.

크레온

지금 즉시 말하고, 떠나거라!

사자

그렇다면 말씀드리지요. 누군가 시신을 묻어 주고 사라졌어요.
시신의 맨살에 마른 먼지를 뿌리고,
그럴듯한 의식을 치르고서 말이에요.

크레온

무슨 말이냐? 누가 감히 그런 짓을 했단 말이냐?

사자

모르겠어요. 곡괭이로 내려친 자국도 없었고,
삽질한 흔적도 없었으며,
땅은 단단하고 바닥은 파헤쳐져 있지 않았으니까요.
수레바퀴가 지나간 흔적도 없었습니다. 범인은 아무런
흔적도 남기지 않았습니다. 첫 낮 감시 근무자가 현장을 보여 주었을 때,
그것은 우리 모두에게 이해할 수 없는 무슨 기적과 같았습니다.
시신은 눈에 띄지 않았고, 무덤에 묻힌 것은 아니었지만,
저주를 피하기 위해서인 듯이, 고운 흙먼지로 덮여 있었습니다.
거기에 나타나 시신을 찢은
어떤 들짐승의 발자국도, 들개의 흔적도 없었습니다.
그래서 욕설을 서로가 주고받는 가운데
파수꾼이 다른 파수꾼을 비난하다가 거의
주먹다짐에까지 이르렀습니다. 아무도
말리는 사람이 없었지요. 각자가 다른 각자에게는
그 범행을 저지른 것으로 보였으나, 확실한 자는 아무도 없었고,

각자는 자기를 변호할 말을 알고 있었기 때문입니다.
그러나 우리는 두 손으로 발갛게 단 쇳덩이를 쥐고
불길을 통과해서 신들에게 가
우리는 아무 짓도 한 것이 없으며, 그런 일을
부추기거나 실행한 자에 대해서 아는 것이 하나도
없다는 것을 맹세하려고까지 했습니다. 결국
아무리 찾아보아도 아무 소용이 없자, 누군가가
한마디 했는데, 그 말이 우리 모두를 두려움에
고개를 떨구게 했습니다. 우리는
그 말에 대해서 한마디도 반박할 수 없었고
어떻게 해야 그 말을 잘 수행할지를 몰랐기 때문이었지요.
그 말이란 그대에게 숨기지 말고 범행을 알려야 한다는 것이었습니다.
그렇게 하기로 결정되었고, 제비를 뽑아 신(神)을 잃은 자인 제가
그 좋은 일을 떠안게 되었습니다. 그리하여
마지못해 여기 와 있습니다.
저는 환영받지 못할 것을 알고 있습니다.
나쁜 소식을 전하는 사람을 좋아할 사람은 없으니까요.

코로스

왕이시여, 아까부터 이 일은 신들께서 하시는 게 아닐까 하는
생각이 제 마음에 자꾸 떠오르는군요.

크레온

그만하시오! 그대의 말 때문에 내가 분노를 폭발시키기 전에,

그리고 그대가 늙은이인데다가 바보로 드러나기 전에 말이요.
그대가 지하의 신들이 이 시신을 위해서
염려하실지도 모른다고 말하는데
그것은 너무도 참을 수 없는 말이기 때문이오.
신들께서 그들의 신전의 기둥들과 제물 모두를
불사르려고 온 자를, 그리고 나라와 법칙을 산산이
조각내려고 온 자를 그렇게 온화하게 존중하고
감추어 주려고 했단 말이요? 아니면 그대는 사악한 자들이
천상의 신들로부터 존중받는 것을 본 적이 있소?
천만의 말씀이요. 그러나 오래전부터 이 도시에는
몇몇이 나에게 불만을 품고 있으며
이 자들이 은밀히 고개를 저으며,
견디어 낼 수 있는 한
나를 존중하는 멍에를 지려고 하지 않소.
이들에 의해시 파수꾼들이 매수되었고
이 자들이 그런 짓을 했다는 것을 나는 잘 알고 있소.
법으로 가치를 인정받은 모든 것 가운데서
돈처럼 해로운 것은 없기 때문이오. 돈은
온 도시를 약탈하고 남자들을 집 밖으로 유혹해 내지요.
돈은 올바른 마음들을 비틀어지게 하고, 사람들에게
사악한 일을 행하는 법을 알도록 변화시킬 수도 있소.
또한 인간들에게 많은 악행을 가르쳐 주고
모든 불경한 행위를 알게 해 주는 것이오.
그러나 대가를 받고 범행을 저지른 자는

언젠가는 이 때문에 벌을 받게 되는 법이오.
그러나 대지의 신[61]께서 나로부터 존중받고 계신다면,
그렇게 내가 알고 있기에, 맹세코 너에게 말하노니,
너희들은 시신을 묻어 준 범인을 찾아내어서,
내 눈앞에 세워야만 한다. 그렇지 않으면 산 채로 십자가에 매달리어
그 뻔뻔한 시작[62]을 나에게 자백한 후에야
지옥[63]으로 붙잡혀 갈 수 있을 것이다.
어디서 이익을 취해야 하는지를,
서로 약탈을 취하는지를 알고, 또한 아무 데에서나
이익을 취할 수 없다는 것을 너희들이 알도록 말이다.
수치스러운 이익은 무사함보다는 더 많이
파멸을 불러온다는 사실을 너도 잘 알게 될 것이다.

사자

말씀드려도 될까요, 아니면 돌아서 물러갈까요?

크레온

지금 너의 말에 고통이 들어 있다는 것을 너는 알고 있느냐?

사자

귀가 아프신가요? 마음이 아프신가요?

---

61 제우스 신.

62 오만불손.

63 하데스(Hades)의 기독교적 역어.

크레온

왜 나의 아픈 곳이 어디인지를 헤아리고 있느냐?

사자

전하의 마음은 범인이, 귀는 제가 아프게 하는 것이겠지요.

크레온

오! 어찌 너는 그렇게 엄청난 수다쟁이로 태어났느냐?

사자

아무튼 그 일에 제가 관여한 것은 절대 아닙니다.

크레온

아니긴! 돈 때문에 영혼을 판 것이 네 놈이지!

사자

아! 진실을 외면한 양심은 무서운 것이구나!

크레온

멋대로 생각하거라! 그러나 너희가
범인을 보여 주지 못하면, 부정한 이익은
손해만 일으킨다고 고백하게 될 줄 알아라.

크레온이 퇴장한다.

사자

범인이 발견된다면야 가장 좋겠지.
그런데 그런 일이 일어날까? 그것은
운수소관이지. 이제 이곳으로 출두한

나를 다시 보게 되는 일은 없을 것 같네.
희망하지도 않았는데 뜻밖에도
목숨을 구했으니, 신들께 심심한 감사를 드리네.

그가 퇴장한다.

제2막

테바이 원로들로 구성된 코로스

섬뜩한 것은 많다네. 그러나
사람보다 더 섬뜩한 것은 따로 없다네.
왜냐면 바다의 밤을 넘어
남풍이 북을 향해 불어올 때
그는 돛을 올려 솨솨 소리 내는 기세를 타고
항해에 나서기 때문이며,
신적인 것들의 숭고한 대지
그 무해하고, 지치지 않는 대지를
애써 쟁기로 갈아 생채기를 내기 때문이라네.
해를 거듭하며
사람은 노새를 타고 길을 터 왕래하고,
가볍게 꿈꾸는 새들의 세상을
얽어 싸 사로잡는다네.
또한 야생 동물의 무리와
폰토스의 짠물에 사는 자연을
얽은 그물로 감싸 잡는다네,
노련한 남자가.
또한 산에서 밤을 지내며 여기저기를 떠도는
들짐승을 온갖 술책으로 붙잡고,

갈기가 멋대로 자란 말과 또한 산을
떠도는 길들지 않은 산의 소 목에
멍에를 씌우기도 한다네.

또한 말하는 것과 바람처럼 빠른
생각과 도시에 질서를 세우는 자부심을
배워 깨우쳤다네. 또한 살기가 마땅찮은
언덕의 습기 찬 대기와
폭우의 화살에서 도망치는 법도. 그는
어디에서건 스스로 해결할 수 있으니
대책 없이 미래를 맞는 일은 결코 없다네.
다만 앞으로 닥칠 죽음에서
달아날 방법을 알지 못할 뿐,
대책 없던 역병을 피하는 방법을 고안했다네.
노련하게 그리고 기대를 넘어서는
발명의 재능을 가지고
인간은 때로는 악의 길로, 때로는 선의 길을 간다네.
그가 국법과 대지와 자연의 힘센 자들께
맹세한 양심을 훼손하기도 한다네.
염치없는 일을 저지르기 위해서
수치스러운 일과 결탁하는 자는
도시에서 아무런 가치를 인정받지 못한다네.
그런 짓을 한 자는
나와 함께 화롯가에 앉지도 말며

같이 생각을 나누지도 말기를.
마치 신의 유혹처럼 그것이 내 앞에 서 있네요,
내가 보고 있는 그녀가, 그 아이가
안티고네가 아니라고 말해야 하겠어요.
오 불행한 여인, 불행한 아버지
오이디푸스의 아이여, 그대가
어리석게 왕의 법에
복종치 않다가 붙잡혀,
그들이 그대를 이곳으로 끌고 온 것은 아니겠지?

제1장

안티고네, 사자, 코로스, 크레온

사자

이 여자입니다. 이 여자가 범인입니다. 그분을 매장하고 있을 때,
저희가 붙잡았습니다, 그런데 크레온 님은 어디 계신지요?

코로스

마침 그분이 궁전에서 나오고 계시는군요.

크레온

무슨 일인가? 내가 무슨 일에 때마침 왔다는 건가?

사자

전하, 사람이 무엇이든 맹세할 일은 아닌 것 같습니다.
나중의 판단이 앞의 생각을 거짓으로 만들기 때문이지요.
말씀드리자면, 저는 이전에 저에게 몰아친 위협 때문에,
쉽사리 이곳으로 되돌아오리라고 생각하지 않았었습니다.
그렇지만 어떤 뜻밖의 기쁨이 다른
어떤 만족과도 비교할 수 없을 정도로 컸습니다.
따라서 맹세를 어기더라도, 무덤을 꾸미다가
발각된 그 여인을 데리고
여기에 제가 왔습니다. 이번에는
제비를 뽑지도 않았습니다. 이 발견은 제 몫이며,
다른 누구의 것도 아니니까요. 오 왕이시여, 이제는
이 여인을 직접 붙들고 원하시는 대로 심문하고 처벌하세요!
소인은 당연히 이러한 곤경에서 벗어나게 되겠지요.

크레온

어떻게 이 여인을 여기로 데려왔느냐? 어디서 그녀를 붙잡았느냐?

사자

이 여인이 그 사내를 묻고 있었습니다. 이로써 모든 것을 다 아시게 될 것입니다.

크레온

네가 무슨 말인지 알고 떠든 것이겠지, 또 사실이겠지?

사자

전하께서 금하신 그곳에서 이 여인이 시신을 매장하는 것을

제가 보았습니다. 이제는 제 말씀이 분명해졌나요?

크레온

이 여인이 어떻게 발견되고, 어떻게 잡혔느냐?

사자

그 일은 이렇습니다. 전하께서 심한 말씀으로 겁을 주시자,
저희는 전하 곁을 떠나, 그리로 가서
시신을 덮고 있는 흙먼지를 모두 쓸어내
축축한 시신을 그대로 드러냈습니다.
그리고 시신이 악취를 우리 쪽으로 보내지 못하도록
바람이 불어오는 쪽 언덕 위에 두려워하며 앉았습니다.
우리는 서로를 깨우고 누군가 맡은 일을
게을리하면 서로 위협하기도 했습니다.
그렇게 둥근 해가 떠오르면서 하늘에서 아래를 굽어보고,
찌는듯한 뜨거움이 달아오를 때까지
그대로 있었지요. 그러자
갑자기 따뜻한 폭풍이 소용돌이를 일으키고
하늘의 고통을 알리며 대지를 뒤덮었고
계곡의 숲을 에워싸고 나뭇잎을 흩날리고
거대한 하늘이 그것으로 가득해졌습니다. 저희는
두 눈을 감은 채, 신이 보내신 고통을 참아냈습니다.
한참이 흘러서 저희가 이런 고통에서 벗어났을 때,
여기 이 소녀가 발견되었는데, 마치 한 마리의 새가
새끼들을 빼앗기고 빈 둥지를 보고서

슬퍼하듯이 날카로운 소리를 내며 울고 있었습니다.
그렇게 그녀는 맨몸인 채로 드러난 시신을 보고,
소리 내어 탄식하면서, 그런 짓을 한 자들에게
저주를 퍼부었습니다,
그리고 재빨리 두 손으로 흙먼지를 가져왔고,
잘 만들어진 청동 항아리에서
제주(祭酒)를 따라 세 번 시신에 부었습니다.
이것을 본 저희가 달려가 그녀를 붙잡았습니다.
그녀는 전혀 당황하지 않았고, 저희가 지금 한 일과
이미 저지른 일을 나무랐으나,
그녀는 전혀 부인하지 않았습니다. 소인은
기쁘기도 하고 동시에 슬프기도 했습니다.
자신이 곤란한 처지에서 벗어났다는 것은
더없이 기쁜 일이지만, 친구들을 불행에
빠지게 한다는 것은 슬픈 일이니까요. 그러나
이 모든 것은 저 자신의 안전보다는 사소하답니다.

크레온

땅바닥으로 고개를 숙이고 있는 너,
네가 그 짓을 했다고 시인하느냐, 부정하느냐?

안티고네

그 일을 했다고 시인합니다, 부인하지 않습니다.

크레온

너는 무거운 짐에서 벗어났으니, 어디든지

가고 싶은 데로 가거라[64], 그리고 너는 길게 말고
짧게 말해 보아라, 그러지 말라고 포고령이
내려져 있는 것을 너는 알고 있었느냐?

안티고네

알고 있었습니다. 분명했는데 어찌 모를 수가 있겠습니까?

크레온

그런데도 너는 감히 법을 어겼단 말이냐?

안티고네

그렇습니다. 나의 제우스 신께서 나에게 그런 법을 공포하시지 않으셨고
죽음의 신들 가운데 정의의 여신도 이곳 인간들 간에
그런 법을 제정한 적이 없기 때문입니다.
죽어야 할 운명의 인간이 세운 그대의 포고령이
저 위의 문자로 쓰여 있지는 않지만, 확고한
하늘의 법을 깰 만큼 대단하다고 생각하지 않습니다.
그 법은 어제오늘이 아니라 항상 살아 있으며,
어디서 왔는지 아무도 모르니까요.
그 때문에 나는 한 인간의 의지가 두려운 나머지
신들로부터 벌을 받기는 싫었습니다.
나는 언젠가 죽지 않을 수 없다는 것을 알고 있습니다.

---

64 사자를 향해서.

어찌 모르겠습니까? 그대가 포고령으로 고지하지 않았다고 해도
말이에요.
그러나 때 이르게 죽는다고 해도, 나에게 그것은 심지어
이득이라고 말하겠어요. 나처럼 불행 속에서 사는 사람은
죽음 가운데서 족히 상당한 이익을 얻지 않겠습니까?
그러므로 그런 운명을 맞는다는 것은 나에게는
슬퍼할 일이 아닙니다. 그러나 내 어머니의 아들이
죽었을 때, 그 시체를 무덤도 없이 버려두었더라면,
그것은 나를 슬프게 했을 것입니다. 그러나 죽음은
나를 전혀 슬프게 하지 않습니다.
만일 내가 한 일 때문에 당신에게 바보로 보인다면,
내가 바보에게서 그의 멍청함 때문에 그런 비난을 듣는 것이겠지요.

코로스

이 아이에게서 거친 아버지의 거친 자손이라는 것을
보게 되는군! 불행 가운데에서도 유독 굽힐 줄 모르니.

크레온

그러나 잘 알아 두어라, 지나치게 완고한 마음은
쉽사리 꺾이기 마련이라는 것을. 불 속에서 지나치게
달구어진 강하디강한 쇠가 먼저 부러지고
부서지는 것을 너는 매일 볼 수 있을 것이다.
짧은 고삐에도 고집 센 말들이
고분고분해진다는 것을 나는 알고 있다.
자기 주변 사람의 하인인 주제에 자기가

잘났다고 생각하는 것은 어울리지 않는 일이니까.
그런데 이 계집은 공포된 법령을 어기는 것을
즐거움으로 삼고 있구나.
그런 짓을 하고 나서도 그것을 자랑으로 삼고
웃기까지 하고 있으니 바로 두 번째 오만이다.
아니다! 그런 특권을 아무런 처벌도 없이
그 계집에게 인정한다면, 내가 남자가 아니고,
그녀가 남자일 것이다.
그녀가 나의 누이의 딸이고
내 집안의 가신이 맺어 준 인척이라 할지라도
이 모든 것과는 관계없이 그녀는
참혹한 죽음을 면치 못할 것이다. 그녀의 동생 역시.
나는 그녀와 마찬가지로 이 동생 역시 고발한다,
몰래 장례를 치르는 데 가담했기 때문이다.
그녀의 동생을 불러오라. 방금 집 안에서 그녀가
제정신을 잃고 광란하는 것을 내가 보았으니까.
어둠 가운데서 옳지 못한 일을 행하게 되면,
은밀한 마음이 먼저 들통나게 마련이지.
나쁜 짓을 하다가 붙잡히고 나서
그 짓을 미화하려는 자를 나는 증오한다.

안티고네

나를 죽이는 것 이상으로 더 원하는 것이 있나요?

크레온

아무것도 없다. 이것을 가지면 모든 것을 가진 것이니까.

안티고네

그렇다면 뭘 기다리십니까? 당신의 말 중에 하나도
내 마음에 들지 않고, 앞으로도 결코 그럴 수 없을 거예요.
그러니 나의 말도 당신의 마음에 들지 않겠지요.
그렇다 하더라도 내가 오라비를 무덤에 묻어 드리는 것보다
더 아름다운 명예를 내가 어디서 얻을 수 있겠어요.
두려움이 입을 막지 않는다면, 여기에 있는 모든 이들도
그것이 맘에 든다고 고백할지도 모르니까요.
그러나 왕권은 여러 가지로 행운을 누리기 마련이지요,
마음 내키는 대로 행동하고 말하는 것도 그런 것이지요.

크레온

테바이 사람 가운데 너 혼자만 그렇게 보고 있다는 거냐?

안티고네

그들도 그렇게 보고 있습니다, 그대 앞에서 입을 다물고 있을 뿐이지요.

크레온

이들과 다르게 생각하는 것이 부끄럽지도 않으냐?

안티고네

사람은 한배에서 나온 혈족을 마땅히 존중하는 법이지요.

크레온

나라를 위해서 죽은 자 역시 한 혈족이다.

안티고네

한 혈족이지요. 한 어미와 아비에서 태어난 아이니까요.

크레온

그런데 너는 왜 그 불경한 자에게 호의를 베풀어 그분을 모욕하는가?

안티고네

세상을 떠나신 분[65]은 그렇다고 인정하지 않을 겁니다.

크레온

물론이지. 네가 그 불경한 자와 똑같이 그분을 공경한다면 말이다.

안티고네

그분[66]은 노예로서가 아니라 아우로서 죽었습니다.

크레온

그자는 우리 나라를 파괴했지만, 그분은 이 나라를 위해 맞섰느니라.

안티고네

어쨌든 하계의 신[67]은 그런 의식을 요구합니다.

---

65 에테오클레스.

66 폴뤼네이케스.

67 하데스.

크레온

그러나 착한 이에게 악한 자와 똑같은 몫을 주어서는 안 되지.

안티고네

하계에서는 다른 관습이 있을 수 있는지 누가 압니까?

크레온

적이 죽었다고 친구가 되지는 않는다.

안티고네

물론이지요. 그러나 나는 미워하기 위해서가 아니라, 사랑하기 위해서 살고 있답니다.

크레온

사랑하고 싶으면, 하계로 내려가라,
그리고 거기서 사랑하라! 내가 살아있는 한 어떤 여인도 나를 지배하지 못한다.

제2장

코로스, 크레온, 안티고네, 이스메네

코로스

지금 문밖으로 이스메네가 나오고 있네,
태연하게, 언니를 생각하며 자매의 눈물을 흘리면서.
이마에 깃든 구름이

새빨갛게 단 얼굴을 가리고
관자놀이에서는 비가 되어 뺨을 적시며 흐르네.

크레온

그렇구나! 너! 독사처럼 내 집에 숨어 웅크리고
앉아 내 피를 빨아 먹었구나! 내 곁에 두 재앙의 근원이자
왕위의 적을 기르고 있다는 것을 누구도 나에게
보고하지 않았단 말인가? 자, 이실직고하거라, 네가
무덤을 만드는 일에 가담했느냐, 아니면 전혀 모르는 일이냐?

이스메네

나도 그 일을 했습니다. 언니가 동의한다면,
그 벌을 함께 나누어 받겠어요.

안티고네

그건 정의가 용납하지 않아.
너는 원하지 않았고, 나는 너를 그 일에 참여시키지 않았으니까.

이스메네

언니의 불행에 함께하는 것은 부끄럽지 않아요,
저는 고통 가운데 있는 언니의 동행자가 되겠어요.

안티고네

누가 그 일을 했는지는 하계의 신과
거기에 있는 망자들이 알고 있단다.
나는 말로 사랑하는 사람을 사랑하지 않는다.

이스메네

언니, 내가 언니와 함께 죽을 수 없을 것이라든지,
무덤을 만든 대가를 치를 수 없을 것이라고 무시하지 말아요.

안티고네

너는 함께 죽어서는 안 된다. 너와 관계없는 일을
너의 일로 삼지 말아라. 나 하나의 죽음으로 충분해.

이스메네

언니가 죽게 되면 나의 삶에 도대체 무슨 낙이 있겠어?

안티고네

크레온에게 물어봐, 너를 염려하는 것은 그의 몫이니까.

이스메네

언니는 쓸데도 없이 왜 나를 괴롭히나요?

안티고네

내가 너를 비웃어야 한다면, 그것도 나의 시련이야.

이스메네

지금이라도 내가 언니에게 무슨 도움을 줄 수 있을까?

안티고네

너나 구하렴. 네가 그냥 넘어가더라도 나는 그것을 원망하지 않아.

이스메네

가련한 내 신세여! 슬프구나! 언니는 죽고 나에게는 빛만 남는다는 건가?

안티고네

너의 몫은 삶이고, 나의 몫은 죽음이야.

이스메네

그렇지만 내가 언니에게 한 말은 그대로 남아 있어.

안티고네

너는 이분에게지만, 나는 다른 분들[68]에게 옳게 보이고 싶었단다.

이스메네

그러니까 잘못만은 우리 둘이 똑같이 한 거야[69].

안티고네

힘내! 너는 살아 있어, 그렇지만 나의 영혼은
오래전에 죽었지, 그래서 망자들을 돕고 있는 거야.

크레온

내가 말하지만, 이 여자아이들 중 하나는 방금 미쳤고
다른 하나는 날 때부터 미쳐 있었지.

이스메네

왕이시여, 불행을 당하면 지력은 아무리 타고났다고 해도
머물지 않고, 제 길을 벗어나고 마는 법입니다.

---

68 "너는 크레온에게, 나는 하데스와 죽은 자들에게".

69 언니의 행동에 공감하기 때문에 정신적으로는 공범이라는 뜻.

크레온

네가 그렇게 된 것이다. 사악한 자들과 사악하게 어울렸으니.

이스메네

언니도 없이 혼자가 되면, 나에겐 살아있는 것은 아무것도 없어요.

크레온

그녀에 대해서는 말하지 말라. 그녀는 더 이상 존재하지 않는다.

이스메네

그렇다면 당신은 당신 아들의 약혼녀를 죽이게 됩니다.

크레온

다른 자의 밭도 일굴 수 있다.

이스메네

그분과 언니만큼 어울리는 한 쌍은 없어요.

크레온

나는 아들들에게 사악한 여자는 피하라고 경고하고 있다.

안티고네

오 사랑하는 하이몬이여! 그가 당신을 이렇게 모욕할 수 있을까!

크레온

아들아, 너와 너의 결혼이 나의 마음을 무겁게 하는구나.

이스메네

그러면 당신 생명의 한 부분인 아들에게서 언니를 빼앗게 됩니다.

크레온

그런 결혼을 막으려고 지옥이 있는 거지.

이스메네

언니가 죽어야 한다고 결정이 내려진 모양이군요.

크레온

너와 나를 위해서이다. 꾸물대지 말아라!
하인들은 이들을 안으로 데려가라! 이제부터는
이 여자아이들이 자유롭게 나돌아다니지 않게 하라.
아무리 강한 자라 해도 생명의 언저리에 죽음의 나라가
떠오르면 달아나기 마련이니까.

안티고네와 이스메네가 끌려 나간다.

제3막

테바이의 원로들로 구성된 코로스, 크레온

코로스

행복하도다, 불행을 맛보지 않은 시절을 사는 자들은.
신들에 의해서 한번 흔들린 집안은
광기가 떠나지 않고,
대대로 이어지며 더해지니까.
저 아래 흑해 위에,
트라케의 돌풍이 일어나,
바다 아래의
한밤이 산마루를 덮치고,
바닥에서부터 사납게 날뛰며
어두운 해안을 뒤집어 놓으면,
해변들이 매질에 신음 소리를 내듯이.

랍다코스[70]의 가문이 연륜을 더해 가며
죽은 자들의 불행에 불행이 쌓이는 것을 나는 본다네.
한 세대가 다른 세대를

70 라이오스스의 아버지, 즉 오이디푸스의 할아버지.

놓아주지 않고, 어떤 신이
그들을 때려눕히니, 구원은 없네.
이제는 빛이 오이디푸스의 가문의
마지막 뿌리 위로
드리웠기 때문이라네.
지하 신들의 죽음의
먼지가 그들을 쇠약게 하고,
어리석은 말과 광란의 마음도 그렇다네.

대지의 아버지[71]여, 그대의 힘이 막강하거늘
사람들 중 누가 과시하며 그 힘에 미칠 수 있으리오?
모두를 제압하는 잠도
지칠 줄 모르는 신들의
시간도 그 힘을 뺏지 못하니,
지배자시여, 그대는 올림포스의
대리석 같은 빛을 머금고,
근래의 일과 미래의 일
그리고 과거의 일을 돌보시네.
그러나 인간은 사는 동안
그렇게 광기로도
분별 있는 생각에 대가를 치른다네.

71 제우스.

희망은 쉬지 않고 떠돌며
살아 있어 많은 인간을 돕지만,
가벼운 많은 생각에 실망을 안긴다네.
그래서 아무 생각 없이 있는 자는 발꿈치에
뜨거운 불이 붙을 때까지 꼼짝도 하지 않는다네.
누군가는 현명하게도
이런 유명한 말을 남겼다네.
사악함이 때로는 누군가에게
훌륭한 것처럼 보이면, 곧바로 신께서는
그 마음을 광기로 몰아가신다고.
그러니 그가 광기 없이 사는 것은
아주 짧은 시간뿐이라네.
여기 전하의 아들 중 막내로
태어난 하이몬이 왔습니다. 그는
젊은 여인 안티고네가 죽을 것을,
결혼을 앞둔 그녀가 심술궂은 신혼의
침대에 절망할 것을 괴로워하고 있습니다.

1장

크레온, 하이몬, 코로스

크레온

오 아들아, 우리는 곧 예언자보다 더 좋은
마지막 결정을 내리게 될 것이다. 너는 그 젊은 여인 때문에
나에게 귀를 막고, 분노해서 아버지에게 온 것이냐?
말하라 아니면 내가 어떻게 행동하든 너는 여전히 나의 편이지?

하이몬

아버지, 저는 아버지의 자식입니다. 관대하게 생각하신다면,
저를 바르게 인도하실 것이며, 저는 기꺼이 아버지를 따를 겁니다.
저는 어떤 결혼도 아버지가 통치하시면서 얻는 행복보다
더 가치 있다고 생각하지 않으니까요.

크레온

그래야지! 아들아. 매사에 아버지의 뜻을 따르겠다고
가슴에 새겨 두어야만 한다.
그 때문에 남자라면 우선 순종하는 자식을
원하는 것이겠지. 또한 아버지처럼, 손해를 보더라도
적을 멀리하고, 반대로 친구를 공경하는 것을
가정에서부터 익숙해지기를 바라는 것이지.
그러나 누군가 쓸모없는 아이들을 낳았다면,
그 사람은 그저 자신에게 골칫거리를 낳고,
적에게 웃음거리를 낳았다는 소리 이외에

다른 소리를 듣지 못하는 것이다.
그러니 오 아들아, 향락에 이끌려 한 여인 때문에
정신을 잃어서는 안 된다. 그리고 생각해 두어라,
한 집에 악한 여인과 함께 살게 되면
품 안에 찬 서리를 껴안고 있는 것이 된다는 것을.
이 지상에서 사악한 친구보다
더 불쾌한 상처가 무엇이겠느냐? 그런데 너는
그것과 똑같은 불경한 여인을 존중하고 있어! 그 소녀가
지하의 신에게서 남편을 구하도록 내버려 두어라!
나는 분명 그녀가 전 도시민 가운데 유일하게
불충실하여 체포하였거늘, 내가 이제 거짓말쟁이로
시민들 앞에 설 수는 없으니, 그녀를 죽여야만 한다. 그러면
오라비 옆에서 친족의 수호신 제우스 신을 부르려면 부르라지.
살붙이가 타락하면, 내가 바깥사람들을 기르는 것과 마찬가지이다.
가족들 가운데 올바르게 행동하는 자만이
도시 안에서도 정의로운 자로 보일 것이기 때문이다.
그러나 누군가 법을 어기면서
폭력을 행하려고 하거나 통치자를 지배하려고 하면
나에게서 그런 자가 결코 칭찬을 받을 수 없다.
도시가 임명한 자에게는
작은 일이나, 옳은 일, 부적당한 일까지도 복종해야 한다.
그리고 내가 믿기로는 그러한 사람이
제대로 통치하고, 제대로 통치받으려고도 할 것이다.
또한 창(槍)의 폭풍 안에 서 있더라도,

그는 진정한 전우가 되고 뛰어난 전사로 변함이 없을 것이다.
지배자를 몰라보는 것보다 더 큰 악은 없다.
그것은 도시를 파괴하고, 가정을 뒤엎으며
창의 전투에서 균열을 내고 마는 것이다.
그러나 바르게 자세를 취하는 사람들에게는
복종이 많은 이들을 보호해주지.
그러니 너는 너의 한 세상을 만들어 준 것들을 지키고
어떤 경우에도 계집에게 굴복해서는 안 된다.
꼭 져야 한다면, 우리가 한낱 계집에게 졌다는 말을 듣느니
남자로 인해서 지는 편이 훨씬 낫다.

코로스

고령의 나이가 우리를 헷갈리게 하지 않는다면,
전하의 말씀이 분별이 있어 보입니다.

하이몬

신으로부터이듯, 이성은 천상에서 온 것이니
아버지, 이성은 모든 재산 가운데 최고의 재산이지요.
그러나 저 자신의 삶이 그럴 수 없는 것 같습니다.
또한 아버지께서 옳은 말씀을 하셨는지 알지 못하겠습니다.
그러나 다른 견해가 옳을 수도 있을 겁니다.
저는 아버지를 위해서 생명을 타고났으니, 남들이 말하고
행동하며 비난하는 것 모두를 감시하는 것이 제 임무랍니다.
아버지가 듣기 싫어하는 말을 꺼내려는 백성에게
아버지의 눈초리는 너무도 무서우니까요.

그러나 저는 은밀하게 진심의 소리를, 이 도시가 온통
그 소녀를 위해 이렇게 애통해하는 소리를 들을 수 있습니다.
"모든 여인 가운데 가장 죄 없는 그녀가
매우 영광스러운 행동 때문에 그렇게 비참하게 죽어야 하는가?
전투에서 쓰러져 죽은 오라비가 무덤도 없이
무자비한 개의 먹이가 되도록, 또 새들의 먹이가
되도록 버려두지 않으려 한 그녀는
오히려 저 황금빛 명예를 받아야 마땅하지 않은가?"
그런 소문이 어둠 속에서 은밀하게 떠돌고 있습니다.
그러나 저에게는 아버지의 성공보다
더 값진 재물은 없답니다, 아버지.
자식들에게 아버지의 성공보다
더 큰 자랑거리가 없으며, 아버지에게
자식의 성공보다 더 큰 자랑거리가 없지 않을까요?
그러니 이제는 아버지의 마음 안에 자신만의 계율을 품지 마시고,
아버지만 옳고 다른 사람들을 그렇지 않다고 말씀하지 마세요.
자기 자신만을 치켜세우고, 생각과 언변과 정신에서
자기를 따를만한 사람은 없다고 여기는 사람은
그러한 사람의 모든 것이 드러나게 되면,
텅 빈 것으로 나타날지도 모를 일입니다. 그러나
현명한 사람일지라도, 그가 많이 배우고, 아무것도
다그치지 않는다면, 그게 그에게 결코 수치가 아니지요.
비가 온 후 급류가 휩쓸고 지나가는 갯가의
나무들이 모든 것에 굽히는 것을 보십시오, 그런 나무는

가지를 온전히 보존하지만, 그러나 버티는 나무들은
금세 넘어지고 맙니다. 마찬가지로 어떤 선주가
각오하고, 어떤 사태에도 늦추려고 하지 않으면,
노 젓는 자리에서 떨어져 꼬꾸라지고,
마침내 배는 길을 잃고 좌초될 수밖에 없습니다.
그러니 노여움을 푸시고, 생각을 바꿔 보세요.
젊은이의 한 의견에 불과하다 하더라도,
제가 한 말씀 드린다면,
두루 현명하게 태어나는 것이 단연코 최선이겠지요.
그러나 태어날 때부터 현자는 없습니다, 그런 일은 거의 없으니까요.
그러니 좋은 말로부터 배우는 것도 좋은 일이겠지요.

코로스

전하, 그가 핵심을 찔러 말하고 있다면 배우셔야 합니다.
하이몬, 그대도 아버지에게서 배우시오. 두 분이
한목소리로 옳은 말씀을 하셨으니까요.

크레온

내가 이렇게 나이가 들었는데, 여기 있는 이 애송이한테서
내가 사리를 배울 생각이 들겠나 싶소.

하이몬

불쾌하게 생각하지 마십시오. 제가 아직 어리다면,
나이보다는 행위를 더 보아야 하겠지요.

크레온

세상에 반역하는 일을 두둔하는 행위를 말하는 것이냐?

하이몬

제 말씀은 악한 일을 보고도 인내하라는 것은 아닙니다.

크레온

그녀가 그런 병에 걸린 것이 아니냐?

하이몬

테바이의 백성들은 그렇지 않다고 말하고 있습니다.

크레온

백성들이 내가 어떻게 다스려야 하는지를 나에게 지시하는 것이군.

하이몬

그것 보세요, 바로 그 점에서 아버지는 철부지처럼 말씀하고 계십니다.

크레온

그러면 이 나라에서는 다른 사람이 통치자가 되어야 마땅하겠지?

하이몬

오직 한 사람에게만 속한 나라는 나라가 아니지요.

크레온

통치자의 국가라고 말하지 않느냐?

하이몬

황무지에서라면 아버지 혼자서 당당한 통치자일 수 있겠지요.

크레온

보아하니, 이 애는 그녀와 한편인 것 같소.

하이몬

아버지가 여자라면요. 제가 걱정하는 것은 아버지니까요.

크레온

오 못됐구나! 못됐어! 아버지와 시비를 가리려 하다니.

하이몬

아버지가 정당한 것을 비방하는 것을 제가 보고 넘길 수 없기 때문입니다.

크레온

내가 나의 애초의 시발점에 충실히 머문다고 하면, 내가 거짓말하는 것이냐?

하이몬

충실히 머물지 않으십니다, 신의 이름을 성스럽게 여기지 않으시니까요.

크레온

오 부끄러운 녀석, 계집보다도 더 못됐구나.

하이몬

그러나 치욕에 굴복한 저를 보시지는 못할 겁니다.

크레온

어쨌든 너는 그 계집을 위해서 여기에 있는 것이 아니냐?

하이몬

그녀와 아버지와 저를 위해서, 그리고 지하의 신들을 위해서이지요.

크레온

살아 있는 그녀를 네가 맞이할 시간은 이미 없다.

하이몬

그렇게 그녀가 죽게 되면, 죽으면서 누군가를 데려가겠지요.

크레온

속내를 드러내는 것이냐? 뻔뻔하게 이제 협박까지 하다니!

하이몬

그것은 어리석은 생각에 대한 것입니다.

크레온

울면서 생각해 보아라, 너도 어리석을 수가 있다.

하이몬

제 아버지가 아니셨다면, 어리석은 분이라고 했을 겁니다.

크레온

한 계집의 노예인 네가 나를 현혹하려 들지 말아라!

하이몬

아버지는 말씀하시기만 하고 들으려고 하지는 않으시군요.

크레온

그렇다 치자. 그러나 조상들의 하늘에 대고 맹세한다!
너는 욕정에 따라 나를 비난하며 나를 모욕해서는 안 될 것이다.
그 흉악한 계집을 데려오너라, 약혼자의 눈앞에서,
지금 즉시, 가차 없이 죽임을 당하도록 말이다.

하이몬

나에게는 그럴 일이 없을 겁니다, 꿈도 꾸지 마세요.
그녀는 결코 제 곁에서 죽지 않아요.
아버지는 저를 눈앞에 두고 다시는 볼 수 없을 겁니다.
아버지는 뜻에 맞는 사람들과 함께 마음대로 날뛰세요.

하이몬이 퇴장한다.

코로스

전하, 아드님이 분노하여 급히 나가 버렸군요.
저런 젊은 나이에 마음이 괴로우면 독한 생각도 하게 됩니다.

크레온

그러라지! 한 인간의 한계를 넘어 더 위대하게 생각하라지!
그러나 그는 두 소녀를 죽음에서 구출할 수 없을 것이오.

코로스

그러면 두 사람을 모두 죽일 작정이십니까?

크레온

그 일에 관여하지 않은 여인은 죽이지 않겠소, 잘 말해 주었소.

코로스

다른 여인에 대해서는 어떻게 죽일 작정이신가요?

크레온

사람의 발길이 고적한 외딴곳으로 그녀를 데려가,
산채로 석굴에 가두되,
온 도시가 욕먹지 않을 만큼의
충분한 식량을 넣어 줄 것이오.
거기서 그녀는 모든 신들 가운데 유일하게
공경하는 죽음의 신에게 기도하겠지요,
그래서 살아나 영원히 죽지 않게 될 수도 있겠지요.
그러나 결국에는, 신적으로, 깨닫게 될 것이오, 죽음에 속하는 것을
공경하는 것이 얼마나 헛된지를 말이오.

크레온이 안으로 들어간다.

제2장

코로스, 뒤이어 안티고네

코로스

사랑의 신[72]이여, 다툼에서
항상 승리하는 자여! 농가 위에서

72 에로스.

선잠을 자며, 젊은 처녀의 부드러운
볼 위에서 밤을 새우고,
물 위를, 들판의
집들 위를 떠도는 평화의 신[73]이여,
불멸의 신들조차 그대를 벗어나지 못하며
영면하는 인간들도 그러하네. 하여
그대에게 사로잡힌 자는 미쳐버린다네.
그대는 정의로운 자의 마음을
불의의 마음으로 만들고, 그들을
치욕으로 달아나게 하고, 남자들의 싸움에,
인척간의 싸움에 머물러 서로 내동댕이치게 하네.
그러나 신부의 두 눈썹 아래에
강력한 청원이 처음에
위대한 타협의 형성과 나란히 서면
결코 치욕이 되지는 않는다네.
이는 신적인 이름다움[74]이
평화롭게 함께 유희하기 때문이네.
그러나 나는 지금 나 자신이 율법을
벗어나고 있네. 내가 이 광경을 보고
더는 눈물을 참을 수가 없기 때문이라네.
안티고네가 만물이 침묵하는 신방으로

---

73 "다툼에서 항상 승리한다" 점에서 에로스는 평화의 신이기도 하다.

74 아프로디테를 말한다.

들어가는 것을 내가 바라보면서 말이네.

안티고네

그대들 조국의 시민들이여,
마지막 길을 가며
마지막 태양의 빛을 보고 있는
나를 보세요.
다시는 결코 보지 못할까? 만물을 침묵하게 하는 죽음의 신이
살아 있는 나를
아케론[75] 강변으로 데려가고 있어요.
결혼식장으로 부름도 받지 못한 채, 나를 위한
결혼 축가도 없이, 어떤 찬미가도 없이요. 반대로
나는 이제 아케론의 신부가 될 거랍니다.

코로스

그대는 그러나 널리 알려지고, 칭찬을 받으면서
망자들의 이러한 처소로 내려가는 것이오.
역병이 파멸적으로 그대를 맞히지도 않았고
칼의 대가를 지불한 것도 아니지요.
그대는 인간들 가운데 유일하게,
자신의 생명을 지닌 채
망자들의 세계로 내려가고 있는 것이오.

75 저승의 강.

안티고네

가장 생명이 풍부한 여인, 탄타로스의 슬하에서 자란,
프뤼기아의 이방 여인도
시퓔로스 산정에서 황무지처럼 되었다[76]고 들었어요.
담쟁이덩굴이 달라붙듯, 온몸에 돌기가 돋고
서서히 바위로
변해 갔다더군요. 소문에 따르면
그녀의 곁은 항상 겨울이었답니다.
그리고 눈썹 아래로 눈처럼 맑은 눈물이
목을 타고 흘러내린다고 하더군요. 꼭 그녀처럼
신께서 저를 잠자리로 데려가려 하시는군요.

코로스

그러나 그녀는 신적이라고 일컫고, 신에게서
태어났지만, 우리는 지상에서 세속적으로 태어났지요.
하지만 그대가 곧 죽을지라도, 살아서건 죽어서건
신과 똑같은 운명을 누렸다는
소리를 듣는 것은 대단한 일이오.

안티고네

---

76 전설에 따르면 테바이의 여왕 니오베는 다산을 자랑하며, 두 명밖에는 아이를 낳지 못한 레토 여신에게는 제물을 바치지 말라고 테바이 여인들에게 명했다. 이에 레토의 자녀 아폴론과 아르테미스는 니오베의 자식 모두를 죽인다. 아폴론이 니오베의 일곱 아들을, 아르테미스는 일곱 딸들을 죽인 것이다. 니오베는 슬픔을 못 이겨 그의 고향 프뤼기아의 시퓔로스 산에 바위가 되어 눈물을 흘리게 되었다.

아 슬프구나! 그들이 나를 바보로 만들고 있구나. 어찌하여
그대는 아직 내가 죽지도 않았는데, 조국의 수호신들 앞에서
아직 살아 있는 나를,
조롱하는 것인가.
오 도시여, 도시의
부유한 남자들이여!
오오, 디르케[77]의 샘물이여!
전차들이 높이 끌어 올린
테바이를 둘러싼, 오 숲들이여!
그대들이 나를 증언해야 한다오, 내가
사랑하는 이의 애도도 받지 못하고
무슨 법인가에 따라, 막힌 협곡으로
전대미문의 묘지로 가야만 하는지를.
아아! 가련한 나!
살아 있는 자들과도, 망자들과도 함께 있지 못하는구나.

코로스

지금은 산 자들과도 망자들과도 함께 있지 않지요.
담대함의 경계에까지,
정의의 드높은 고지에까지
오, 어린 소녀여, 부딪혀 깊이 떨어질 때까지
내달았소. 그러나 아버지의 죗값으로 죽을 것이오.

77 테바이의 강

안티고네

그대는 나의 걱정 가운데
가장 분한 것을 건드리는군요.
아버지의 여러 비탄의 소리를
그리고 우리 운명
모두를
저 유명한 랍다코스 가문의 운명을.
아! 침대에서의 어머니의 재앙,
근친상간으로 아버지와의
불행한 어머니의 짝짓기,
거기에서 불행한 자, 내가 태어나,
이들을 향해서, 저주를 받은 채
함께 살기 위해 남편도 없이 가고 있어요.
아! 아! 나의 오라버니!
위험한 결혼에 빠지셨던 이[78]!
아직은 살아 있는 나조차
죽어 가는 길로 끌어 내리고 있어요.

코로스

경건함도 어느 정도 존중받아 마땅하오.
그러나 권력은, 그것이 힘을 가지는 한,

---

78 안티고네의 오라비 폴뤼네이케스의 아르고스의 왕 아드라스토의 딸 아르게이아와의 결혼이 테바이에 대한 군사동맹으로 이어졌고, 그것이 안티고네의 파멸의 원인이 되었다.

침범되는 것을 용납지 않소. 그대를 망친 것은
분노하는 자각이라오.

안티고네

아무도 울어 주지 않고, 친구도 없이 결혼도 못 한 채
불행한 자, 나는 이 준비된 길을 따라
끌려가고 있어요. 이 불쌍한 나에게
햇빛의 성스러운 눈을 바라보는 것이
더는 허락되지 않아요. 또한 이
내 운명을 위해 울어 줄 눈물도,
사랑해 줄 이도 아무도 없어요.

제3장

크레온, 안티고네, 코로스

크레온

너희들도 아는 것처럼, 사람은 이러쿵저러쿵 말할 수 있는 한,
죽음의 곤경 가운데서 비탄하고 통곡하는 것을 그치지 않는다.
어서 그녀를 데려가라, 그리고 어두운 동굴에 가두어
빛을 가리고, 내가 말한 대로, 거기서 혼자 있게
내버려 두라, 죽기를 원하든, 아니면 그런 거처에서
살아가기를 원하든지 간에.
그러면 이 소녀에 관해서 우리의 손은 깨끗하고,

그녀가 여기 지상에서 우리와 함께 살 일도 없지.

안티고네

오 무덤이여! 오 신방이여! 항시 감시받는,
지하의 거처여! 거기서 나는 나의
가족을 찾아 여행을 떠납니다. 그들 중
대부분은 죽은 자들이 되어, 계속 내려가
거기서 분노와 동정을 함께 하는 빛의 영접[79]을 받았어요.
그들 중 마지막인 자, 나는 가장 비참하게,
타고난 생명의 경계에 이르기도 전에
그 넓은 세계로 내려가야만 합니다. 그러나
희망을 품고 다가가고 있어요, 도착해서
아버지에게서 사랑받고
또한 나의 어머니! 당신에게서도,
오라버니에게서도 역시 사랑받기를. 당신들이 죽었을 때
내가 손수 당신들을 거두고,
수의를 입히고, 당신들의 묘지 위에
제주를 부었으니까요. 지금은 폴뤼네이케스여,
당신의 시신을 묻었다고 해서, 내가 이 지경에 이르렀군요,
현인들이 보기에는 내가 오라버니를 존중한 것이 옳았음에도.
내가 아이들의 어미라 하더라도 아이나

79 페르세포네(하데스의 아내)를 횔덜린은 "분노와 동정을 함께 하는 빛"이라고 풀어서 번역했다.

남편이 죽어서 썩어간다 해도,
무슨 반란이라도 하려는 듯, 억지로
그런 일을 하지 않았을 거예요.
무슨 근거로 내가 이런 말을 하냐고요?
남편이 죽으면, 다른 사람이 있을 수 있고,
내가 동침만 한다면, 아이도 다른 남자에게서
얻을 수 있지요. 그러나 어머니와
아버지가 잠들어, 모두 망자의 처소에 있으면
오라버니가 다시 생기는 일은 일어나지 않지요.
그런 법칙에 따라서 나는 오라버니를 공경했으나,
크레온에게는 그것이 죄악으로 보였답니다.
그리하여 엄청난 일을 감행하여, 오 오라버니여!
그가 나를 붙들어, 이제 나를 끌고 가고 있어요,
신방도 없이, 결혼식도 없이, 부부의 몫도
누리지 못하고, 아이도 길러 보지 못하고요.
사랑하는 이들과 떨어져 외롭고도 불쌍하게
산 채로 죽은 자들의 황무지로 내려갑니다.
내가 신들의 무슨 정의를 어겼다는 것인가요?
불쌍한 내가 아직도 천상의 힘 있는 자들을 바라보아야
하나요? 전우 중 누구에게 말을 걸어야 하나요?
경건하게 행동하고서 불경죄로 선고받았으니 말이에요.
그러나 나의 이런 행동이 신들에게 좋게 보인다면,
나는 고통을 겪고서, 내가 죄지은 것을
사죄하겠어요. 그러나 그들이 잘못한 것이라면,

그들이 나에게 공공연히 행한 것보다
더 크지는 않은 불행을 그들도 겪기를.

코로스

그녀는 아직도 똑같이 몰아치는 폭풍을
영혼 안에 지니고 있구나.

크레온

그래서 그녀를 끌고 가는 자들은
지체하면, 눈물을 흘릴 만큼 경을 치게 되리라.

안티고네

아! 내가 죽음의
바로 앞이라는 말이구나.

크레온

충고하겠는데, 벗어날 생각은 아예 하지도 말고,
이런 여자에게 위로할 생각을 아예 품지도 말라.

크레온이 퇴장한다.

제4막

제1장

안티고네, 코로스

안티고네

오 테바이 땅 조상들의 도성이여,
조상들에게 선했던 그대들 모든 신들이여,
나는 이렇게 끌려가고 더 이상 머물지 않게 되나요?
보세요, 테바이의 지배자들이여!
왕가의 마지막 홀로 남은 딸인 내가
신성한 것을 신성시했다 해서
어떤 자들에게서 어떤 고통을 당하고 있는지를.

코로스

다나에의 육신도 하늘의 빛 대신
인내하면서
청동의 창살 안에 갇혀야만 했소.
어둠 속에
무덤과 같은 방에 사슬에 묶여 누워 있었소.
고귀한 혈통이었지만, 오 아이여!

그녀는 시간의 아버지[80]에게
시각을 알리는, 황금빛 종소리를 헤아렸다오[81].

그러나 운명의 힘은 무서운 것이오.
비도, 전쟁의 신[82]도
성탑도, 그리고 격랑을 가르는
검은 배도 운명을 벗어날 수 없소.
드뤼아스의 성미가 급한 아들, 에도노이족의 왕은
미쳐서 디오니소스를 모욕하다가
쓰러질 듯 쌓인 돌 더미 아래
갇히게 되어다오.

그가 거의 울음을 그치고 광기와
타오르던 분노에서 벗어나자, 광기에 사로잡혀서,
조롱의 혀로 신을 모독했음을 알게 되었소.
그는 신을 가득 품은 여인들과
디오니소스의 횃불을 제지하고,
피리를 좋아하는 뮤즈 여신들을

80 제우스.

81 다나에의 아버지, 아르고스의 왕 아크리시오스는 손자의 손에 죽게 된다는 신탁을 두려워한 나머지 그녀를 지하의 감옥에 가두었다. 그러나 제우스신이 황금빛의 빗줄기로 그녀에게 왔고, 그녀는 괴물 메두사의 목을 벤 영웅 페르세우스를 낳았다.

82 아레스.

성나게 했었던 것이오.

그러나 검푸른 암벽들 곁,
두 바다의 끝이 있는 곳에
보스포로스 해안들과
트리케인들의 살뮈데소스 곶이 있어,
그곳에서 도시의 이웃인
전쟁의 신[83]이 보았다오,
피네우스의 두 아들에게 무자비한 아내가
눈을 멀게 한 상처를 입히는 것과
악의적으로 눈에서 눈알을 빼버렸던 장면을[84].

창에 찔려서, 피 묻은
두 손과 베틀 북에 찔려서,
몹시 고통스러워하며, 불쌍한 자식들은
어머니의 가련한 고통[85]을 슬퍼했다오.
그들은 불행한 결혼에서 태어났소.
그녀는 유서 깊은 에렉테우스 가문의
후손이었으나,

---

83 아레스.

84 살뮈데소스의 왕 피네우스는 두 아들을 둔 상태로 이다이아와 결혼했다. 이다이아는 피네우스의 첫 결혼에서 얻은 두 아들의 눈을 멀게 만들고 감옥에 가두었다.

85 피네우스는 두 아들의 어머니이자 첫 부인인 클레오파트라를 감옥에 가둔다.

멀리 떨어진 동굴에서
아버지의 폭풍과 더불어 자랐다오. 보레아스의 딸[86]로
날쌘 말과 한패가 되어, 가파른 언덕 위에서,
신들의 아이가 자랐던 것이오. 그러나
위대한 운명은 그녀도 덮쳤소, 아이여!

안티고네가 끌려 나간다.

제2장

티레시아스, 크레온

티레시아스(한 소년에 이끌려 등장해서)

테바이의 영도자들이시여! 우리는 한 사람의
눈으로 둘이 보면서 함께 길을 걸어왔소.
우리 장님들은 길잡이와 함께 그렇게 길을 걷는다오.

크레온

무슨 새로운 일이라도 있소, 티레시아스 노인장이여!

티레시아스

말하겠으니, 예언자의 말을 귀담아들으시오.

86 클레오파트라는 북풍 보레아스의 딸이자, 아테나이의 전설적인 왕 엘렉테우스의 손녀이다.

크레온

전에도 그대의 조언을 멀리하지 않았소이다.

티레시아스

그래서 그대는 도시를 바르게 이끄는 것이오.

크레온

그 유용함을 내가 체험했고 그것을 증언하오.

티레시아스

지금도 예민한 순간임을 알아 두시오.

크레온

도대체 그게 무슨 뜻이오? 그대의 이 말이 나에게 두렵게 들리오.

티레시아스

내 예언술의 신호를 들으시면, 아시게 될 것이오.
내 앞에 모든 새들이 모이는 곳에
새들을 바라보면서 오래된 의자에 앉아 있었을 때,
나는 그들의 알지 못할 비명 하나를 들었소.
불쾌한 분노와 함께 그것들은 거칠게 비명을 질렀고,
발톱으로 서로를 찢어 죽이고 있는 것을
내가 보았소. 새들이 분명히 알 수 있게 날개 치는 소리를
들었으니까요. 나는 깜짝 놀라서,
온통 환히 밝힌 제단에 불값을 치렀소.
그러나 제물에도 헤파이토스는

빛을 발하지 않았소[87]. 이와는 반대로
재에서 축축한 냄새가 허벅지를 갉아 먹었고
그을리며 뒤척이었소. 또한 높은 분노가
사방에 씨앗으로 뿌려졌고, 축축한 허벅지가
그것을 싸고 있던 기름을 벗어나 그대로 드러나 있었소.
전조를 보이지 않은 나의 점은 실패가 명백해졌고
이 모든 과정을 나는 여기 이 소년을 통해서 알았소.
내가 다른 이들에게 인도자이듯, 그는 나의 인도자이니까요.
일은 이렇소. 그대의 생각 때문에 이 도시가 앓고 있는 것이오.
제단과 화로들이 새들과 개들이 먹이로 뜯어낸,
불행하게 전사한 오이디푸스 아들의 살점으로
가득 채워져 있기 때문이오.
그래서 신들이 제물을 통한 우리의 기도도
허벅지의 불길도 받지 않으시는 것이며,
새들의 의미 있는 전조의 외침도 일어나지 않으니,
그것은 죽은 자의 피에서 기름기를 맛보았기 때문이오.
그러니, 오 내 아들이여! 이제는 그것을 심사숙고하시오,
왜냐면 인간은 누구든지 실수를 할 수 있으나,
실수한 사람이라도
꼭 어리석거나 불행한 자가 아니기 때문이오.
그가 불운에 빠졌으나 고칠 줄 알고

87 헤파이토스는 불의 신이나 여기서는 불 자체를 의미한다. 따라서 제물이 타지 않았음으로, 신들은 제물을 받아들이지 않았음을 의미한다.

고집을 부리지 않는다면 말이오.
자만은 난폭한 데서 드러나는 법이오.
죽은 자에게 양보하시고, 죽은 자를
추격하지 마시오. 죽은 자를 죽이는 것이
무슨 용기이겠소? 그대가 선의로 생각하기를 바라며
내가 선의로 충고하는 것이오. 누가 선의로 말하면,
그것을 잘 활용하는 것을 깨우치는 것은 즐거운 일이지요.

크레온

오 노인장이여! 과녁을 겨냥해 쏘듯이 그대들은
나 하나를 겨냥하고 있군요. 예언술도 그대들이
나를 시험하는 수단이라는 것을 모르는 바 아니오.
오래전부터 그대들은 나를 팔고 나를 배신해 왔소.
이익을 챙기시오! 원대로 사르데스[88]의 호박(琥珀)을,
인디아의 순금을 사시구려.
그러나 그대들은 그자를 무덤에 눕히지는 못할 것이오.
설령 천둥의 새[89]가 그자를 낚아채어
신의 왕좌 앞에 먹이로 가져가려 해도 말이오.
나는 하늘의 오점이 두려워서 그자에게
무덤을 허락하지는 않을 것이오.
인간 누구도 신을 더럽힐 수 없다는 것을 나도 알고 있소.

88 뤼디아의 수도, 인도와 함께 금광으로 유명한 도시.

89 제우스의 독수리.

티레시아스 노인장, 인간들 중
강력한 자들도
매우 수치스럽게 쓰러지는 법이오, 이익을 위해서
그런 수치스러운 말을 멋지게 꾸며 내뱉으면 말이오.

티레시아스

아! 누가 그것을 아는가? 그것이 어떻게 발설되는가?

크레온

무엇을 말이오? 무슨 일반적인 일을 말하는 거요?

티레시아스

지금 좋은 충고란 얼마나 값진 재산인가?

크레온

생각 없음이 그만큼 큰 손실이라는 게 나의 생각이오.

티레시아스

그대는 바로 이러한 병에 걸렸소.

크레온

예언자에게 나쁜 말로 대꾸하고 싶지 않소.

티레시아스

내가 거짓 예언하고 있다고 말하니까, 결국 그렇게 한 셈이오.

크레온

말하자면 예언자들은 모두 돈을 밝히니까요.

티레시아스

참주들은 야비한 이익을 밝히지요.

크레온

알고나 있소, 그대가 말하는 상대가 통치자라는 것을?

티레시아스

알고 있소. 하지만 그대는 나로 인해서 이 도시를 구했소.

크레온

그대는 현명한 예언자이지요, 그렇지만 불의를 좋아하지요.

티레시아스

그대는 아직 털어놓지 않은 내 생각을 털어놓도록
나를 부추길 것이 틀림없소.

크레온

털어놓으시오! 다만 이익 때문이라면 말하지 마시오.

티레시아스

아직도 그대의 이익이 그렇게 남아 있는 것처럼 보이오?

크레온

내 생각은 거래의 대상이 아니라는 것을 알아 두시오!

티레시아스

그러나 알아 두시오, 태양이 서둘러 가는 동안에 그대는
지금부터 그렇게 오랫동안 다른 생각을 품지 않게 될 것이오.

왜냐면 곧 그대의 배에서 나온 혈육의 죽음을
그대가 지상에서 아래로 던져 버렸고,
그 영혼을 무자비하게 무덤에
버려지도록 보낸 그 죽음의 대가를
치르게 될 것이기 때문이오. 또한
그대는 죽음의 신에게 속하는,
묻히지도 못하고 욕보고 있는 가혹한 운명의 시신을
지상에 붙들고 있소. 그 시신은 그대에게도 천상의 신들에게도
권한이 없건만, 그대는 그렇게 횡포를 부리고 있는 것이오.
그 까닭에 저승에서는 신들이 보낸
조롱자들과 여 심판원들이 놀랍게도 파멸을 노리며
그대를 숨어 기다릴 것이며,
거기서 그대는 똑같은 재앙을 당할 것이오. 그때는 잘 생각해 보시오,
내가 금전으로 매수되어 이런 말을 하고 있는지를. 왜냐면
얼마 남지 않은 시간에 그대의 집안에서
남자들과 여인들의 통곡 소리가
터져 나올 것이니까요.
그러나 개 떼나 들짐승 떼가 시신들로 장례를 치르거나
새가 날갯짓으로 불경스러운 악취를
도시의 성스러운 화로로 나르게 되면
모든 도시는 증오심으로 분명 파경을 면치 못할 것이오.
그대가 처한 상황이 그렇소. 분명 그대는 불쾌할 것이오.
나는 분노한 마음에서 궁수처럼 그대의 심장에
화살을 쏘았소. 그 화살의 뜨거움을

그대는 피하지 못할 것이오! 오 아이야!
나를 집으로 인도하려무나,
이분이 젊은 사람들에게 분통을 터트리도록.
그런 다음 혀를 좀 더 조심하고
지금까지보다 더 착한 마음씨를 가지는 법을 배우겠지.

티레시아스가 퇴장한다.

제3장

코로스, 크레온

코로스

전하, 그분이 무서운 예언을 하고 가 버렸습니다.
보고 계시는 대로, 우리의 검은 머리가
하얗게 되기까지, 그가 이 도시에서 한 번도
거짓말을 한 적이 없다는 것을 우리는 알고 있습니다.

크레온

알고 있소. 그래서 내 마음이 혼란스럽소.
굴복한다는 것은 비참한 일이니까. 그러나 저항하다가
재앙을 맞는 것은 정말 비참한 일이오.

코로스

그래서 좋은 충고가 필요하오, 메노이케우스의 아드님, 크레온

님이여!

크레온

어찌하면 좋겠소? 말해 보시오, 내 따르겠소.

코로스

가셔서 석굴에서 그 소녀를 놓아주시고,
밖에 누워있는 자에게는 무덤을 만들어 주시오.

크레온

그대는 이 일을 좋다고 권하는 것 같소.

코로스

전하, 가능한 한 서두르세요,
신들의 발 빠른 징벌은
어리석은 생각을 하는 자를 순식간에 따라잡으니까요.

크레온

아, 괴롭구나, 그러나 내 생각을 버리고, 그렇게 하겠소.
필연과 다툴 수는 없으니까.

코로스

지금 가셔서 그렇게 하세요, 남들에게 미루지 마시오.

크레온

지금 당장 가겠소이다. 너희 하인들아!
이 자리에 있든, 없든지 간에! 손에
도끼를 들고 너희들이 보고 있는 저곳으로 달려가라.

그녀에 대한 내 생각이 바뀌었으니,
내가 감금했던 그녀를 내가 직접 풀어 주겠다.
죽을 때까지 신이 정하신 법을 지키는 것이
최선이라니 나는 두려울 뿐이다.

제5막

테바이 원로들로 구성된 코로스

이름을 지으시는 분[90]이여, 카드모스의 신부[91]의
자랑이자, 크게 천둥을 치시는
대지의 아버지의 자식이시여[92],
모두에게 알려진
이탈리아[93]를 성장 가운데 널리 지켜주시고
모든 손님을 반겨 주는 이, 엘레우시스[94] 만을
또한 다스리시네.
그러나 여기, 환희의 신[95],
그대는 이스메노스[96]의 차가운 물가,

---

90 원문에 디오니소스를 가리키는 "많은 이름을 가지신 분" 대신에 횔덜린은 시인의 신으로 역할을 하는 "이름을 지으시는 분"이라고 번역하고 있다.

91 디오니소스의 어머니 세멜레.

92 디오니소스.

93 그리스의 속령이었던 남부 이탈리아. "성장하는 가운데"라는 표현은 디오니소스 숭배가 그리스를 넘어 확장되었음을 의미한다.

94 아테나이 서쪽의 소도시로 해마다 박코스 신에게 올리는 제사가 거행되었다.

95 디오니소스.

96 테바이의 강.

용의 입이 숨을 날쌔게 붙잡는
울타리 곁, 어머니의 도시, 박코스 신도들의 도시
테바이에 사시도다,

바위들의 어깨 위로 멋진 모습의
제의(祭儀)의 연기가 그대를 보았고, 물길이
취한 듯 떨어져 내리는
코르키온 동굴[97] 곁
카스탈리아 샘[98]도 역시 그대를 보았었나이다.
또한 뉘사의 동산[99] 아래
샘들이 그대에게 멀리서 귀 기울이며
움직이고,
또한 포도송이 가득 달린
초록의 해안이
불사의 수행원들이 환호를 울리며
테바이 거리를 찾을 때, 그대를 전송하나이다.
무엇보다도 그대는
벼락을 맞으신 그대의 어머니[100]와 함께
도시들 가운데 테바이를 으뜸으로 존중하시니까요.

97 파르나소스산에 있는 동굴.

98 델포이로 물을 흘려보내는 신성한 샘.

99 요정들이 어린 디오니소스를 길렀다는 동산.

100 세멜레.

그러나 지금은
온 도시가 무서운 병에
걸려 있으니, 우리는 파르나소스
산기슭을 넘어 또는
신음하는 해협을 건너
속죄의 발걸음을 옮겨야 하겠나이다.
아, 그대여! 불길 안으로 걷는 이여!
별들의 코로스를 이끌며[101] 비밀의
말씀을 수호하시는 이여!
제우스의 아들로 탄생하신 분이시여!
나타나시라!
환호하는 주인에게 밤을 새워
미친 듯이 노래하며 춤추는
그대의 시녀들인 튀이아이들[102]을 이끄시고.

---

101 별들도 디오니소스 축제로 이끌며.

102 디오니소스의 여신도들, 여기서는 그를 따르는 요정들.

제1장

사자, 코로스, 뒤이어 에우뤼디체

사자

오, 그대들 카드모스와 암피온[103]의 이웃들이여,
나는 인간의 삶이, 어떤 상황에 놓여 있든지
그것을 찬양하거나 비난할 주제는 못 됩니다.
생각지도 않은 일이 행복한 사람도 불행한 사람도
끊임없이 일으켜 세우는가 하면 넘어뜨리기도 하니까요.
어떤 예언자도 정해진 일을 미리 알아맞히지 못하지요.
나에게 크레온 왕은 한때 선망의 대상이었답니다.
적들로부터 카드모스의 나라를 구하고,
홀로 통치권을 얻었으며,
이 지역에서 통치하며, 고귀하게 태어난 자식들이
번성하고 있었기 때문이지요. 이제는
모든 것이 사라져 버렸습니다. 안락이
어그러지면, 나는 그런 사람을 보잘것없다고 여깁니다.
생각하고 싶은 대로, 그 사람이 집에서 매우 부유하고,
왕처럼 모습을 갖추고 살고 있다고 합시다.
그러나 기쁨이 떠나 버린다면,

103 제우스의 아들로서 쌍둥이 형제 제토스와 함께 테바이의 왕이 되어 테바이를 난공불락의 도성으로 만들었다.

나는 안락함 이외에는 연기의 그림자에 지나지 않는
다른 어떤 것을 위해서는 한 푼도 지불하고 싶지 않습니다.

코로스

그대는 도대체 왕가의 어떤 비보를 전하려고 왔는가?

사자

그분들이 죽었답니다. 살아 있는 분들에게 책임이 있어요.

코로스

누가 죽였는가? 누가 죽었는가? 말해 보아라.

사자

하이몬 도련님이 죽었습니다, 자기 손으로 피를 뿌리면서요.

코로스

뭐라고? 아버지의 손에, 아니면 자기 손에 죽었는가?

사자

자기 손에 죽었어요. 아버지의 살인에 화가 치밀어서요.

코로스

그대가 얼마나 옳게 예언했던가, 오 예언자이시여!

사자

사태가 그러합니다. 다른 일도 생각할 수 있겠지요.

코로스

지금 막 크레온 님의 부인이신 가여운 에우뤼디케가

보이는군. 그녀가 나오는 것은 집에서 소식을 들었거나,
아니면 그저 우연일 수 있겠지.

에우뤼디케

오 그대들 시민 여러분! 내가 팔라스 여신[104]께
가서 기도를 드리려고 문 쪽으로 가다가
여러분의 말을 들었어요.
내가 막 성문의 빗장을 벗겼는데,
문이 열리고, 집안의 재앙을 알리는
목소리가 내 귀에 들려 왔어요.
나는 놀라서 뒤로 넘어져 하녀의 팔에 안겼고,
정신을 잃었어요. 그런데 그것이 무슨 소식인지
다시 한번 나에게 말해 주세요. 나는 불행 가운데
그런 말을 듣는 것에 익숙해져 있으니까요.

사자

그 자리에 있었던 사람으로서 말씀드리겠습니다, 마님.
진실은 하나도 빠뜨리지 않겠습니다.
제가 마님께 거짓말쟁이로 보이게 된다면
제가 어떻게 마님을 진정시킬 수 있겠습니까요.
항상 진실이 바른길이지요. 저는 동반자로서
마님의 남편을 모시고 들판 끝까지를
갔었는데, 거기에는 개 떼에게 찢긴 채,

104 아테나 여신의 다른 이름.

폴뤼네이케스의 시체가 놓여 있었습니다.
우리는 에노디아[105] 여신과 플루톤[106]에게 노여움을
푸시라고 기도를 드리고 나서
성스러운 물로 몸을 씻기고,
갓 꺾은 나뭇가지에
시체의 나머지를 눕히고, 고향의 흙으로
무덤을 쌓아 올렸습니다.
그러고 나서 돌로 쌓아 올린, 죽음의 방과 같은
소녀의 빈 신방으로 갔습니다.
그러나 일행 중 한 사람이 무슨 목소리를,
그 방에서 크게 비탄하는 외침을 듣고 와서
통치자 크레온 님에게 그 소리를 알렸습니다.
그분이 다가가자, 음울하고 힘들어하는 목소리가
점점 더 뚜렷하게 그를 에워쌌고, 다가서면서
그는 비명을 지르고, 심하게 한탄하면서
가련하게 비탄의 말씀을 내뱉으셨습니다.
나는 나의 예언자인가? 나는 내가 갈 수 있는
가장 불행한 길을 정말 가고 있는 것인가?
내 아이의 목소리가 나를 뒤흔드네. 그러나 너희들
하인들아, 빨리 그 무덤으로 가거라,
가서 돌무더기를 헐어서 틈새가 보이면

105 길의 여신 헤카테.

106 하데스의 다른 이름.

몸소 그 틈새로 들어가
내가 들었던 목소리가 하이몬의 것인지, 아니면
신께서 나를 속이신 것인지를 살펴보아라. 겁먹은
통치자의 말씀대로 저희는 상황을 살폈습니다. 그러자마자
무덤의 맨 안쪽에 목을 매단 소녀를 보았는데
리넨 옷의 허리띠로 올가미를 만들어 걸고 있었습니다.
그리고 그녀를 끌어안고,
쓰러져 있는 하이몬을 보았습니다.
그는 신방을, 저 아래의 심연을, 그리고 아버지의
행위와 불운한 상황을 슬퍼하고 있었습니다.
크레온 님이 이런 모습을 보시자, 소름이 끼치도록 외치고
그 안으로 그를 향해서 들어가시더니 비탄하며 외치셨습니다.
오 불쌍한 녀석아, 무슨 짓이냐? 무슨 생각을
했단 말이냐? 무슨 운명 때문에 네가 죽었느냐?
오 제발 나오너라, 내 아들아, 내가 무릎을 꿇고 빈다.
그러나 아들은 경멸하듯 바라보면서, 아무런 대구도 없이
험악한 눈으로 크레온 님을 쏘아보았습니다.
그리고는 양날의 칼을 빼 들고 먼저 그를 향했지만,
겁먹은 아버지가 달아나려고 몸을 돌리자,
찌르지는 못했습니다. 그러자 불행한 도련님은
자기 자신이 격노해서, 선 채로
그 칼끝을 옆구리 한가운데로 찔러 넣었습니다.
그리고 그는 아직 정신이 있는 동안 처녀의 축축한
팔에 입을 맞추고, 헐떡거리면서 그녀의 창백한 얼굴 위에

핏방울을 콸콸 쏟아부었습니다.
죽음이 죽음 곁에 누워서, 혼례를
죽음 세계의 집에서 수수하게 치렀습니다.
또한 인간들에게 어리석음이 가장 큰 재앙인 것을
이 사람이 보여 주었습니다.

에우뤼디케가 퇴장한다.

코로스

그대 생각은 어떤가? 마님이 좋다 싫다 한마디 말도 없이
다시 자리를 떠났기 때문에 묻는 말일세.

사자

저도 놀랐어요, 그러나 저는 마님이 아들의 불행에 대해
도시 사람들 앞에서 계속해서 비탄할 수 없어서
집 안에 들어가 하녀들에게
집안의 슬픔은 집 안에서 함께하라고
말씀하시리라는 희망을 내심 키우고 있습니다.
마님께서는 허점을 보일 만큼 분별없지는 않으시니까요.

코로스

나는 모르겠네. 그러나 무익한 비탄 못지않게
지나친 침묵도 뜻하는 것이 적지 않아 보이네.

사자

그러면 마님의 격앙된 가슴이 참을 수 없는 무엇을

남몰래 숨기고 있는지를 살펴보도록 합시다. 집 안으로
들어갑시다. 너무 지나친 침묵도 의미가 심상치 않다는
당신의 말씀도 옳으니까요.

코로스

저기 왕께서 홀로 몸소 오고 계시네요.
커다란 기념비를 두 손에 들고 있네요[107].
그러나 이렇게 말해도 된다면, 그것은
다른 이의 잘못이 아니라, 그가 저지른 실수 탓이라오.

제2장

코로스, 크레온

크레온

아아! 가당찮은 생각!
통렬한 실수여!
치명적인 것이여! 오 우리는
한 핏줄에서 나와 살해하고
살해당하는 것을 보고 있구나.
아아! 슬프다! 나의 불행한
결정이.

107 크레온이 하이몬의 시신을 들고 있다.

아아! 아들아! 때 이르게 죽었구나!
슬프다! 슬프고도 슬프다!
너는 너의 어리석음이 아니라
나의 어리석음 때문에 죽어 세상을 떠났다.

코로스

오, 슬픈 일이오, 그대는 늦게서야 정의를 깨달은 것 같소.

크레온

나는 두려움 가운데서 그걸 깨달았소.
그러나 저기 어떤 신께서
내 머리를 붙잡아 커다란 무게로 내리쳤고,
나를 그릇된 길로 내동댕이쳤소.
아! 아!
아! 인간들의 노고여! 괴로움이여!

제3장

사자, 크레온, 코로스

사자

오 주인님! 주인님께서는 이미 슬픔의 짐을 지셨고
양손에 그 짐을 들고 계십니다. 그런데 집 안에 들어가시면,
새로운 재앙을 또 보셔야만 합니다.

크레온

지금의 재앙보다 더 심각한 것이 도대체 무엇이란 말인가?

사자

부인께서 돌아가셨습니다. 여기 이 시신의 친어머니께서요.
새로운 충격에 몸부림을 치시다가요.

크레온

아아! 아아! 지하세계[108]의 더러운[109]
항구여! 무엇 때문에? 이제 나를? 왜? 나를 파멸시키는가?
아아! 재앙을 나에게 알려 준 사자여,
무슨 그런 비보를 가져온 것이냐?
슬프고 슬프다! 너는 사람을 나락으로 떨어뜨렸다.
무슨 말을 하느냐? 여보게, 무슨 새로운 소식인가?
슬프도다! 슬프고 슬프도다!
내 아들이 죽은 데다가
내 아내마저 죽어 쓰러져 있다는구나.

사자

보시게 됩니다. 이제 마님은 방 안에 머물고 있지 않습니다[110].

---

108 하데스.

109 횔덜린은 "정화하기 어려운", "해소하기 어려운"의 뜻의 그리스어를 "더러운"(schmutzig)으로 옮겼다. 지하세계가 하이몬의 죽음만으로는 만족하지 못하고, 에우뤼디케의 죽음까지를 요구한 것에 대한 크레온의 야속한 심정을 반영하고 있다고 본다.

110 시신이 궁전 밖으로 운구되고 있다는 뜻

크레온

오 슬프다!
불쌍한 내가 재앙을, 두 번째 재앙을 보게 되는가?
지금도 무엇을? 어떤 운명이 나에게서 무엇을 기다리고 있는가?
지금도 두 손에 아들을 붙들고 있는데,
불쌍한 내가, 여기 눈앞에 다른 시신을 보게 되다니.
아! 아! 가여운 어미여! 아 나의 아들이여!

코로스

그녀는 집 안의 제단을 붙들고 예리한 칼로 자신을 찔렀답니다!

크레온

어두워 가는 두 눈을 감았으리라. 무어라 탄식했는가?

사자

먼저, 앞서 세상을 떠난 메가레우스[111]의 텅 빈 결혼 침대를 슬퍼했지요.
그러고 나서는 하이몬을 슬퍼하고, 마지막으로는
아드님을 죽인 주인님의 악행을 저주했어요.

크레온

슬프도다! 슬프고도 슬프도다!

---

111 크레온의 큰아들. 테바이가 아르고스 군의 포위 아래 있을 때, 테바이의 귀족 중 하나를 아레스 신에게 제물로 바쳐야 위기를 벗어날 수 있다는 예언자의 조언이 있자, 크레온의 아들 메가레우스가 자살로 이를 대신했다.

두려움이 나를 엄습하는구나. 어찌하여
누군가가 나를 양날의 칼로
찌르지 않았단 말인가?
가련한 나로구나! 아! 아!
비참한 파멸에 빠져들다니.

사자

주인님에게 이 두 도련님의 죽음의 책임이 있기에,
마님께서 그 죽음을 두고 주인님을 비난하셨던 것입니다.

크레온

그녀는 어떤 식의 죽음을 통해 세상을 떠나셨는가?

사자

마님께서는 아드님의 고통의 비명이 들려 오자,
자신의 손으로 명치를 찌르셨습니다.

크레온

아 슬프도다! 슬프구나! 이 죄는 다른 어떤 사람의 것이
아니다. 이 일에서 죄책은 나에게 있으니까.
내가 당신을 죽였소, 내가 말이요. 아! 너희들 하인들아!
어서 빨리 나를 여기서 데려가거라!
이제는 아무것도 아닌 나를 한 걸음이라도 빨리.

코로스

불행 가운데도 유익한 것이 아직 있다면, 그것을 맞추시는군요.

큰 재앙의 발걸음 앞에서는 지체하는 시간이 짧을수록 좋으니까요.

크레온

오 오라! 오 오거라!
나의 운명 가운데 가장 아름다운 것이여, 나타나라,
나에게 끝장을 보이는 날,
마지막 날을 데리고! 오 오거라,
내가 더는 다른 날을 보지 않아도 되도록!

사자

그것은 미래의 일이요. 그러나 당장 마주친 일에서 무엇을 할 수 있을까?
우리와 관련된 그런 문제가 과제로 놓여 있지요.

크레온

내가 한 말이 바로 내가 원했던 것이라네.

사자

아무것도 더 바라지 마십시오. 미리 정해진
운명으로부터 어떤 사람도 벗어날 수 없답니다.

크레온

이 빈 껍떼기 인간을 어서 데려가다오. 본의 아니게
내가, 아들아, 너를 죽였고, 그녀를 또한 죽였다.
가련한 나는 누구에게 시선을 돌릴지 알지 못하겠고
어디로 가야 할지도 모르겠구나.

모든 잘못이 여기
내 손안에 있었고 여기 머리 위에로는
거친 운명이 나를 덮쳤구나.

코로스

지혜가 행복보다
훨씬 중요하다네. 신적인 것을
사람이 모독해서는 안 된다네. 으쓱거리는
자들은 번개의 큰 타격으로
벌을 받는 법, 하여
노년에 지혜가 무엇인지 가르쳐 준다네.

제2부

횔덜린의 소포클레스의 비극에 대한 주석

《오이디푸스 왕》에 대한 주석

1

만일 우리가, 시대와 체제의 차이를 감안하면서, 우리의 경우에도 문학을 고대인들의 **처리법**(μηχανη)[112]의 경지로 끌어 올린다면, 시인들에게 시민적인 실존을 보장하는 데 좋은 일이 될 것이다.

다른 예술작품들의 경우에도 그리스의 예술작품들과 비교해 볼 때 확실성이 부족하다. 적어도 지금까지 예술작품들은 아름다움이 생성되는 법칙적인 계산과 기타의 처리방식을 따르기보다는 예술작품들이 주는 인상에 따라서 더 많이 판단되었다. 근대 문학에는 무엇보다도 그것의 처리방식이 계산되고 훈련되는 교육과 장인다움이 부족하다. 만일 이 처리방식이 습득된다면, 실행에서 항상 신뢰성 있게 반복될 수 있을 것이다. 우리는 인간들 사이에서, 모든 사물에서 무엇인가가 존재한다는 사실, 다시 말해, 그것의 현상이라는 수단을 통해서 그것이 인식 가능하다는 사실, 그리고 무엇보다도 그것이 따라야 할 방식이 결정되고 가르쳐질 수 있다는 사실에 주목해야만 한다. 이런 이유나 더 높은 이유에서 문학은 특히 확실하고 특징적인 원칙들과 제약들을 요구한다.

---

112 이 그리스어의 의미 영역은 "기계"에서부터 "요령"에까지 이른다. 여기서는 수공예적인 "처리 방법"을 의미한다.

이것들에 먼저 법칙적인 계산이 해당한다.

그다음에 우리는 내용이 이런 법칙적 계산과 어떻게, 어떤 처리 방식을 통해서 구분되는지, 그리고 무한하지만, 그래도 도처에 정해진 연속체를 통해서 개별적 내용이 어떻게 보편적인 계산과 관련을 맺는지, 그리고 경과, 의도된 진술 그리고 계산될 수 없는 생동하는 의미가 계산 가능한 법칙과 어떻게 관련을 맺는지에 주목해야만 한다.

하나의 감각 체계와 전인적 인간이 요소[113]의 영향 아래서 전개되는 방식, 법칙, 계산, 그리고 표상과 감각과 이성적 판단이 상이한 질서 가운데, 그러나 항상 고정된 규칙에 따라서 차례로 생성되는 방식은, 순수한 순서대로의 전개에서보다는 비극적인 것에서 훨씬 더 균형을 이룬다.

비극적인 **이행**(移行, Transport)은 말하자면 본래 공허하다. 가장 구속되지 않은 이행인 것이다.

이를 통해서 이 이행이 표현되는 표상의 리드미컬한 연속 가운데 **우리가 운율상 휴지**(休止, Zäsur)**라고 부르는 것**, 즉 순수한 어휘, 반(反)리듬적인 정지가 필연적이게 된다. 그렇게 해서 말하자면 그 절정(絶頂)에서 표상의 급격한 교체에 봉착하여 표상의 교체가 아니라, 표상 자체가 나타나는 것이다.

이를 통해서 계산의 연속과 리듬의 연속은 나뉘게 되고, 그 양분된 두 부분은 같은 비중을 차지하는 듯이 보이도록 서로 관계를 맺는다.

---

113 횔덜린은 "요소"(Element), "자연의 힘", 그리고 "신"을 같은 의미로 혼용한다.

이제 표상들의 리듬이, 신속하게 중심을 벗어나는 가운데, 첫 번째 표상이 이어지는 표상들을 통해서 분리되도록 구성되려면, 휴지 또는 반리듬적인 정지는 앞쪽에 놓여야만 한다. 그리하여 첫 번째 절반이 두 번째 절반으로부터 보호된다. 그런 다음 균형은 이 두 번째 절반이 근원적으로 더 신속하고, 더욱 무겁게 비중을 가지는 것처럼 보이기 때문에, 휴지의 반작용 결과로서 균형은 끝에서부터 처음을 향해서 더 기울어지려는 것처럼 보이게 될 것이다.

표상의 리듬이 이어지는 것들이 처음의 것들에 의해 한층 더 강요받는 상태라면, 휴지는 한층 더 끝을 향해서 놓이게 될 것인데, 그것은 처음부터 동시에 보호되어야만 하는 것은 바로 끝이기 때문이다. 균형은 결과적으로 한층 더 끝을 향해서 기울어질 것인데, 그것은 첫 절반이 더 길게 확장되고, 결과적으로 균형이 뒤늦게 등장하기 때문이다. 이처럼 많은 것이 계산 가능한 법칙으로부터 나온다.

이제 여기서 시사된 비극적 법칙들 중 첫 번째의 것은 오이디푸스의 법칙이다.

《안티고네》는 여기서 언급된 두 번째의 법칙을 따른다.

이 두 편의 희곡에서 휴지를 형성하는 것은 티레시아스의 발언들이다.

비극적으로 인간을 그의 삶의 영역에서, 자신의 내면적인 삶의 중심에서 다른 세계로 밀어내고, 중심을 벗어난 죽음의 영역으로 끌어넣는 자연의 힘의 감시자로서 그는 운명의 진행 안으로 들어선다.

2

전체에 대한 이해 가능성은 오이디푸스가 신탁을 **지나치게 무한하게 해석하고, 금지된 행위**(nefas)[114]로 유혹을 받는 장면을 우리가 주목하는 데에 우선 담겨 있다.

즉 신탁은 이렇다는 것이다.

> 포이보스 왕께서 저희에게 분명히 말씀 하셨습니다.
> 이 땅에서 양육되는 오욕을 이 나라에서 몰아내고
> 치유할 수 없는 것을 기르지 말라고 하셨습니다. (95-97행)

이 신탁은 이런 의미일 수 있을 것이다. 즉 엄격하고, 보편적인 방식으로 순수한 심판을 내리고, 선한 시민적 질서를 지켜라. 그러나 오이디푸스는 이 신탁에 대해서 즉각 사제처럼 말한다.

> 무슨 정화를 통해서란 말인가? (98행)

그리고 **특별한 것**으로 넘어간다.

> 신께서는 이 운명을 어떤 사람의 운명이라고 생각하시는 건가? (101행)

---

114 이 개념은 논고 〈엠페도클레스에 대한 기초〉를 포함하고 있는 〈비극적인 것에 관하여〉에 이미 등장한다. 로마인들 사이에서는 nefas를 신적인 금지 사항, 즉 계명을 범하는 것을 의미했다. 횔덜린은 한층 포괄적으로 이 개념을 사용하고 있는데 모든 한계의 돌파를 의미하고 있다. 말하자면 무한성으로의 접근을 의미하는 것이다.

그리고 이것이 크레온의 생각을 엄청나게 무시무시한 말로 이끌게 된다.

오 왕이시여! 그대가 이 도시를 다스리기 전에
이 나라에서는 라이오스가 통치자였습니다. (102-103행)

그렇게 해서 그것에 굳이 해당하지 않은 신탁과 라이오스의 죽음의 역사가 연관을 맺게 된다. 그러나 이것에 곧장 이어지는 장면에서, 분노에 찬 예감 속에서 오이디푸스의 정신은 모든 것을 알면서도 부정을 발설한다. 그의 정신이 라이오스의 살해를 언급하면서 의심하면서도 일반적인 명령을 특별한 것으로 해석하고, 죄업 역시 무한하게 받아들이고 있는 것이다.

그대들 가운데 누구든 랍다코스의 아들
라이오스가 누구의 손에 죽었는지를 아는 사람은
그 모든 사실을 나에게 알리라고 명하는 것이오.
(…)
(그 살인자가 누구이든지 간에
내가 권력과 왕좌를 쥐고 이 나라 안에 있는 한)
누구도 그를 집에 들이거나 그에게 말을 걸어서는 안 되며
신들께 드리는 기도도, 제물을 바치는 일에도
의식 전 정화행위도 함께해서는 안 되오.
(…)
이것을

퓌토 신의 신탁이 나에게 분명히 밝혔소. (228-248행)

그렇게 해서 이어지는 티레시아스와의 대담에서, 경이로운 성난 호기심. 앎은 그 한계로 인해 깨질 경우, 여전히 남아 있을 수 있는 자신의 조화롭고 장려한 형식에 취한 듯, 맨 먼저, 견디어 내고 붙잡을 수 있는 것보다 더 많이 알기를[115] 스스로 부추긴다.

그렇게 해서 그 후 크레온과의 장면에서, 불신이 일어난다. 이것은 참담한 비밀들로 꽉 채워진 생각은 더욱 불확실해지기 때문이고, 충실하고 확실한 정신이 파괴를 기뻐하며 낚아채 가는 시간만을 뒤따르는 분노에 찬 무절제 속에서 고통을 겪기 때문이다.

그렇게 해서, 이 극의 한가운데, 이오카스타와의 대담에서 음울한 평온, 천진난만함, 그 강력한 남자의 동정할만한 소박한 실수가 작동한다. 즉 그는 자신의 추정되는 태생지와 폴리보스—자신의 아버지이기 때문에 자신이 폴리보스를 죽였을지도 몰라 두려워한다—에 대해서, 그리고 메로페—티레시아스의 말에 따르면 자기의 어머니인 그녀와 결혼하지 않도록 그녀를 피해 도망하기를 간청한다—에 대해서, 이오카스타에게 말하고 있는 것이다. 그런데 사실은 티레시아스가 오이디푸스에게 오이디푸스 당신이 라이오스의 살해자이며 라이오스가 당신의 아버지라고 말했다. 티레시아스는 이미 언급한 오이디푸스와의 말다툼 가운데에 그에게 말한다.

그대가 위협하고 선언하면서 오랫동안 찾은 사람,

115 1802년 가을, 뵐렌도르프에게 보낸 편지의 한 구절 "알고자 하는 갈증" 참조.

라이오스의 살해자가 바로 여기에 있소, 이방인으로서
우리와 함께 살고 있다고들 하지만, 곧 토박이로,
테바이인으로 밝혀질 것이오. 그러나 그런 행운을
기뻐하지 못할 것이오.

(…)

그리고 그는 같이 사는 자식들에게 형이자 아버지로서,
그를 낳아 준 여인에게 아들이자 남편으로, **아버지와 한 침대를 쓰며,**
그 아버지의 살해자임이 드러날 것이오. (456-465행)

그렇게 해서 코린트의 사자(使者)와 함께한 장면, 후반부의 첫머리, 그 장면에서 그가 다시 삶으로 되돌아갈 유혹을 받는다, 자신을 찾으려는 절망적인 노력. 자신을 통제하려는 면목 없고 부끄러움을 모르는 노력, 어떤 의식(意識)을 향한 무모하게 거친 탐색.

이오카스타

오이디푸스께서 온갖 근심 때문에
마음이 극단으로 향하고 있기 때문이죠.
그는 생각이 깊은 사람처럼
과거의 일에서 앞의 일을 판단하려 하지 않아요. (929-932)

오이디푸스

오, 가장 사랑하는 부인, 이오카스타여!
무엇 때문에 나를 집에서 불러내었소? (967-968행)

오이디푸스

그 연로하신 분이 병으로 시들어 버리신 것 같구나.

사자

또한 오래 사신 세월에 비추어서도 그렇습니다. (979-980행)

오이디푸스의 정신이 여기서 좋은 말에 얼마나 고무되었는지를 쉽게 알아볼 수 있다. 그렇게 해서 한층 고상한 모티브로부터 이어지는 언급들이 나타날 수 있다. 여기서 지금 당장 헤라클레스의 어깨로 그의 짐을 지지 않는 오이디푸스는, 훨씬 더 큰 허약함 속에서, 자신을 통제할 힘을 얻으려고 노력하는 가운데, 왕으로서의 임무를 내던진다.

아아! 부인, 이제 누가 다시 한번 예언의 화덕이나
저 위에서 지저귀는 새들에게
물어야만 하겠소? 그 예언에 따르면
나는 아버지를 죽여야만 했으나, 그분은
돌아가셔서 지하에 잠들어 있고, 나는 여기 살아 있고
나의 창(槍)은 깨끗하니 말이오. 그분이 꿈속에서
나에게 죽임을 당한 것이라면, [달리]
나 때문에 돌아가셨다고 할 수 있겠지만.
폴뤼보스께서는 더는 쓸모가 없어진 오늘의 신탁들을 데리고
지하세계로 내려가 이제는 거기에 누워 계시오. (981-990행)

마침내 그의 연설에는 하나의 의식에 대한 정신병적인 물음이 대두된다.

사자

내 아들이여! 그대는 지금 무엇을 하는지 모르고 있는 것이 분명하군요.

오이디푸스

그게 무슨 뜻인지 제발 말해 주시오, 노인장!　　(1027-1028행)

오이디푸스

무슨 말인가? 폴뤼보스가 나를 씨로 심지 않았다는 것인가?

사자

그 사정은 우리 둘 사이와 같습니다.

오이디푸스

무슨 말이요? 아버지가 어떻게 남하고 같단 말이요?

사자

폴뤼보스도 나도 아버지가 아닌 것은 마찬가지이니까요.

오이디푸스

그렇다면 왜 그분이 나를 아들이라 불렀지요? (1036-1040행)

사자

두 발이 묶여 있기에 내가 풀어드렸습니다.

오이디푸스

내가 요람에서부터 엄청난 오욕을 타고났구나.

사자

이 일로 인해서 당신은 지금의 이름으로 불리게 된 것이옵니다.

오이디푸스

제발! 누가 그렇게 했느냐? 어머니인가, 아버지인가! 말하라. (1053-1056행)

이오카스타

제발 안 됩니다! 당신이 생명을 소중히 여긴다면,

따지지 마세요. 내가 괴로워하는 것으로 충분해요.

오이디푸스

염려 마시오! 내가 삼대에 걸친 노예의 자식으로 드러나더라도

당신을 미천하게 만들지는 않을 것이오. (1079-1082행)

오이디푸스

터져 나오려면 터져 나오라지. 나는 나의 출생이

비록 비천하다 할지라도 그것을 알고 싶소.

여인들은 자신을 위대하게 생각하니, 그녀가

나의 비천한 출생을 부끄럽게 여기는 것은 당연하오.

그러나 나는 좋은 선물을 주시는 행운의 여신의 아들로 여기며,

불명예를 당하고 싶지는 않소.

그분이 나의 어머니이기 때문이오. 또한 나와 함께 태어난

달들이 나를 때때로 위대하게 또는 미천하게 에워싸 왔소.

그렇게 태어났으니, 내가 누구인지를 알아보지도 않은 채

그렇게 끝내고 싶지는 않소. (1095-1104행)

바로 이러한 샅샅이 추적하기, 샅샅이 해석하기는 결국 그의 정신이 자신의 신하들의 거칠고 단순한 진술에 굴복하는 것이기도 하다.

그러한 인간들이 이 난폭한 환경 안에서 살기 때문에 그들의 언어도 거의 복수의 여신의 방식대로 더욱 난폭한 연관을 통해서 발화하게 된다.

3

비극적인 것의 표현은 특히 신과 인간이 짝짓는 무시무시한 일과 자연의 힘[=신]과 인간의 가장 깊은 내면이 분노하는 가운데서 무한히 일체(Eins)가 되고, 이를 통해서 무한한 일체화는 무한한 분리를 통해서 정화(淨化)된다[116]는 점이 이해된다는 사실에 근거한다. **자연의 서술자는 선의의 펜대를 담구면서 서술했다**[117].

이러한 이유로 항상 대립적인 대화, 이러한 이유로 이 대화에 대한 대칭으로서의 코로스가 있다. 이러한 이유로 대화 가운데 서로 다른 부분들 사이의 너무나 순결한, 너무도 기계적인 그리고 사

116 아리스토텔레스의《시학》제6장의 정화 이론에 대한 암시.

117 10세기 비잔틴 백과사전의 아리스토텔레스 항목에서 "아리스토텔레스는 자연의 서술자였으며, 펜대를 정신에 담그었다"라는 구절의 변형된 인용. 〈오이디푸스 왕에 대한 주석〉에서의 "자연의 힘"과 "표현"이라는 개념과 관련된 맥락에서 이 인용을 이해할 수 있다.

실적으로 종결짓는 상호 밀접한 관련 맺기[118]. 그리고 대화 안에, 그리고 코로스와 대화 사이에 그리고 큰 부분들 사이에 또는 코로스와 대화로 구성된 일화(逸話)들 사이에 상호 관련 맺기가 나타난다. 모든 것이 암묵적으로 상호 간에 상쇄시키는 말에 대항하는 말이다.

그렇게 해서 《오이디푸스 왕》의 코로스들에서는, 비탄과 평화로움과 종교적인 것, 경건한 거짓말(내가 예언자라면, 등등), 그리고 그의 분노하는 감성 가운데 바로 이 청취자들의 영혼을 찢어발기려고 하는 한 대화에 맞서 완전히 기진맥진할 때까지 동정이 나타난다[119]. 따라서 여러 장면들에서, 섬뜩하게 장엄한 형식들, 이단자 심판의 드라마와 같은 드라마. 이것은 하나의 세계를 위한 언어이다. 그 세계에서는 진지하지 못한 시대, 페스트와 정신의 혼돈과 일반적으로 점화된 예언자 정신 가운데, 신과 인간이 불충실을 완

118 "사실적"이라는 어휘는 〈안티고네에 대한 주석〉의 상응하는 부분(3절 두 번째 문단)에서도 반복된다. 그 어휘를 오늘날 편차를 나타내는 의미 가운데 더 잘 정의할 수 있는 언급들에 등장한다. "그 어휘가 훨씬 더 감각적인 육체를 엄습하는 가운데, 훨씬 더 간접적으로 사실적이 된다는 의미에서…"와 "그리스 비극적인 어휘는 치명적으로 사실적이다. 왜냐면 그 어휘가 엄습하고 있는 육체는 사실적으로 파멸시키기 때문이다." 이에 따라서 보자면 "사실적"(faktisch)이라는 어휘는 여기서 문법적인 용어인 "사역의/작위의"(faktitiv)라는 의미로 이해된다. 즉 "야기하는", "원인이 되는"으로 대체할 수 있다.

119 일반적인 특성화가 아니라, 《오이디푸스 왕》의 다섯 코로스를 각기 상이한 경향에 따라서 특징짓고 있다. 예컨대 첫 번째 코로스는 "비탄적"이랄 수 있고, 두 번째 코로스는 침울하기보다는 "평화로우며", 세 번째 코로스는 "종교적"이라고 할 수 있다는 것이다.

전히 망각하는 형식을 통해서 의사를 소통한다. 이로써 세계의 운행에 어떤 틈새도 없이 일어나며, 천상적인 것에 대한 기억이 꺼지지 않도록 일어난다. 신적인 불충실이 가장 잘 간직될 수 있기 때문이다.

그러한 순간에 인간은 자기 자신과 신을 잊는다. 그리고 확실히 성스러운 방식으로, 배반자처럼 전도(轉倒)한다. — 왜냐하면 고통의 극단적인 경계에서 시간과 공간의 조건들 이외 아무것도 더 존재하지 않기 때문이다.

여기에서 인간은 자기 자신을 잊는다. 그가 전적으로 이 순간 안에 있기 때문이다. 그리고 신은 시간 이외 아무것도 아니기 때문이다. 양측은 불충실하다. 시간은, 그러한 순간에 정언적으로 방향을 바꾸기 때문이다. 그리고 시작과 끝은 시간 안에서 전혀 접촉되지 않는다. 인간은, 이 순간에 정언적인 반전(Umkehr)을 따라야만 하고[120], 이와 함께 이어지는 것에서 그가 처음이었던 것과 같을 수 없기 때문이다.

《안티고네》에서 하이몬이 그런 입장이다. 오이디푸스 자신은 비극《오이디푸스 왕》의 한가운데 서 있다

120 "정언적"(kategorisch)이라는 어휘가 "무조건적인 것"이라는 뜻으로 쓰이고 있는 〈안티고네에 대한 주석〉을 참고할 수 있다. "반전" 또는 "전복"(Umkehrung)은 옛 쓰임새에서는 파괴적이라는 일반적인 어의와 함께 "혁명"(Revolution/Umsturz)이라는 더 독특한 어의를 지니고 있다. 이러한 의미는 〈안티고네에 대한 주석〉에서 "조국적인 반전"이 언급될 때 비로소 완전히 인식할 수 있다.

《안티고네》에 대한 주석

1.

《안티고네》의 규칙, 계산 가능한 법칙이 《오이디푸스 왕》의 그것에 대해 가지는 관계는 ⦣ 대 ∠과 같다. 그리하여 균형은 종결에서부터 시초를 향한다기보다는 오히려 시초에서 종결을 향해서 기운다.

그 규칙은 표상과 감각과 이성적 판단[121]이 시적 논리에 따라서 전개되는 서로 다른 연속들 중의 하나이다. 그리하여 철학이 항상 영혼의 한가지 능력만을 다루고, 이렇게 하여 이 하나의 능력의 표현이 전체를 이루고, 이러한 하나의 능력의 구성 분자들의 단순한 연관들이 논리라고 불리게 되는 것이다. 그러나 시문학은 인간의 다양한 능력을 다룸으로써 이러한 서로 다른 다양한 능력의 표현

---

121 횔덜린은 "영혼의 능력"으로 표현하고 있는 "표상과 감각과 이성적 판단"(Vorstellung und Empfindung und Räsonnement)이라는 삼위일체를 통해서 18세기 "상상력"(횔덜린은 "표상"이라고 함), "감각" 그리고 "오성"(횔덜린은 "이성적 판단"이라고 함)이라는 삼위일체를 포괄하는 영적 능력이라는 오랜 이론적 전통을 수용하고 있다. 오로지 하나의 능력, 즉 오성의 표현으로 전체를 이루고 있는 철학과는 달리 시문학은 3개의 모든 능력을 그 표현에 관련시키고 그것으로 전체를 구성한다고 횔덜린은 말하고 있다. 18세기 후반에 전개된 미학에 따르면 문학은 인간 정신의 특별하게 전체적인 표현형식으로서 오로지 문학을 통해서만이 "전체적인 인간"의 표현도 가능하다는 것인데 횔덜린의 주장은 이와 조금도 다르지 않다.

이 전체를 이루고, 이 상이한 능력의 훨씬 더 자율적인 부분들 사이의 연관들이 훨씬 더 드높은 의미에서 리듬, 또는 계산 가능한 법칙이라고 불릴 수 있게 된다.

그러나 표상들의 이러한 리듬[122]이 열광의 신속함을 통해서 첫 번째 표상들이 이어지는 표상들에 의해서 사로잡히도록 구성되어 있다면, 휴지 a) 또는 반리듬의 휴지가 앞쪽에 놓여야만 하고, 그리하여 전반부가 후반부로부터 보호되고, 후반부가 반작용을 하는 휴지 때문에 더 신속하고 비중이 더 큰 것으로 보이기 때문에 균형은 뒤쪽에서부터 처음을 향해서 기울어진다.

---

122 〈오이디푸스 왕에 대한 주석〉에 "표상과 감각과 이성적 판단이 서로 다른 연속 가운데, 그러나 하나의 확실한 규칙에 따라서 차례차례로 생성된다"라고 언급되어 있으며, 이어서 "표상들의 리듬미컬한 연속"에 대한 언급이 등장한다. 우리가 (표상들의) 연속과 "차례차례로 생성된다"는 (3개의 영혼의 능력에 관련된) 표현을 동일시하면, 여기서 "표상들"이라는 용어는 다른 두 개의 영혼의 능력과 구분되는 "표상"의 능력을 의미한다기보다는 문학적인 "표현"을 통해서 "표상들"이 된 모든 3개의 영혼의 능력을 의미한다. 이것은 횔덜린이 "표상들의 리듬"에 관해서 말하고 이를 통해서 "서로 다른 능력의 훨씬 더 자율적인 부분들의 연관"으로 되돌아간다면, 〈안티고네에 대한 주석〉에서도 그대로 적용되는 논리이다. "리듬"이라는 개념은 이미 〈오이디푸스 왕에 대한 주석〉에서 항상 표상들의 연속과 결부된다. "…표상들의 리드미컬한 연속…"과 "이제 표상들의 리듬이 중심을 벗어난 신속성을 통해서 첫 번째의 표상들이 이어지는 표상들에 의해서 사로잡히도록 구성되어 있다면…"(〈안티고네에 대한 주석〉에서의 유사한 구절), 그리고 "표상들의 리듬이 이어지는 표상들이 시작할 때의 표상들에 의해서 한층 더 축약되도록 구성되어 있다면"(〈안티고네에 대한 주석〉에서의 유사한 구절)등이 그러하다. 이러한 언급으로부터 〈안티고네에 대한 주석〉의 "상이한 능력의 훨씬 더 자율적인 부분들의 연관들이 훨씬 더 높은 의미에서 리듬, 또는 계산 가능한 법칙이라고 불릴 수 있게 된다"라는 구절이 이해 가능해진다.

a

c _____ b.

그러나 표상들의 이러한 리듬이 구성되어 있어서 이어지는 표상들이 처음의 표상들에 의해서 더욱 집약된다면, 휴지 a)는 끝을 향해서 더 놓이게 되는데, 그것은 처음에 대해서 즉시 보호되어야만 하는 것은 끝이기 때문이다. 그리고 균형은 결과적으로 끝 b)를 향해서 기울어지게 되는데, 그것은 전반부 c)가 더욱 길게 확장되지만, 균형은 뒤늦게 등장하기 때문이다.

a

c ______/ b.

2

크레온

그런데도 너는 감히 법을 어겼단 말이냐?

안티고네

그렇습니다. **나의** 제우스 신께서 나에게 그런 법을 공포하시지 않으셨고
죽음의 신들 가운데 정의의 여신도 이곳 인간들 간에
그런 법을 제정한 적이 없기 때문입니다. (466-469행)

하루의 흐름 또는 예술작품의 가장 과감한 순간은, 시간과 자연의 정신이, 인간을 사로잡는 천상적인 것이, 그리고 인간이 관심

을 두고 있는 대상이 가장 거칠게 대립하고 있을 때이다. 왜냐면 감각적인 대상은 오직 절반에만 미치고 있을 뿐이지만, **정신은 후반부가 시작하는 지점에서 가장 강력하게 깨어나기 때문이다**[123]. 이러한 순간에 인간은 **가장 확고하게** 자신을 붙들지 않으면 안 된다. 그 때문에 인간은 그때 자신의 특성 안에 가장 개방적으로 서 있는 것이다.

비극적으로 절제된[124] 시간의 무감각—그 대상은 감정에 본래 흥미롭지 않다—은, 낚아채 가는 시간의 정신을 가장 과도하게 뒤따른다. 그리고 이 시간의 정신은 거칠게 모습을 나타내고, 한낮의 정신처럼, 인간들을 아끼지도 않으며, 오히려 영원히 살아있고 쓰여있지 않은 야생의 정신으로서 그리고 죽은 자의 세계의 정신으로서 가차 없이 행동한다.

크레온

그러나 착한 이에게 악한 자와 똑같은 몫을 주어서는 안 되지.

안티고네

하계에서는 다른 관습이 있을 수 있는지 누가 압니까? (541-542행)

불행 가운데에서의 사랑스러움, 분별 있음. 꿈처럼 소박함. 이것이 소포클레스의 고유한 언어이다. 아이스킬로스와 에우리피데스는 생각할 수 없는 것의 한가운데를 통과해 가는 인간의 이성보

123 "한가운데에서 시간이 방향을 전환하는"이라는 구절 참조.

124 여기서 "비극적으로 절제된"이라는 말은 다음 문장에 등장하는 "가장 과도하게"라는 말의 대칭으로 의미를 도출해 볼 수 있다.

다는 고통과 분노를 어떻게 객관화할 것인가를 알고 있기 때문이다.

크레온

내가 나의 애초의 시발점에 충실히 머문다고 하면, 내가 거짓말하는 것이냐?

하이몬

충실히 머물지 않으십니다, 신의 이름을 성스럽게 여기지 않으시니까요. (773-774행)

"신들의 명예를 짓밟고 있다면" 대신에 이렇게 말한다. 여기서 이 성스러운 표현을 변경하는 것은 다분히 필요한 일이었다. 왜냐면 그 표현은, 한가운데서 진지함과 자율적인 언어로서, 의미가 심장하기 때문이다. 그리고 이 언어를 통해서 다른 모든 것들은 객관화되고 신성화된다.

나아가, 한가운데서 시간이 방향을 전환하는 방식은 실제로는 변동이 가능하지 않다. 어떤 인물이 정언적으로 정언적인 시간을 따르는 방식도[125] 가변적이지 않다. 또한 그리스적인 것에서 서구

125 "정언적"이라는 개념의 사용에 대해서는 〈오이디푸스 왕에 대한 주석〉에서 유사한 구절 "시간은, 그러한 순간에 정언적으로 방향을 바꾸기 때문이다."와 "인간은, 이 순간에 정언적인 반전을 따라야만 하고"를 참조. 이러한 유사 구절과 그때마다 연관으로 미루어 보건대, 휠덜린은 '정언적인' 이라는 어휘를 "무조건적인", "전체적인"이라는 의미로 사용하고 있다.

적인 것으로[126] 옮겨 가는 방식도 그렇다. 이와는 달리 지고한 것이 느껴지거나 발생하는 성스러운 이름 아래에서는 변경될 수 있다. 연설은 크레온의 맹세에 관련된다.

> 태양이 서둘러 가는 동안에 그대는
> 지금부터 그렇게 오랫동안 다른 생각을 품지 않게 될 것이오. (1106-1107행)

지상에서, 인간들 사이에, 태양은 상대적으로 물질적인 것처럼, 그것은 또한 도덕적인 것에서 사실 상대적으로 될 수 있다.

> 시퓔로스 산정에서 황무지처럼 되었다고 들었어요. (852-854행)

어쩌면《안티고네》에서 최고의 특성. 숭고한 조롱이 그녀의 다른 모든 발언을 능가하는데, 성스러운 광기는 지고한 인간적 현상이며, 그것이 여기서 언어 이상의 영혼인 한 그러하다. 또한 이런 식으로 최상급을 써서 아름다움에 대해서 말하는 것은 필연적이기도 하다. 무엇보다도 그녀의 태도 또한 인간 정신과 영웅적인 탁월

---

126 "그리스 적인 것"과 "서구적인 것"의 차이는 이 주석의 제3부의 두 번째 문단에서 자세히 다루어지고, 네 번째 문단도 이와 관련하여 서술하고 있다. 같은 주제가 1801년 12월 4일 친구 뵐렌도르프에게 보낸 편지에 다루어지고 있다. (서한집, 477-482 참고)

한 기교의 최상급에 기인하기 때문이다.

은밀히 작용하는 영혼에게, 의식의 최극점에서 영혼이 의식을 피한다는 것은 커다란 도움이다. 그리고 현현하는 신이 그 영혼을 장악하기 전에, 그 영혼은 과감한, 심지어는 신성모독적인 언사로 이 신에 맞선다. 그렇게 해서 정신의 성스러운 그리고 살아있는 가능성을 보존하는 것이다.

높은 의식 상태에서 영혼은, 어떤 의식도 지니지 않으나, 운명적으로, 의식의 형식을 취하는 대상들과 항상 자신을 비교한다. 그러한 대상 가운데 하나가 황량하게 된 대지이다. 이 대지는 근원적으로 풍부한 생식력이 있는데 햇빛의 작용을 너무나 지나치게 강화시켜, 결과적으로 불모가 되고 황량하게 된다. 프뤼기아 출신의 니오베의 운명이 그렇다. 도처에 있는 순결한 자연의 운명처럼. 이러한 운명에서 인간은 더 영웅적인 상황들과 정서의 움직임 속에서, 도처에서 기교의 완벽성을 통해서, 비유기적인 것에 접근하는 것과 같은 정도로 지나치게 유기적인 것으로 넘어간다. 그리고 니오베는 그때 고유하게도 조숙한 천재의 이미지를 보인다.

코로스

그녀는 시간의 아버지에게
시각을 알리는, 황금빛 종소리를 헤아렸다오. (987-988행)

"그녀는 제우스를 위해서 황금빛으로 흐르는 생성을 관리해 주었습니다" 대신에 위처럼 말한다. 우리의 이해방식에 더 접근시키기 위해서이다. 한층 더 확실하게 또는 한층 더 불확실하게 제우스는 언급되어야 한다. 진지하게는 차라리 시간의 아버지[127] 또는 대지의 아버지[128]라고 불러야 할 것이다. 왜냐면 그의 특성은, 영원한 경향에 반해서, 이 세계를 벗어나 다른 세계로 향하는 노력에서 이 다른 세계를 벗어나 이 세계로 향하는 노력으로 돌아가려는 것이기 때문이다. 우리는 신화를 도처에서 한층 더 증명이 가능하게 표현해야만 한다. 황금빛으로 흐르는 생성은 빛살을 의미한다. 시간이 그러한 빛을 통해서 한층 더 계산이 가능하게 될 수 있는 한, 빛은 제우스에게도 속한다. 그러나 항상 시간이 고통 가운데 헤아려질 경우이다. 왜냐면 이럴 때 마음은 오히려 시간의 변화에 훨씬 더 공감하면서 따르기 때문이다. 그리고 그렇게 단순한 시간의 흐름을 파악하지만, 현재를 미루어서 미래를 예단하지는 않기 때문이다.

그러나 변화시키는 시간 앞에서의 이러한 지극히 확고한 머무름, 이러한 영웅적인 은둔자의 삶은 사실적으로 의식의 가장 높은 형식이기 때문에, 이로 말미암아 진정 보편적이며, 전체가 파악될 수밖에 없는 필수적인 관점인 이어지는 코로스에 동기를 부여한다.

말하자면 이 코로스는, 앞선 장면들의 지나치게 내면적인 것에

---

127 송가 〈자연과 기술 또는 사투르누스와 유피테르〉에서 제우스는 시간에 배속되어 있다. 비극 《엠페도클레스의 죽음》, 제3초고에서 제우스는 "시간의 주인"이라고 불린다.

128 《안티고네》의 제2행에서 횔덜린은 제우스를 "대지의 아버지"라고 번역하고 있다. 찬가 〈유일자〉, 제2초고에는 "대지의 아버지"(제90행, 제99행)가 두 번 등장한다.

대한 대조인데, 이 드라마의 여러 등장인물이 행동하게 되는 근원인 두 명의 대립적인 인물들의 지극히 높은 공평성을 표현한다.

우선 이것은 반신자(反神者, Antitheos)를 특징짓는다. 이것은 누군가가 신의 의도에 따라 마치 신에 거슬리게 연출하고 있기라도 하다는 듯이 행동할 때, 그리고 지고한 자의 정신을 법칙 없이 인식할 때의 현상이다[129]. 그렇게 되면 운명 앞에서의 경건한 두려움, 그것과 함께, 법칙적으로 주어진 하나로서 신에 대한 경의의 정신[130]. 이것이 코로스 안에 공평하게 제기된 두 개의 대립 정신이다. 첫 번째 의미에서 안티고네가 더 많은 역할을 한다. 두 번째 의미에서는 크레온이 더 많은 역할을 한다. 양자는 서로 대칭을 이루고

129 "반신(反神)"은 단지 "신과의 경쟁"일 뿐 아니라, "신에 거스르는 행위"이다. 반신-여기서는 안티고네를 의미한다-이 "신의 의도에서" 마치 신에 거슬리는 듯한 태도를 취하는 한에서는 후자의 의미로 해석된다. 주석에서 신이 반복해서 실증적으로 규정된 모든 것과 제약된 것을 넘어 무한한 것으로 규정되기 때문에, "신의 의도에서(im Gottes Sinne)"라는 언급은 이에 상응하여 이해될 수 있다. 그래서 안티고네는 "지고한 것의 정신"(크레온을 통해서 대표되고 있는 그리스의 도시국가에서 국교(國敎), 따라서 법적 종교인 실증적인 종교를 형성했던 것이 지고한 것은 아니다)을 "법칙 없이 인식"할 수도 있는 것이다. 이때 횔덜린은 "법칙 없이(gesetzlos)"라는 어휘로써 "쓰여있지 않은 법칙"을 암시하고 있다.

130 이 주석에서 인용되고 있는 코로스 구절 (987-988행)에 이어지는 코로스는 "운명"이라는 표상을 맴돌고 있다. "그러나 운명의 힘은 무서운 것이오"(989행), "그녀에게도/위대한 운명은 깃들었던 것이오, 내 딸이여!"(1023-1024행) "법칙적으로 정해진 것의 하나로서의 신에 대한 경의"는 "실증적인" 신앙심을 의미한다. 이 신앙심은 법률, 권위 그리고 "운명"의 인정을 동시에 의미하기도 한다. 슈미트는 횔덜린이 어쩌면 그리스어 "신 θεός"이 "앉히다, 설정하다 τιθέναι"에서 파생된 것으로 생각했었다고 보았다.

있으나 형식화된 아이아스와 오디세우스처럼 민족적인 것과 반민족적인 것으로서가 아니고[131], 그리스 동포에게 맞선 오이디푸스처럼 충실한 단순성에 맞선 자유 정신으로서 고대의 원천적 성격에 맞서 대립을 이루고 있는 것도 아니다. 다만 서로에 대해서 동등하게 균형이 주어지고, 시간의 조건 아래서 서로 다를 뿐이다. **그리하여 한 원리는 그것이 시작하고 있기 때문에 지고, 다른 원리는 그것이 뒤따르기 때문에 이긴다.** 이러한 관점에서 여기서 언급되고 있는 기묘한 코로스는 전체에 대해서 가장 적절하게 합치되고, 그것의 냉정한 불편부당(不偏不黨)은, 그것은 그처럼 특별하게 적합하기 때문에, 온정(溫情)적이다.

3

비극적인 표현은《오이디푸스 왕》에 대한 주석에서 암시된 것처럼, 직접적인 신이 인간과 전적으로 일체를 이룬다는 점 (왜냐면, 한 사도의 신은 한층 더 간접적이고, 최고의 정신 가운데 최고의 오성이기 때문에), **무한한** 감동은 **무한히**, 즉 대립들 가운데, 의식을 지양하는 의식 가운데 성스럽게 분리되면서 마음을 가라앉히게 된다는 점과 신이 죽음의 형상을 띠고 현현(顯現)한다는 사실에 의거한다.

---

131 횔덜린은 뵐렌도르프에게 보낸 편지(1801년 12월 4일)에서 "민족적" 내지는 "반민족적"이라는 개념을 한층 명료하게 사용하고 있다.

이런 이유로, 〈오이디푸스 왕에 대한 주석〉에서 이미 언급된 것처럼, 대화 형식 그리고 거기에 대칭되는 것으로서의 코로스. 이런 이유로 그리스적인 방식에 따라서, 어휘가 더 감각적인 육체[132]를 장악하면서 한층 더 간접적으로 사실적이 된다는 의미에서 필연적으로 사실적인 것으로 밝혀지는 장면들에서의 위험한 구조. 한편 우리 자신의 시대 혹은 사고방식에 따르면, 그 어휘가 더욱 직접적으로, 더 정신적인 육체를 장악하는 가운데, 장면에서의 한층 위험한 구조. 그리스의 비극적 어휘는 치명적으로 사실적이다. 그것이 장악하고 있는 육체가 실질적으로 파멸시키기 때문이다. 우리의 경우, 우리가 더 본질적인 제우스 아래 서 있기 때문인데, 제우스는 이 지상과 죽은 자들의 거친 세계 사이에서 정지하고 있을 뿐 아니라, 인간에게 영원히 적대적인 자연의 진행을 다른 세계를 향한 도정에서, 한층 결정적으로 지상을 향하도록 강요한다, 그리고 이것이 본질적이며 조국적인 표상들을 대폭 변동시키고, 우리의 문학예술이 조국적으로 되어야만 하기 때문에, 그 문학예술의 소재가 우리의 세계관에 따라 선택되는 것이다. 그리고 그것의 표상은 조국적이며, 이 때문에 그리스의 표상들은 변동하는데, 그리스인의 주요 목표가 그들 스스로를 파악하는 데 있는 한에서 그렇다. 왜냐면 그것에 그들의 약점이 놓여 있었기 때문이고, 이와 달리 우리 시대의 표상 방식에

---

132 1802년 가을에 뵐렌도르프에게 보낸 편지에서 횔덜린은 아주 눈에 띄게 "육체/신체"에 대해서 언급하고 있다. "남방인들의 잘 단련된 신체는, 고대 정신의 폐허 가운데, 나로 하여금 그리스인들의 고유한 본질을 훨씬 더 가까이 알게 해 주었소." (서한집, 494)

있어서 주요한 목표는 무엇인가를 성공적으로 들어맞히는 것, 숙명을 지는 것인데, 그것은 운명을 벗어남[133](δνσμορον)이 우리의 약점이기 때문이다. 이러한 이유에서 그리스인은 더 나은 숙련된 솜씨와 근육질의 건강한 사람의 덕목을 지니고 있다. 《일리아스》의 영웅들이 우리에게 역설적으로 나타날 수도 있을 만큼, 그리스인은 이것을 장점으로 그리고 진지한 덕목으로 지니고 있는 것이다. 우리의 경우에 이것은 적절함에 종속되어 있다. 그처럼 그리스적인 표상 방식들과 시적 형식들은 우리의 조국적인 표상 방식들에 더 종속되어 있는 것이다.

그처럼 치명적으로 사실적인 것, 말을 통한 실제적인 살해는 독특하게 그리스적이며, 조국적인 예술형식에 종속된 예술형식으로 고찰될 수 있다. 조국적인 예술형식은, 충분히 증명 가능한 것처럼, 치명적으로 사실적인 어휘보다 한층 더 치명적으로 사실적일 수도 있다. 여기에 비극적인 것이 담겨야만 하기 때문에 실제로 살해 또는 죽음으로 끝나는 것이 아니라, 오히려 《코로노스의 오이디푸스》의 취향대로 끝나게 된다. 그리하여 영감을 받은 입에서 나온 말은 섬뜩하고, 살해한다. 그러나 그리스인을 통해서가 아니라, 명백하게, 어휘가 육신을 장악하여 이 육신을 살해할 때, 건장하고 조형적인 정신으로[134] 살해하는 것이다.

---

133 그리스어 δνσμορον는 "불행한"이라는 뜻이기 때문에 여기서 "운명을 벗어남"으로 이 어휘를 이해한 것은 독특하다고 할 수 있다. 횔덜린이 μοῖρα, 즉 "운명"과 같은 어간을 통해서 그러한 의미에 이르렀다고 이해할 수 있다.

134 앞에서 "근육질의 건강한 사람의 덕목"을 언급했거니와 앞서 인용한 1802년 가

그처럼 한층 더 그리스적인 또는 한층 더 서구적인 비극적인 표현은, 대화의 경우에 한층 더 지체하거나 해석하며, 한층 더 폭력적인 또는 억제할 길 없는 대화와 코로스에 의지한다. 대화와 코로스는 신적으로 투쟁하는 육체의 **고통받는 유기체들임**으로 무한한 다툼에 힘을 부여한다. 왜냐면 고통받는 유기체들은, 비극적으로 무한한 형상을 통해서도 신은 육체에 절대적인 직접성으로 자신을 전달할 수 없고, 오히려 이해가 가능하도록 파악되거나 아니면 생생하게 헌정되어야만 하기 때문에, 결여될 수 없다. 그러나 무엇보다도 비극적인 표현은 사실적인 어휘로 구성되며, 그 어휘는 발언이라기보다는 오히려 연결체이며, 운명적으로 시작에서부터 끝에 이르기까지 이어진다. 다시 말해서 사건 진행의 방식을 통해서, 상호 인물들의 배열을 통해서, 그리고 비극적인 시간의 두려운 여유 사이에 형성되는, 그리고 대립들 사이에 표현되었던 것처럼, 그것의 거친 생성 가운데, 그 후에는, 인간적인 시간 가운데, 확고한 신적 운명에서 태어난 견해로 인정되는 이성 형식을 통해서 비극적 표현은 생성되는 것이다.

《안티고네》에서 그 사건의 본성은 한 반란 속에 있는 그것이다. 여기에서, 그것이 조국적인 문제인 한, 각각은 다음 사실에 의존한다. 각자가 무한한 반전(反轉, Umkehr)에 장악되고 전적으로 동요될 때, 각자는 동요되는 무한한 형식 속에서 자기 자신을 파악한다. 왜

을 뵐렌도르프에게 보낸 편지에서 "그리스인들의 고요한 본질을 더 잘 알게 해 준 남방인들의 잘 단련된 신체"라고 한 것과 같은 맥락에서 언급하고 있다.

냐면 조국적인 반전은 모든 표상과 형식의 반전이기 때문이다[135]. 이러한 것들에서의 전반적인 반전은, 어떤 근거도 전혀 없는 모든 전반적인 반전과 마찬가지로, 인식하는 존재로서의 인간에게는 허락되어 있지 않다. 그리고 사물의 전체 형상이 변하고, 항상 변함이 없는 본성과 필연성이, 이와 같은 변화 속에서, 황무지로든 또는 다른 새로운 형상으로든 넘어가는 곳인, 조국적인 반전에서는, 모든 단순한 필연성이 편파적으로 변화에 편든다. 그렇기 때문에 그러한 변화의 가능성 가운데 단지 조국적인 형식에 **역행하여 사로잡힌** 자뿐만 아니라 중립적인 자 역시, 시대의 정신적인 폭력에 의해서 애국적으로 현재화되기를 무한한 형식을 통해서, 자기 조국의 종교적, 정치적 그리고 도덕적인 형식을 통해서 (신이여, 나타나시라 προφανηθτ θεος) 강요당할 수 있다. 이러한 진지한 관찰 역시 그리스 예술의, 모든 진정한 예술작품의 이해를 위해서는 필수 불가결하다. 이제 반란에서의 (물론 조국적 반전의 한 방식에 지나지 않지만, 그러나 한층 확정적인 성격을 지니는) 고유한 수행방식

---

135 〈오이디푸스 왕에 대한 주석〉의 말미에서도 "반전"에 대해 언급하고 있다. "여기에서 인간은 스스로를 잊는다. 그가 전적으로 이 순간 안에 있기 때문이다. 그리고 신은 시간 이외 아무것도 아니기 때문이다. 양측은 불충실하다. 시간은, 그러한 순간에 정언적으로 방향을 바꾸기 때문이다. 그리고 시작과 끝은 시간 안에서 전적으로 접촉되지 않는다. 인간은, 이 순간에 정언적인 반전(Umkehr)을 따라야만 한다." 횔덜린은 이미 《엠페도클레스의 죽음》과 관련하여 쓴 〈비극적인 것에 관하여〉에서 비극적인 사건의 정점에서의 "회귀/반전"의 전개 과정을 언급한 바 있다.

더 이전에는 "반전"(Umkehr)과 더 자주 쓴 "역전, 뒤집힘"(Umkehrung)은 "전복, 변혁"(Umwälzung), "혁명"(Revolution)이라는 의미가 있다. "조국적 반전"이라는 표현은 이보다 정확한 의미로 이해할 수 있다.

이 시사되고 있다.

이러한 현상이 비극적이라면, 그것은 반작용을 통해서 일어난다. 그리고 본질적으로 무형식적인 것이 지나치게 형식적인 것에 의해서 점화된다. 이때 특징적인 것은, 이러한 운명에 처하여 살아가는 인물들은,《오이디푸스 왕》의 인물과 다르게, 진리를 위해서 싸우면서 사상적 인물에 머문다는 사실이다. 또한《아이아스》의 인물들처럼 생명이나 재산 혹은 명예를 위해서 싸우는 자들이 아니라, 좁은 의미에서 일정한 지위를 지닌 인물들로서 서로 대립하고 형식화된다는 점이다.

그러한 인물들의 분류는《안티고네》의 인물처럼 먼저 숨이 찬 상태로 경쟁자와 부딪힌 자가 지고 마는 달리기 경주에 비교할 수 있다.《오이디푸스 왕》에서 싸움은 권투경기에,《아이아스》에서 싸움은 검투에 비교될 수 있는 것처럼 말이다.

여기서 비극적으로 형성되는 이성 형식은 정치적, 즉 공화적이다. 그것은 크레온과 안티고네 사이, 형식적인 것과 반형식적인 것 사이의 균형이 지나칠 정도로 균등하게 지켜지기 때문이다. 이것은 특히 끝에서 명백한데, 거기서 크레온이 자기 신하들에 의해서 거의 마구 다루어질 때 드러난다.

소포클레스는 옳다. 그것은 자기 시대의 운명이자 자기 조국의 형식이다. 우리는 충분히 이상화할 수 있다. 예컨대 최상의 순간을 선택할 수 있는 것이다. 그러나 조국적인 표상 방식은 최소한 종속관계에 따르자면, 세계를 축소된 척도로 표현하는 시인에 의해서 변동되어서는 안 된다. 우리에게는 이러한 형식이 바로 쓸모가 있다. 왜냐면 국가와 세계의 정신처럼, 무한한 것은 그렇지 않아도 서투른 견지에서 파악될 수 있는 것 이외 아무것도 아니기 때문이다. 우리 시인들의 조국적 형식들[136]은 그것이 존재하는 곳에서 시대의 정신을 이해하는 것을 배우기 위해서만 존재하는 것이 아니라, 그것이 일단 파악되고 습득되면 그것을 붙들고 느끼기 위해서 존재하기 때문이다.

---

136 1802년 가을 뵐렌도르프에게 보낸 편지에서의 "나의 사랑하는 뵐렌도르프 씨! 나는 우리가 시인들을 우리의 시대에 이르기까지 주석하지 않으리라고 생각하오. 오히려 노래 방식 자체가 하나의 다른 특성을 띠게 되리라고, 그리고 그리스인 이래 우리가 다시금 조국적으로 그리고 자연스럽게 본래적이고 독창적으로 노래를 시작하기 때문에, 바로 그 이유로 우리가 성공한 적이 거의 없다고 나는 생각하오." (서한집, 495−496) 참조.

옮긴이의 해제

횔덜린의 소포클레스의 비극, 번역과 해석에 관하여

그리스인 소포클레스보다 더 소포클레스다운 번역
그리스 비극의 법칙적 계산 또는 계산이 가능한 법칙
신과 인간의 일치와 분리를 통한 세계의 정화로서의 비극

1. 횔덜린의 소포클레스 비극의 번역: 그리스인 소포클레스보다 더 소포클레스다운 번역을 위해서

독일 시인 횔덜린(Friedrich Hölderlin, 1770-1843)은 시 외에도 소설 《휘페리온》, 미완성의 비극 《엠페도클레스의 죽음》을 썼으며, 그리스 시인 핀다르의 시와 소포클레스의 비극《오이디푸스 왕》과《안티고네》를 번역했다. 특히 소포클레스의 비극 번역은 서구의 시인으로서 그리고 근대의 비평가로서 외국 문학에 대한 횔덜린의 진지한 수용 의식을 잘 반영하고 있다.

횔덜린의 육필원고는 전해지지 않지만, 자신이 최종적으로 교정을 본 2편의 소포클레스 비극의 독일어 번역본《소포클레스의 비극들 Die Trauerspiele des Sophokles》이 발행된 것은 1804년 라이프치히 춘계박람회 개최 기간이다. 프랑크푸르트의 빌만스(Friedrich

Wilmans)가 2권으로 펴낸 이 번역본의 제1권에는 비극《오이디푸스 왕 Oedipus der Tyrann》이, 제2권에는 비극《안티고네 Antigonae》가 각각의 주석(Anmerkung)과 함께 실렸다.《소포클레스의 비극들》이라는 제호를 보면 횔덜린이 소포클레스의 다른 비극들도 번역할 계획이었던 것으로 추측된다.

횔덜린이 언제부터 이 번역 작업을 시작했는지 알려진 바는 없다. 1802년부터 친구들에게 보낸 편지들에서 이 번역을 언급한다. 번역이 끝난 것은 1802년 가을로 보이는데, 1802년 11월경 프릿츠 호른이 횔덜린의 친구 싱클레어에게 보낸 한 편지에서 "출판을 추진해 주기를 바라면서 횔덜린이 나에게 소포클레스의 번역 원고를 보냈다네. 웅거는 그 출판을 사양했네. 원고의 분량이 너무 많다는 이유였지"라고 언급하고 있기 때문이다. 1803년 12월 8일 출판업자 빌만스에게 보낸 편지에서 밝히고 있는 것처럼, 횔덜린은 그 후 당초의 번역, 특히《안티고네》를 다시 한번 수정 보완하는 등 퇴고(推敲) 작업을 계속했다. 횔덜린이 이 번역에 관해서 언급한 편지는 1803년 9월 28일에서 1804년 4월 2일까지에 걸쳐 쓴 6통이다. 빌만스에게 4통, 튀빙엔 신학교 시절부터 알고 지냈던 제켄도르프와 헤센 홈부르크의 아우구스테 공주에게 보낸 각 1통의 편지가 그것이다.

이 편지들은 사실 횔덜린이 정신착란에 빠지기 전에 쓴 마지막 편지들이다. 이 마지막 편지의 범주에 넣어야 할 또 다른 편지 하나는 1802년 가을 뵐렌도르프(Casimir Ulrich Böhlendorff)에게 보낸 두 번째 편지이다. 이 편지에는 번역에 대해 직접 언급한 것은 없으나, 번역한 두 작품의 각각에 붙인 주석의 사상적 배경을 서술한다. 아직 번역에 힘을 쏟고 있었던 1803년 횔덜린의 정신상태에 대해서는 그를 직접 만나고 나서 헤겔에게 쓴 셸링의 편지가 참고 점을 제공해 준다. "(보르도에로의) 치명적인 여행 이후, 그의 정신은 완전히 파괴되었다네. 설령 그리스 작품의 번역과 같은 몇몇 작업이 어느 정도의 지점까지는 가능하다 할지라도, 이외에는 완전히 방심의 상태에 있다네. 그의 모습은 나에게는 충격적이었네."(KA. III, 647) 그러나 횔덜린은 여전히 맑은 정신을 되찾곤 했다. 그의 가장 뛰어난 후기 찬가들, 예컨대 〈파트모스〉, 〈회상〉도 이 시기에 쓴 작품이며, 〈반평생〉, 〈케이론〉, 〈가뉘메트〉가 포함된 소위 "밤의 노래들" 역시 이 시기에 완성되었다.

1-1. 횔덜린의 번역 대본

번역을 이해하기 위해서는 그 대본에 대한 지식이 중요하다. 횔덜린은 소포클레스의 작품 번역을 위해서 여러 원문 텍스트를 사용했다. 그것들 가운데 확실하게 제시할 수 있는 텍스트는 그의 유품 목록에 기록되어 있는《소포클레스 비극 일곱 편 Sophoclis Tragoediae Septem》이 유일하다. 이 작품집은 소포클레스의 비극 7편을 원문 그대로 싣고 있는데, 프랑크푸르트의 브르바흐(Brubach)사가 1555년 발행한 것으로서 일반적으로 〈브르바흐사 판 1555〉(Brubachiana 1555)이라 칭한다.《안티고네》의 번역에는 이 브르바흐사 판이 전적으로는 아니지만, 기준으로 사용되었고,《오이디푸스 왕》의 번역에는 아직 그것이 무엇이었는지 밝혀지지는 않았지만, 이 브르바흐사 판 이외의 다른 판본이 많이 활용된 것으로 판명되고 있다. 막(幕)과 장(場)의 구분, 코로스의 절(節) 구조, 행(行)갈이 등은 횔덜린 당시 근대적 판본의 특징이기 때문이다.

주목할 점은 브르바흐사 판이 근대적 판본과 비교할 때, 많은 결함을 드러내고 있다는 점이다. 브르바흐사 판의 많은 오류는 원문의 잘못된 판독, 그리고 의미를 왜곡시키고 통사적 연관성을 파괴하는 잘못된 구두법에 기인하고 있다. 횔덜린은 이 판본을 대본으로 삼은 이상 오역이 불가피했을 것이고, 나아가 자신이 이해하기 어렵거나 그 자체 의미 없는 텍스트에 어떤 의미를 부여하려고 하는 가운데 오역에 이르고 만 경우도 드물지 않다는 사실이 밝혀졌다. 이처럼 횔덜린의 번역의 많은 오류는 결함이 많은 그리스어 대본의 탓이 크다. 이와 같은 횔덜린의 오류와 명백한 오역은 바이스너가 편집한《슈투트가르트 판, 횔덜린 전집》제5권이 일차적으로, 슈미트 편집의 독일 고전주의 출판사 판이 추가적으로 주해와 함께 정정 보완하고 있다.

그러나 횔덜린이 번역 대본의 오류가 아니라 그 자신의 오류로 인해서 오역에 이른 경우도 적지 않다. 슈미트의 주석에 따르면 유사한 어휘들을 혼동하거나, 그리스어와 유사하게 읽히는 라틴어나 프랑스어로 혼동한 경우, 여러 의미를 가진 어휘의 번역에서 문맥에 맞지 않는 의미를 선택한 경우, 어휘를 온통 번역하지 않은 채 간과한 경우 등이다. 그러나 여기서 우리가 주목할 점은 대본을 벗어난 번역의 많은 경우가 번역자 횔덜린의 예술적인 형상화 의지의 소산이라는 사실이다. 이 의도적인 편차를 혼동으로 인한 오역과 구별하는 것은 쉬운 일이 아니지만, 횔덜린이 밝힌 소포클레스 비극의 번역에 임하는 예술적 의지에 주목한다면 어느 정도는 그 어려움을 벗어날 수 있다.

1—2. 횔덜린의 소포클레스 비극 번역에 대한 문제의식
—빌만스와 뵐렌도르프에게 보낸 편지

횔덜린은 소포클레스의 비극의 번역에 임하면서 모든 번역자처럼 하나의 근본적인 물음 앞에 선다. 나는 어떻게 번역해야 할까?가 그것이다. 그러나 이 "어떻게"는 몇 가지 방식을 선택한다고 해결되지 않는다. 직역과 의역, 문학적 번역과 어문학적 번역, 출발어 중심의 번역과 도착어 중심의 번역 등 그 세부 항목이 있겠지만 횔덜린은 소포클레스의 번역을 놓고 이런 문제들과는 전혀 다른 문제를 제기하고 번역의 원칙으로 삼았다. 이 원칙이 번역에서의 예술 의지를 이룬다.

횔덜린이 자신의 번역 원칙을 피력한 것은 소포클레스 번역을 출판하기로 한 출판업자 빌만스에게 보낸 두 통의 편지이다. 1803년 9월 28일에 보낸 편지에 그는 이렇게 썼다.

> "그리스인들이 항상 붙들고 이렇게 저렇게 변통해온 민족적 인습과 오류 때문에 우리에게는 낯설게 된 그리스 예술을, 제가 그것이 거부했던 동양적인 것을 더욱 드러내고 그것에 나타나는 예술적 결점들을 수정함으로써 관례보다는 더 생생하게 독자들에게 제시할 수 있기를 기대하고 있습니다."(서한집, 498쪽)

횔덜린은 그리스 예술의 "결점들", 그러니까 소포클레스의 결점들을 언급하고 있다. 그 결점을 번역자인 그가 수정하겠다는 것이다. 다른 번역자는 기껏해야 자신의 오류를 막아야 하겠다고 말하는 것이 상례이다. 원전을 훼손하고 그 본래의 의미에 미치지 못할 것을 걱정하기 때문이다. 물론 횔덜린도 일반적인 그리스인의 결함을 말할 뿐, 소포클레스 자체에게로 그 결점을 돌리고 있지는 않다. 그러나 그는 소포클레스의 번역을 통해서 그 결점을 개선하겠다는 것이다. 다시 말해서 자신의 번역을 통해서 실제로는 불완전하게 나타나 있는 이상적인 소포클레스를 표현해 보겠다는 말이다.

일견 역설적으로, 또한 불손하게도 들린다. 그러나 횔덜린을 알고 있는 사람은 이것을 두고 그가 불손하다고 말하지 않을 것이 틀림없다. 오히려 이러한 발언의 배후에는 오랜 그리고 여러 측면에서의 검토가 있었을 것으로 생각할 것이다. 여기서 논의하기는 마땅치 않으나, 실제가 그렇다. 그리고 이 편지에서 자기의 번역의 원칙을 이렇게 불현듯 자세한 근거를 제시하지도 않은 채 알리고 있는 것은 정신착란을 앞두고 수년에 걸쳐 진행된 점증하는 과묵 현상의 한 결과이기도 하다. 3년 전만 해도 그는 자신의 이 낯선 견해를 자세히 설명했을 것이다.

그는 어쨌든 한 가지를 암시하고 있다. 그리스인의 "예술적 결점"은 그들이 "동양적인 것"을 부인했다는 점에 그 본질을 두고 있다는 것이다. 이러한 의견도 우리를 어리둥절하게 한다. 우리는 학교에서 그리스인들은 주변 세계의 동양적인 것에 대해서 승리를 거둔 것이 그리스를 그리스답게 만들었고, 서구의 사상의 기초자로 만들었다고 배웠기 때문이다. 그런데 이것이 그들의 "결점"이자 "예술의 결점"이었다는 것이다. 의문이다. 그러나 의문을 남겨두고 1804년 4월 2일 빌만스에게 보낸 두 번째 편지를 읽어보자.

> "나는 시종일관 중심을 벗어난 감동 쪽으로 썼으며, 그렇게 해서 그리스적인 단순성에 도달했다고 믿습니다. 나는 또한 이러한 원칙에 그대로 머물기를 희망합니다. 중심을 벗어난 감동을 향해 가면서 작가에게는 금지된 것을 과감하게 드러내 보일지라도 말씀입니다." (KA. Ⅲ, 473)

"중심을 벗어난 감동 쪽으로"라고 번역한 구절의 원문은 "gegen die exzentrische Begeisterung"이다. 이 원문에서 전치사 gegen을 관계나 태도와 관련하여 적대적 의미로 직역하면 중심을 벗어난 감동에 "거슬러" 그리스적인 단순성에 도달한 것으로 이해하게 된다. 이렇게 보면 그가 감정과 열정을 억제하였다는 뜻으로 읽게 된다. 그러나 이렇게 해서 소포클레스 자신에게 금지되었던 것을 "과감하게" 드러내 보였다는 것은 모순이다. 오히려 논리적으로 보자면 여기서 gegen은, 가장 우선적인 용법인 방향성, 즉 "…을 향하여, 쪽으로"를 나타내는 것으로 보는 것이 타당하다. 즉 "중심을 벗어난 감동의 방향으로" 그는 번역했으며, 그렇게 해서 소포클레스 자신에게 허락된 것보다 "더 과감하게" 소포클레스를 드러내 보였다고 한 것이다. 짐작건대 그리스인들이 거부하지 않을 수 없었던 동양적인 것의 강조가 이것과 연관되어 있다. 한마디로 횔덜린은 소포클레스를 그의 시대가 회피하고자 했던 그리스의 근원적 성향으로 되돌려 놓았다는 것이다.

횔덜린은 동양적인 것과 중심을 벗어난 것이라는 초기 그리스적인 성향을 상정한다. 나중에 그리스인들이 이것을 부정한 것이 그들의 결함이었다고 그가 지적한다. 그는 번역을 통해서 소포클레스를 이 초기의 상태로 되돌려 놓으려고 한다. 이렇게 하여 그는 소포클레스가 수 세기 앞에 작품을 썼더라면, 썼을 것이 확실한 원래의 소포클레스를 동시에 복구해 낸다. 우리가 횔덜린이 그리스인과 그리스문화와 만나는 과정을 추적할 때, 처음에는 매우 난해하게 여겨지던 그러한 사상을 이해하게 될 것이다. 특히 고대 그리스와 서구의 고유성 그리고 이 양 문화의 상호관계에 대한 횔덜린의 고찰을 음미하는 가운데 이해의 문턱에 이르게 된다.

고대 그리스와 서구의 문제에 대한 횔덜린의 가장 중요한 발언은 1801년 12월 4일 자 친구 뵐렌도르프에게 보낸 편지에 들어 있다. 이 편지에 들어 있는 두 개의 문장이 우선 눈에 띈다. 그 첫 문장은 "우리에게 민족적인 것을 자유롭게 사용하는 것을 배우는 것보다 더 어려운 일은 없다"(서한집, 478쪽)이다. 민족적인 것은 태생적인 기질(氣質)이며, 횔덜린은 나중에 한 민족이나 문화의 "고유한 것"이라고 말한다. 그런데 우리는 곧장 묻게 된다. 어찌하여 이 고유한 것을 자유롭게 사용하는 것이 그렇게 어렵다는 것인가. 우선 우리의 관심을 끈 것은 횔덜린은 그리스인이나 서구인에게서 어떤 점을 각자의 고유성으로 보고 있는가이다. 그는 서구인들에게 "표현의 명료성은, 그리스인들에게 하늘의 불길이 그러하듯이, 근원적이고 자연스럽다"(같은 곳)라고 말한다. 하늘의 불길은 일종의 은유로서 격정, 열정, 감동, 영감을 의미한다. 한마디로 인간에게 밀어닥쳐와 휩쓸어가는 모든 것이다. 니체는 후일 이것을 디오니소스적인 것이라고 부른다. 이와 함께 표현의 명료성은, 조직하고, 수단을 확실히 하고, 결코 길을 잃지 않는 오성을 의미한다. 니체의 아폴론적인 것에 해당한다. 횔덜린은《엠페도클레스의 죽음》을 쓰는 동안 이 두 가지의 원리를 "비유기적인 것"과 "유기적인 것"이라고 부른 바 있다.

그러나 이제 한 문화가 자신의 고유한 것만을 가꾸는데 끝나지 않는다. 만일 그렇다면 오히려 위험할지도 모른다. 왜냐면 지나치게 천착하게 되면 그것은 극단적인 기질이 되기 때문이다. 그리스인의 경우에 한계를 벗어남과 자기 해체에 이르게 되고, 서구인의 경우에는 화석화되고 경직에 이르게 될 수밖에 없기 때문이다. 자신의 생명력을 보존하기 위해서 한 문화는 자신에게 태생적이지 않은 것을 보충하지 않을 수 없다. 이것을 이제 양측의 경우 다른 쪽이 태생적으로 소유한다. 횔덜린은 그리스인을 다음과 같이 설명한다. 그들은 "호메로스 이래 표현술에서 탁월하다오. 이 특출한 인물들은 서구적인 주노와 같은 냉정함을 자신들의 아폴로 제국을 위해서 노획하였고, 그처럼 진실로 외래적인 것을 자기화하기에 충분할 만큼 영혼이 충만했었던 것이오."(같은 곳) 그러니까 호메로스 이후 그의 모범을 따라서 그리스인들은 자신들의 태생적인 하늘의 불길을 억제하고, 명료하고 냉정한 표현을 통해서 대상화시킬 수 있게 된다. 그리스인들이 그러한 객관화를 통해서 스스로를 방어한다는 사실을 횔덜린은 다른 문구에서 언급한다. 반대로 독일인의 과제는 천성적으로 그들을 위협하는 경직을 그리스 정신의 자유 안으로 뚫고 들어가 그리스적인 운명의 순응을 배움으로써 탈피하는 것이다. 횔덜린은 이 자리에서는 이러한 생각을 암시하는 데 머물지만, 다른 자리에서는 명확하게 진술한다.

지금까지의 논의를 요약하자면 이렇다. 그리스인과 서구인에게는 각기 극단적으로 대립하는 천부적 기질을 가지고 있다. 이것이 문화가 되기 위해서는 이 기질을 소유한 자들은 다른 편이 천성적으로 지니는 이질적인 것을 획득해야만 한다. 즉 그리스인은 서구적인 냉정을, 서구인은 그리스적인 하늘의 불길을 익혀야만 한다. 그리스인은 이미 그렇게 했다. 서구인은 이제 그렇게 해야만 한다. 매 경우 문화의 경향은 교차한다. 한쪽에서는 첫 번째의 것, 다른 한쪽에서는 두 번째의 것이, 그리고 그 반대로도 교차한다.

이제 우리는 자신의 번역 원칙에 대한 횔덜린의 유별난 진술이 저절로 해명되는 지점에 이르렀다. 그는 그리스인들은 "동양적인 것을 부정했다"라고 말했다. 이 동양적인 것은 "하늘의 불길"에 대한 다른 명칭이다. 문자 그대로, 태양은 동쪽에서 떠오르니까 말이다. 아폴론은 태양의 신이며, 횔덜린은 헬리오스와 아폴론을 동일시한다. 그리스인들은 이 동양적이자 아폴론적인 것을 부정했다. 그들은 외래적인 것, 서구적이며 주노적인 냉정함을 익혀야만 했기 때문이다. 그들은 이 냉정함의 장인이 되었다. 그리고 그 안에 안주하고 그것을 넘어 자신의 고유한 것으로 그리고 이 고유한 것의 자유로운 사용으로의 귀로를 소홀히 하려는 유혹이 그렇게 가까이에 있었다. 이것이 그리스인들의 "결함" 그리고 "예술적 결함"이었다. 이때 예술적 결함은 말 그대로 기술의 결점이다. 그들은 그 기술을 벗어나서 그들 자체였던 천성을 되찾는 대신에 그들이 할 수 있었던 기술 안에 머물러 있었다. 횔덜린의 후기 시 단편 〈…그대는 그렇게 되어야 한다고 생각하는가…〉에서 이렇게 읊고 있다.

말하자면 그들은
기술의 제국을 세우고자 했다. 그러나 이와 함께
조국적인 것 그들에 의해서

소홀히 되었고 가엾게도
그리스, 그 아름답기 그지없는 나라는 멸망하고 말았다. (시 전집 2, 341쪽)

그러나 그들을 공정하게 대하기 위해서이듯이, 횔덜린은 시 단편 〈언젠가 나는 뮤즈에게 물었다…〉에서 이렇게 읊는다.

월계수처럼, 금지된 열매는 그러나
대부분 조국이다. 그것은 그러나
누구든지 마침내 맛보리라. (시 전집 2, 330)

이 고유한 것, 조국적인 것으로 되돌아가는 마지막 발걸음을 그리스인들은 떼지 않았다.

횔덜린이 그리스인들이 부정했던 "동양적인 것"을 더욱 들춰내고 그들의 "예술적 결함"을 개선하기 위해서 무엇을 어떻게 실행했는가? 그는 그리스인들이, 소포클레스가 더는 할 수 없었던 것을 완성하여 소포클레스를 본래의 소포클레스로 옮겨 놓겠다는 것이다. 더 정확하게 말하자면 역사가 그리스인들에게 그들의 문화에 고유한 것을 자유롭게 사용하는 것을 허락했더라면, 존재했을 법한 소포클레스로 되돌려 놓겠다는 것이다.

1—3. 《오이디푸스 왕》 번역의 실제

이제 우리는 횔덜린이 출판업자 빌만스에게 보낸 편지에서 피력한 번역의 원칙을 어떻게 실현했는가, 그리고 이로써 그의 번역의 문체에는 어떤 결과로 나타났는가를 확인할 과제에 이르렀다.

이를 위해서는 알맞은 구절을 선택해야 할 것이다. 횔덜린의 번역 의도가 가장 잘 드러난 구절을 찾는 것은 간단한 일이 아니다. 번역 대본상의 오류로 인한 오역이 아니라 의도된 오역—빌만스에게 밝힌 번역 원칙이 반영된 번역—을 찾아야 하기 때문이다.

《횔덜린의 그리스 문학의 번역》(1933)을 낸 바이스너와 《횔덜린과 소포클레스》(1992)를 낸 빈더의 도움에 기대여 우선 제22-29행 제우스의 사제가 페스트의 참상을 묘사하고 있는 짧은 구절을 살펴봄으로써 횔덜린 번역의 방식과 문체 양식 그리고 그 의도를 맨 먼저 접할 수 있겠다. 그 역병은 이 비극 전체 진행의 출발점인데도 불구하고 그 참상이 가시적이지 않다. 그것은 청각을 통해서, 다시 말해 서술된 언어를 통해서 전달되어 내면적으로 가시화되어야 한다. 사제의 말속에 그것은 현재화된다. 그것이 현재화되기 위해서는 자세한, 그리고 은유와 상징으로 충분히 장치된 언어를 통한 표현이 필요하다. 그 구절은 이렇다.

그대도 보시다시피
심하게 도시는 벌써 요동치고 있으며, 심연에서 그리고
붉은 파도에서 머리를 들어 올릴 수 없기 때문입니다.
도시는 대지의 열매를 맺는 잔들에서도,
가축 무리에서도 그리고 여인의 세상에 나오지도 않은 태생에서도
죽음을 알아채고 있습니다. 또한 사악한 역병의 신이 안으로부터
불길을 뿜어내고 카드모스의 집들을 텅 비게 하고 있습니다.
그리하여 지옥은 탄식과 신음으로 풍요롭게 되었나이다. (22-29행)

이 인용된 구절의 가운데 부분은 과장된 어법으로 인간들뿐만 아니라 땅 위의 식물과 소 떼도 페스트의 습격을 받고, 여인들은 더는 출산도 하지 못하게 된 참상을 보고한다. 다시 말해서 페스트는 모든 것을 장악한 액운의 근원이며, 질병 이상의 그 무엇이다. 이 페스트는 도시와 땅 위를 휩쓸고 지나가는 페스트의 신으로서 신화적이다. 이 구절을 횔덜린은 어떻게 해서 위와 같이 번역했는지 살펴보자.

우선 볼프강 샤데발트가 "도시는[…] 이미 너무도 심하게 요동치고 있다"(Die Stadt,[…] schwankt schon zu sehr)라고 번역하고 있는 문장을 횔덜린은 "심하게 도시는 벌써 요동치고 있다"(Sehr wankt sie schon)라고 번역했다. 내용의 전달에는 하등 차이가 없다. 한국어의 어순에서도 "심하게"라는 부사의 위치가 그렇게 중요해 보이지는 않는다. 그러나 독일어에서는 다르다. 문장의 맨 앞에 놓인 "심하게"라는 부사의 위치는 강조라는 측면에서뿐만 아니라, 절실하게 그리고 시적으로 훨씬 더 격조 높게 표현하려는 횔덜린의 의도를 반영하고 있다. 횔덜린은 시에서의 어휘 또는 문장 요소의 전치(轉置, Inversion)를 강조한 바 있기도 하다. 그것은 독자들 또는 청자들에게 전치된 어휘나 구절에 대한 주의 집중, 재차 읽기를 요구하기 때문이다.

한편 사제의 보고를 통해서 소포클레스는 도시를 어떤 범람에 처하여 더는 수면 위로 머리를 내밀지 못하고 있는 생물체로 비유하고 있다. 빈더의 제안대로 문자 그대로 옮기자면, "그리고 도시는 살인적인 거센 파도의 깊이에서 더는 그의 머리를 들어 올릴 수 없습니다"라는 구절이 이어진다. 횔덜린은 이것을 "그리고 그

도시는 심연에서부터 / 그리고 붉은 파도로부터 더는 머리를 들어 올릴 수 없기 때문입니다"라고 옮기고 있다. 샤데발트도 "바닥"(Grund)이라고 옮기고 있는 그리스어 bythos는 직역하면 "깊은 곳"(Tiefe)을 의미한다고 빈더는 말한다. 이 어휘를 횔덜린은 "심연"(Abgrund)이라고 옮겼다. 거의 나락(奈落)에 가까운 의미의 어휘이다. 또한 그리스어에서 직역하면 "살인적인, 죽음의"를 의미하는 어휘를 횔덜린은 피처럼 "붉은"이라고 옮겼다. 이로써 검은 페스트의 이미지는 전투, 폭행으로 변한다. 승리하는 자가 타고 넘어가는 시체들이 연상되기 때문이다. 이처럼 횔덜린은 한 어휘가 지니는 두 가지 이상의 번역 가능성 사이에 선택할 수 있다면, 더 강렬한 편을, 예컨대 "깊은 곳" 대신에 "심연"을, 그리고 더 확실한 편을, 예컨대 "살인적인/죽음의" 대신에 "붉은"을 택하고 있다. 여기서 횔덜린이 추구했던 "동양적인 것"과 "중심을 벗어 난 것"이 어떤 경향인가를 우리는 알아차리게 된다.

다음 구절 "도시는 대지의 열매 맺는 잔에서 죽음을 알아차린다"를 보자. 횔덜린은 원문 kalyx(싹, 배아, 배엽, 꽃받침)—천병희가 "꽃받침"이라고 옮긴 어휘—를 "잔"(Becher)이라고 번역하고 있다. 씨껍질 또는 꽃받침을 은유적으로 "잔"이라고 부를 수는 있다. 문제는 횔덜린이 무엇 때문에 여기서 구태여 은유적으로 번역했는가이다. 답변은 비교적 간단하다. 페스트균에 감염된 씨껍질은 독배(毒盃)의 이미지를 불러일으킨다. 다시 말하면 횔덜린은 직설적인 표현을 은유적인 표현으로, 소포클레스의 의도에는 들어 있지 않았으나 페스트라는 무자비하고 가차 없는 침투의 이미지에 잘 부합하는 표현으로 바꾸어 놓고 있는 것이다. 이와 함께 소포클레스가 단순히 나열하고 있는 감염의 예들, 야생의 열매, 짐승의 떼와 인간들의 감염에다가 야생의 열매를 독배로 연상시키는 가운데 마실 것을 통해서도 감염될 수 있다는 인간이 예상할 수 없는 위험으로까지 확장한다.

이런 현상은 이 문구의 마지막 구절 "(도시는) 죽음을 알아차리고 있다"에서도 나타난다. 이것은 원문 "도시는 죽어 가고 있다"—김기영이 "(이 도시는) 죽어 가고 있습니다"라고 옮긴 구절—를 횔덜린은 이렇게 옮기고 있다. 그는 객관적인 표현인 "죽는다"를 주관적인 "죽음을 알아챈다"로 바꾸어 번역한 것이다. "대지의 열매를 맺는 꽃받침에도 … 죽음이 만연해 있다"(천병희)를 횔덜린은 "도시는 대지의 열매를 맺는 잔에서도 …죽음을 알아챈다"라고 옮김으로써 무슨 일이 일어나게 되는가? 그는 객관적인 과정을 주관화하고 이를 통해서 이 과정을 훨씬 더 절감하도록 만든다. 무죄한 자연도 죽는다는 사실은 인간들이 그것을 알아차릴 때 더 경악하기 때문이다. 이제는 어떤 구원도 없다. 모든 것은 다 파멸하고 만다고 인간은 혼잣말하지 않을 수 없다. 여기에 원전으로부터의 이탈, 탈중심화가 일어나고 있는 것이다.

계속해서 말한다. "도시는 죽음을 알아채고 있다… / 가축의 무리에서도". 원문에 충실한 번역에서는 "떼지어 풀을 뜯고 있는 소들에서도"(샤데발트) 또는 "풀을 뜯는 소 떼에서도"(천병희)라고 표현되고 있는 부분이다. 그런데 횔덜린은 "풀을 뜯고 있는"이라는 부분을 번역하지 않았다. 페스트에 감염된 소들이라면 더 이상 풀을 뜯지 않고 누워있을 것이라는 논리적인 이유에서만은 아니다. 풀을 뜯는 소 떼는 그 자체로 목가적인 세계의 인상을 불러일으키는 울림이 좋은 표현이다. 그러나 횔덜린은 이 서사적이며 목가적인 형용구를 번역에서 제외하고 있다. 비록 일시적이지만 원치 않는 어떤 연상을 통해서 페스트로 인해서 발생하는 공포심을 완화하지 않기 위해서이다. 그는 절제하고 오직 필수적인 표현에만 집중하고 있음을 보여준다.

이제 "또한 역병[페스트]의 신이 안으로부터 / 불길을 뿜어내고 카드모스의 집들을 텅 비게 하고 있습니다"라는 구절을 보자. 원전에 충실한 샤데발트의 번역에는 "그리고 이곳으로 / 불을 나르는 신이 격렬하게 내려와 / ―그 끔찍하기 이룰 데 없는 페스트가―도시를 뒤쫓아 / 카드모스의 집이 텅 비게 되었나이다"라고 되어 있다. 횔덜린의 번역은 이것과 비교해서 간결하다. 페스트가 감소시키는 것은 테바이의 시민이다. 횔덜린은 원문의 번역을 생략함으로써 인구의 감소를 표현의 축소로 대응시키고 있는 것이다. 그가 번역에서 제외한 부분은 " 끔찍하기 이를 데 없는 페스트"와 "도시"이다. 서사를 반복적인 생략을 통해서 간결하게 하고 긴박성을 높이면서 텅 비어 가는 도시를 문체를 통해서 사실적으로 표현하고 있다. "또한 사악한 역병[페스트]의 신은 / 안에서부터 불길을 뿜어내고"는 그 자체로서는 잘못된 번역이다. 그러나 역시 의미 있는 오역이다. 횔덜린은 페스트가 오로지 외부에만, 밭이나 목초지에만 있는 것이 아니라 카드모스의 집 안 한가운데에도 있다는 것이다. 즉 페스트는 '도처에 동시에 나타난다'라고 말하고자 한다. 이것은 페스트가 다만 외부로부터 혹은 번개처럼 위에서 오는 것보다 더 절망적이다. 비록 오역에서 근거하는 것이기는 하지만 이미지의 강화가 이루어지고 있다.

마지막 구절 "지옥은 탄식과 신음으로 풍요롭게 되나이다"에서 "부유하게 되다"(reich wird)는 슈미트에 의하면 소포클레스가 ploutizetai라고 한 것을 옮긴 것인데, 지하의 신인 플루톤(Pluton)이 ploutos(부유한 자)라는 어휘와 연관되어 있기 때문이다. 플루톤의 세계는 갈수록 더 많은 사자(死者)들이 아래로 내려오기 때문에 점점 더 부유해진다는 것이다. 따라서 횔덜린은 "죽은 자의 세계는 탄식과 신음으로 풍요롭게 되나이다."라고 번역했음직 하다. 그러나 횔덜린은 원문에 "검은 하데스"라고 되어 있는 것을 단순히 "하데스" 또는 "죽은 자의 세계"로 번역하지 않고 기독교적인 어휘인 "지옥"으로 번역했다. 하데스라는 어휘는 중립적인 죽은 자들의 세계를 의미할 뿐, 그리스 신화에서의 황천(Tartarus)에 해당하는 지옥처럼 처벌의 장소를 의미하지 않기 때문이다. 그렇다면 횔덜린은 이러한 간단한 이유에서 그렇게 번역하고 있는가?

〈안티고네에 대한 주석〉에서 횔덜린은 "그리스적인 것을 우리의[서양인들의] 표상 양식에 더욱 접근시키기 위해서" 또는 "신화를 […] 도처에 더욱 증명이 가능하도록 표현해야하기 때문에" 그렇게 옮겨야 한다고 주장한다. "더욱 증명이 가능하도록"은 서구적인 사고의 지평에서 "더욱 잘 이해되도록"이기도 하다. 그 때문에 횔덜린이 그리스의 하데스를 기독교적인 지옥으로 옮겼다고 말할 수도 있을 것이다. 그렇지 않아도 그는 기독교적인 요소를 암시하려고 한다. 예를 들면 그리스 드라마에서는 기대할 수 있는 대로 신을 관사와 함께 – der Gott와 같은 방식으로—쓰지 않고, 관사 없이 썼다. 그럼에도 불구하고 이러한 해명은 하데스를 지옥으로 번역한 문제를 바르게 조명하고 있지는 않다. 이 드라마에서 페스트는 속죄하지 않은 범죄에 대한 처벌이다. 다시 말하면 라이오스 살해범에 대한 처벌을 대신하는 것이다. 심지어 그러한 범인이 추적될 수 있다는 것을 우리가 알기도 전에 페스트에 의해 죽은 자들은 지옥으로 가야만 한다. 이것이 "지옥"이라는 어휘를 선택한 그의 숨은 의도이다.

우리는 사제의 진술 가운데 8행의 대화를 자세히 살펴보았으며, 상당히 많은 횔덜린의 독자적인 번역 의도를 발견할 수 있었다. 특히 과잉된 표현, 방해되는 요소를 빼버리는 가운데 집중도를 높이고, 알맞은 어휘 선택을 통해서 상황을 본래보다도 한층 더 연관성 있게 만들고 있다. 원문의 의미 제고에 대한 번역자의 의지가 무시할 수 없을 만큼 분명해진다. 이러한 고양된 의미는 문체 양식과 내용에 다 해당한다. 서술은 견고해진다. 그러나 전반적으로 횔덜린은 몇몇 번역상의 오류를 제외하면 소포클레스를 거슬리지 않았으며, 오히려 소포클레스에게서 설계된 것을 강조하고 예리하게 했다. 이를 통해서 그를 더 중심에서 벗어나게 하고 더 동양적으로 만든 것이다.

1—4.《안티고네》번역의 실제

횔덜린의 번역의 의도성은《오이디푸스 왕》과 비교해서 볼 때,《안티고네》의 번역에서 더 두드러진다. 이는 퇴고 과정에서 초고에 대한 비판적 성찰에 기인한다. 횔덜린은 출판업자 빌만스에게 보낸 1803년 12월 8일 편지에서 "제가 소포클레스 비극의 원고[송부]를 지체하고 있음을 용서해주시기 바랍니다. 작품을 더 자유롭게 살펴볼 수 있었기 때문에 번역과 주석에서 여전히 상당한 부분을 수정하고 싶은 생각이 들었습니다.《안티고네》에서 쓰인 언어가 저에게는 생동감이 충분하지 않아 보였습니다."라고 말했다. 9월 28일 탈고를 알리는 편지를 보내고 나서 약 두 달 동안 횔덜린은《안티고네》번역 원고를 집중적으로 검토했던 것이다. 그 결과를 우리는 묻는다.

횔덜린의《안티고네》번역은 의고전주의적이고 심미적인 형식을 피하고 있다는 점에서 당대인들의 번역과는 구분된다. 그는 거칠고 딱딱하게 번역한다. 그러나 그렇다고 해서 그는 결코 자연주의적으로 단도직입적으로 쓰지 않는다. 그는 예술의 언어를 무미건조한 사실성으로 대체하지 않는다, 그는 예술의 차원에 그대로 머물러 있으나, 당대의 예술이념과는 극단적으로 대척하는 문체 양식을 추구한다. 횔덜린의 표현에 따르자면 "정곡을 찌르는 어휘"(treffendes Wort)의 문체 양식이다. 횔덜린은 이 말로써 이런 생각을 제기한다. 즉 어휘는 화려하거나 고상하지 않으며, 자신의 고유한 아름다움의 광채에 머물고자 하지 않으며, 오히려 요점에 관계하고 그것을 열어젖히고 내면적인 것—막강한 힘과 근원들—을 표면에 나타나게 한다는 것이다.

따라서 이러한 문체 양식에서는 발화하는 등장인물의 성격에 동조하는 것은 일어나지 않는다. 극적인 등장인물의 표현이 아니라, 문제시되는 사항에 대한 진술이 강화된다. 횔덜린은 언어의 예술 특성을, 그러니까 작품의 예술 특성을 변동시킬 뿐, 작품에 등장하는 인물들의 영적 특성을 변동시키지는 않는다. 그런데 이것은 소포클레스를 중심을 벗어나게 하고 동양적으로 만드는 일에 상응하는 공공연한 작업이다. 횔덜린은 여기서도 그리스인의 "예술의 결함"을 시정하고자 한다. 다시 말하면 그는 소포클레스의 언어를 그 심미적인 것에서부터 도취적인 것으로, 자기 만족적인 어휘에서부터 자기를 벗어나는 어휘로, 아름다운 미적 어휘에서 정곡을 찌르는 어휘로 되찾아 왔다는 말이다.

이 모든 것은 몇 마디의 말 안에 들어 있다. 우리는 이제 후기의 횔덜린은 더 이상 의고전주의적이며 자기 만족적인 어휘가 아니라, 사물의 표면을 뚫고 들어가 존재의 근거를 전면에 내세우는 정곡을 찌르는 어휘를 추구한다는 사실을 기억하게 된다.

《안티고네》의 한 구절이 이에 대한 답이다. 유명한 코로스, 〈섬뜩한 것은 많다네.…〉(Pollà tà deinà)가 그것이다. 이 노래는 인간의 업적과 오만에 대해 코로스 장이 관객을 향해서 부르는 노래로 깊은 성찰을 담고 있다. 즉 인간은 대지에 순종할 줄 알았으나, 자신의 업적에 대한 자부심으로 인해서 절제를 잃게 된다는 것이다. 물론 이 코로스는 오만불손의 사상을 매우 조심스럽게 표명하고 있다. 몇몇 문구에서 우리는 오만불손한 크레온에 대한 암시를 알아차릴 수 있다. 그러나 전체적으로 이 코로스는 인간의 감탄을 불러일으키는 역량과 혐오스러운 오만 사이를 부유하는 가운데, 우리로 하여금 그것이 인간 역량에 대한 상찬인지 아니면 인간의 오만에 대한 질책인지 판단을 주저하게 한다. 코로스는 대부분 인간이란 그렇고, 또 이렇기도 하다, 라고 노래하지 않고 인간은 그렇다고만 노래하기 때문이다. 이 말이 칭송인지 거부인지를 알아내는 것은 전적으로 청중에게 맡겨져 있다. 이와는 달리 횔덜린의 번역은 오만불손의 측면을 강조한다.

첫 두 개의 행에서 우리는 이것을 알아차리게 된다. 일반적으로 그리스어 deinón을 사람들은 “힘이 센”(gewaltig)으로 번역한다. 횔덜린 자신도 작품 전체 번역에 앞서 이 코로스 부분만을 별도 번역했을 때 그렇게 번역한 적이 있다. 도너(J.J. Ch. Donner, 1799-1875)도 “힘이 센 많은 것들이 살고 있지만, 사람보다 더 힘이 센 것은 아무것도 없네”(352–353행)라고 번역했다. “힘이 세다”는 표현은 가치 중립적이다. 그것은 칭송과 질책의 어느 쪽도 아니다. 횔덜린은 그러나 이 부분을 “섬뜩한 것은 많다네, 그러나 / 사람보다 더 섬뜩한 것은 따로 없네”라고 옮기고 있다. “섬뜩한/무서운”(ungeheuer)은 그의 어법에서는 문자 그대로 “으스스한/섬뜩한/기분 나쁜”(nicht geheuer)이다. 따라서 횔덜린은 오만불손의 가능성을 강조하면서 소포클레스의 가치 중립적인 표현을 부정 쪽으로 옮겨 놓고 있다.

우선 이 코로스의 전반부를 읽어보자. 매 문구를 차례로 볼 것은 아니고, 지금까지 관찰되지 않은 것이 확인되는 부분을 살펴보기로 한다.

섬뜩한 것은 많다네. 그러나
사람보다 더 섬뜩한 것은 따로 없네.
왜냐면 바다의 밤을 넘어
남풍이 북을 향해 불어올 때
그는 돛을 올려 솨솨 소리 내는 기세를 타고
항해에 나서기 때문이며,
신적인 것들의 숭고한 대지
그 무해하고, 지치지 않는 대지를
애써 쟁기로 갈아 생채기를 내기 때문이라네.

해를 거듭하며
사람은 노새를 타고 길을 터 왕래하고,
가볍게 꿈꾸는 새들의 세상을
얽어 싸 사로잡는다네.
또한 야생 동물의 무리와
폰토스의 짠물에 사는 자연을
얽은 그물로 감싸 잡는다네,
노련한 남자가.
또한 산에서 밤을 지내며 여기저기를 떠도는
들짐승을 온갖 술책으로 붙잡고,
갈기가 멋대로 자란 말과 또한 산을
떠도는 길들지 않은 산의 소 목에
멍에를 씌우기도 한다네.

이 노래는 그 자체로는 인간의 능력을 다분히 전통적으로 열거하고 있다. 항해, 경작, 사육, 새와 물고기와 들짐승의 사냥과 같은 것이 그것들이다. 다시 말해서 자연의 3개 영역에서 살고있는 모든 야생 동물의 사냥을 열거하고 마지막에는 특별히 야생의 말과 소의 길들이기가 제시된다. 아직은 오만의 모티브가 거의 인식되지 않는다. 그러나 조금만 더 깊이 있게 살펴보면 횔덜린의 인간 오만에 대한 비판적 시각을 알아볼 수 있다. 예컨대 항해는 고대에서는 인간의 오만에 찬 행위의 한 예였다. 인간의 활동 영역은 대지이며, 바다는 물고기와 바다의 새들에게 맡겨 두어야 한다는 것이다. 대조적으로 횔덜린은 과감하게 항해에 나서는 인간을 강조해 번역하고 있다.

다른 한편 횔덜린의 번역은 극단적인 것을 향하는 경향을 띤다. “잿빛 바다”(천병희), “회색빛 바다”(김기영)로 번역된 부분을 횔덜린은 “바다의 밤”이라고 옮기고, “산속을 헤매는 들짐승”(천병희/Donner), “산속 짐승들”(김기영)을 횔덜린은 “산에서 밤을 보내는 들짐승”으로 옮긴다. 그리고 노래의 끝에서 “해괴한 환영(幻影)”(천병희), “어떤 신이 보낸 환영”(김기영), “신적으로 기이한 일”(Donner)이라고 번역된 부분을 “신의 시험/유혹”(392행)이라고 옮기고 있다. 이 어휘는 파수꾼에게 붙잡혀 끌려 온 안티고네의 모습과 관계한다. 횔덜린은 표현하고 싶어 한다. 코로스는 어떻든 사랑하는 군주의 딸이 범죄자일 때, 나라에 대한 자신의 충성은 어떻게 되는가를 두려워하고 있다. 횔덜린은 표현을 소포클레스보다 점점 더 극단화시키는 가운데 상황을 명료하게 나타내고자 한다. “산속을 헤매는 들짐승”은 들짐승에 대한 서사적인 표현법이다. 그러나 “산에서 밤을 보내는 들짐승”은 자기 자신의 삶의 영역에 속하지 않는 존재를 향해서 손을 뻗치고 있는 사냥꾼으로서의 인간에 대한 대칭을 돋보이게 한다. 여기에 “신의 시험”이 비로소 상황을 올바르게 해석하게 한다.

또한 횔덜린의 번역은 중첩되는 의미를 드러내 보인다.

소포클레스가 사람은 쟁기로 대지를 “갈아엎는다/뒤엎는다/파엎는다”(aufwühlen)(천병희, 김기영, Donner)라고 한 부분을 횔덜린은 “대지를 갈아 상처를 낸다”(aufreiben)라고 옮기고 있다. 문자 그대로 사람은 밭의 고랑을 치면서 대지를 파헤쳐 상처를 낸다는 것이다. 의역하자면 사람은 대지가 자유의사로 내주지 않는 것을 강요하는 가운데 대지를 괴롭히고, 학대하고 지치게 한다는 것이다. 이것은 황금시대에 대한 횔덜린의 표상과 관련된다. 황금시대에서는 대지가 자유의지로 인간들에게 자신을 내맡기고 열매를 내주었다. 이제는 사람이 대지를 약탈한다. 대지는 마침내 고갈되고 말 것이다. 그러나 여기서 횔덜린이 강조하고자 하는 것은 대지의 문제가 아니라 인간과 관련된 문제이다. 그는 비록 우회적인 의미에서 이기는 하지만 이 어휘의 번역을 통해서 인간의 오만을 강조하고 있는 것이다.

이어서 "마음이 가벼운"(천병희), "경솔한"(김기영), "날쌘"(Donner) 새들을 사람이 "그물로 잡는다"라고 번역한 부분, 그러니까 소포클레스가 "경솔한/경쾌한/무해한 새들을 그물과 같은 덫으로 잡는다"라고 말하는 부분을 횔덜린은 "가볍게 꿈꾸는 새들의 세계를 / 사람은 얽어 싸 사로잡는다"라고 번역하고 있다. 이때 횔덜린이 사용한 동사 "bestricken"은 "끈으로 묶다/뜨게질하여 짜다"의 의미이면서 "매혹하다/사로 잡다"라는 의미이다. 횔덜린은 이 어휘를 통해서 순수한, 꿈꾸는 피조물을 속여서 얽어 싸잡는 인간의 교활함을 드러내고자 한다. 참으로 인간은 섬뜩한 존재라는 것이다.

이제 횔덜린의 번역이 보여주는 구체화의 경향을 만나게 된다.

"바다의 족속"(천병희/김기영), "바다의 새끼들"(Donner)이라고 번역된 어휘를 횔덜린은 "폰토스의 짠물에 사는 자연"이라고 번역했다. 그는 원문 physis를 원래 의미하고 있는 대로 "피조물"로 옮기는 대신에 "자연"이라고 번역한 것이다. 또한 코로스의 두 번째 부분에서 횔덜린은 원문 theoi(신들)를 "자연의 힘센 자들"(384행)이라고 옮기고 있거니와 이미 〈오이디푸스 왕에 대한 주석〉에서 신을 "자연의 힘"이라고 칭한 바 있다. 그러한 의역의 실질적인 근거는 자연에 대한 인간의 지배라는 이 노래의 주제에 담겨 있다. 횔덜린이 피조물과 신을, 그러니까 피조물과 창조자를 "자연"이라고 번역하고 있다면, 그는 인간이 그 지배를 무한히 확장하고 있다는 것을 암시하고 있는 것이다. 그러나 이러한 번역은 그것의 문체 양식상의 근거 또한 지니고 있다. 횔덜린은 흔히 쓰는 "자연"이라는 어휘를 통상적이지 않은 문맥에서 사용함으로써 이 어휘에 새로운 생명을 불어넣고자 한다.

횔덜린의 번역의 가장 중요한 문체상의 특징은 단순히 문자 그대로의 번역이 아니라 해석하는 가운데 번역하겠다는 의도에서 기인한다. 여기서 '해석하는 가운데'라는 의미는 횔덜린은 소포클레스의 텍스트에 어떤 의미는 들어 있으나 그것이 문학적 언어의 통상적인 어휘로 포장되어 있어서 쉽게 간과되는 것을 자신의 눈에 비치는 의미대로 드러낸다는 말이다. 예컨대 앞서 언급한 바 있는 소포클레스의 원문을 직역한 "신적인 환영(幻影)"을 통해서는 독자는 아무것도 따로 생각하지 않는다. 그러나 횔덜린이 번역한 "신적인 시험/유혹"을 마주한 독자는 귀를 기울이면서 자문하게 된다. 누가 시험을 당하고 있는가, 왜 그런가, 어떤 신에게 시험을 당하는가? 라고 말이다. 쟁기가 땅을 "파헤치는" 것은 당연하다. 그러나 쟁기가 땅을 "파헤쳐 상처를 낸다"라고 하면 독자는 멈칫하게 되고, 인간이 땅을 갈 때 자신만을 생각하는가, 아니면 땅도 생각하는가, 라는 물음을 떠올리게 된다. "자연의 힘센 자들"로 "신들"을 대체함으로써 독자를 곧바로 심사숙고하게 한다. 자연 위에 있는 힘이 신들에게 속한다면, 자연을 지배하는 인간이 그 한계를 알게 되는 것은 바로 신들을 통해서가 아닌가? "신들"이라는 어휘는 이런 심사숙고를 거의 촉발하지 않는다. 오히려 꼬리표처럼 더 이상의 사고를 방해할지도 모른다.

우리는 이제 횔덜린의 의도를 더 잘 이해하게 되었다. 그가 해석하는 번역은 낯설게 하려는 의도에서 낯설게 하는 번역이다. 말하자면 예기치 않은 것의 충격을 통해서 독자의 사고를 움직이게 만드는 것이다. 지금까지 우리는 심미적으로 자족하는 미적 어휘 대신에 사물의 핵심을 겨냥하여 터뜨리고 정곡을 찌르는 어휘가 등장한다고 말했다. 이제 우리는 알게 된다. 이러한 처리방식은 독자의 심리적인 작용의 측면 또한 지니고 있다고 말이다. 미적 어휘는 즐거움의 대상이지만, 정곡을 찌르는 어휘는, 낯설며 예기치 못한 것이기 때문에 심사숙고를 강요하니까 말이다.

"낯설게 하기"라는 근대적인 용어 대신에 번역자의 시대에 사용된 용어를 빌어서 실상을 표현해야 하겠다. 아름답고 시적이며, 어떤 깊은 생각도 일으키지 않는 어휘는 그 시대의 문체 양식에 상응한다. 그것은 관습적이며, 그것은 법칙이다. 법칙은 그러나 정해진 것이다. 즉 실증적인 것이다. 바로 표현의 이러한 실증성을, 정곡을 찌르는 어휘가 깨뜨리는 것이다. 이러한 어휘는 근원적인 것, 즉 근원적으로 의미가 부여된 것, 언급된 사건의 본질을 드러낸다. 실증적인, 다시 말해서 관습적인, 의고전적인 언어를 피하면서 그는 자연을, 다시 말해서 근원적으로 애초에 의미가 부여된 것이지만, 예술의 언어로 가려져 있는 본질을 정통으로 맞추기를 희망한다. 우리는 극단의, 이중 의미의 그리고 구체적인 표현을 선택한 처리방침을 탈실증화라는 개념 아래 수렴할 수 있다. 나아가 신화적인 것, 예컨대 "신들" 대신에 "자연의 힘센 자들"이라는 어휘의 사용을 간과하지 않는다면, 우리는 탈신화화를 말할 수 있을 것이다. 왜냐면 신화적인 것을 명칭을 통해서, 세계 생성의 전설이나 이와 유사한 다른 것들을 통해서 독단적으로 고정된 기존의 신화(Mythologie)는 자연을 실증화한 한 형식이기 때문이다.

탈실증화의 이 마지막 경우를 횔덜린은 〈안티고네에 대한 주석〉에서 인상적으로 언급하고 있다. 그는 번역의 한 구절에서 "제우스"라는 어휘를 "시간의 아버지"(987행)로 대체하고 이에 대해서 짧게 언급한다. "보다 더 확정적인 것을 통해서 또는 보다 더 불확정적인 것을 통해서 제우스는 언급되어야만 한다. 진지하게는 오히려 시간의 아버지 또는 대지의 아버지라고." 왜냐면 이것이 제우스의 특성이기 때문이라는 것이다.

이때 "보다 더 확정적인 것을 통해서 또는 보다 더 불확정적인 것을 통해서"에서 분명한 것은 "또는"은 "또는 오히려"에 가깝다는 점이다. 즉 "보다 더 확정적인 것을 통해서 또는 오히려 보다 더 불확정적인 것을 통해서"로 읽힌다. 확정적 명칭인 제우스는 사실상 불확정적이다. 왜냐면 실증적인 명칭으로서의 제우스라는 이름은 시간의 아버지이어야 할 제우스의 본질을 가려 버리기 때문이다. 횔덜린은 관례적인 명칭을 본질을 나타내는 지칭으로 대체한 것이다. 그리스인들은 그들이 제우스라고 말했을 때, 자신들이 한 말이 무엇인지를 알았을 것이다. 그러나 제우스를 믿지 않는 근대의 서구인에게는 이 명칭은 이미 오래전에 하나의 시적인 장식에 지나지 않게 되었고, 치워야 할 예술 언어의 죽은 어휘가 되어 버렸다. 그리하여 들어서는 아무런 생각이 들지 않는 제우스 대신에 들었을 때 귀를 기울이게 하는 "시간의 아버지"를 택한 것이다. 횔덜린은 제우스라는 명칭을 회피함으로써 탈신화화한다. 그러면서 "시간의 아버지"로 그 이름을 대체함으로써 창조적으로 신화화한다. 여기서 필연적으로 시간의 의미에 대한 물음, 그 근원에 대한, 즉 그 주인 또는 아버지에 대한 물음이 제기된다. 횔덜린은 "시간의 아버지"라는 신화(Mythos)를 표면에 내세우기 위해서 신화소(神話素) 제우스를 제거한 것이다. 그러나 여기에 꼭 첨언해 두어야 할 것은 이 모든 것이 근대적 번역의 상황에서 이루어졌다는 사실이다. 다시 말하자면 횔덜린은 소포클레스도 "제우스"보다는 "시간의 아버지"라고 했더라면 더 좋았을 것이라고 말하고 있는 것은 아니다. 그는 근대의 번역자로서 소포클레스와는 다른 세계에 속하기 때문에 그렇게 표현해야만 했다.

코로스 "섬뜩한 것은 많다네"의 번역을 검토하면서 우리는 이 번역이 역자의 이중적인 목적에 부합한 것을 알 수 있다. 첫 번째 목적은 전통 속에서 실증적으로 굳어버린 언어의 경직 현상의 해소, 두 번째 목적은 진술된 사실을 통해서 그것의 근거, 존재를 나타나게 하려는 것이다. 실증성의 한 형식이 관습으로 고정된 신화이다. 따라서 탈신화화가 문제 된다. 그러나 문학적인 상징을 통해서 존재를 드러낼 수 있는 형식은 신화적인 형식이다. 따라서 창조적 신화화가 문제 된다. 횔덜린에게서 신화가 문제된다면, 그것은 실증적으로 고착된 옛 신화가 아니라 창조적인 새로운 신화이다.

2. 두 비극에 대한 횔덜린의 주석

2—1.그리스 비극의 법칙적 계산 또는 계산이 가능한 법칙

소포클레스의《오이디푸스 왕》에 대한 횔덜린의 해석은 신과 인간의 무너진 관계와 그 복구의 관점에서 이해할 수 있다. 매우 포괄적이며 높은 설득력을 가진 이러한 비판적 관점을 이미 220여 년 전, 횔덜린이 소포클레스 비극《오이디푸스 왕》과《안티고네》 번역에 붙인 주석(Anmerkungen)에서 논의의 핵심으로 삼은 것은 놀라운 일이다.

횔덜린의 소포클레스 두 비극에 붙인 주석은 각각 3개의 단락으로 이루어져 있다.

첫 단락은 이 드라마들의 구성에 대한 논의, 두 번째 단락은 개별적인 구절에 대한 주석, 세 번째 단락은 두 작품에서의 비극적인 것에 대한 횔덜린의 고유의 관점이다. 두 번째 단락에서 해석되고 있는 개별적인 구절은 대부분 세 번째 단락의 총체적인 해석을 밑받침할 자료들이다.

우선 두비극의 주석 첫 단락에서 공통적으로 논의하고 있는 횔덜린의 그리스의 예술, 특히 그리스 비극의 구성 원리에 대한 이해를 살펴 본다. 그의 그리스 비극의 구성 원리에 대한 논의는 아리스토텔레스의 시학에서의 격정과 정화라는 정서적 효과와는 달리 비극의 가장 중요한 기능을 줄거리에 매몰되지 않도록 하는 거리두기를 수단으로 인간과 신의 바른 관계에 대한 각성과 통찰에서 찾고 있다.

횔덜린은 사람들은 작품이 남겨 준 인상에 따라서 그것들을 판단하는데 익숙해져 있다는 말로써 그의 주석을 시작한다. 우리는 주관적으로 판단하고 근본적으로 오로지 우리 자신, 다시 말해 예술작품을 하나의 개관적인 존재로서가 아니라 그것에 대한 우리의 심미적 감정만을 서술할 뿐이라는 것이다. 예술작품을 객관적인 대상으로 삼고 접근하기 위해서는 그리스의 예술작품를 다루는 것이 좋으리라고 그는 제안한다. 왜냐면 그리스의 예술작품을 판단하는데 주관적 인상은 아무런 역할도 할 수 없기 때문이라는 것이다. 따라서 그는 그리스 예술작품은 규칙에 따라서 분석하는 길밖에 다른 길은 없다고 말한다.

우리가 이러한 그리스 예술작품의 분석을 시도하게 되면, 곧장 그리스 예술작품들이 엄격한 법칙에 따라서 구축되었다는 놀라운 사실을 발견하게 된다. 이러한 법칙을 미처 알지 못했던 때에는 우리는 주관적인 인상을 가지고 어둠 가운데 길을 더듬어야 했다. 횔덜린은 덧붙여 말하기를 근대의 시문학도 우리들의 주관적인 판단에 책임을 질 수밖에 없는데, 그것은 근대의 문학이 그리스의 예술적 처리 방식에 따른 구성의 법칙을 활용하지 않기 때문이라는 것이다. 즉 근대 시문학에는 "장인다운 기질"과 "처리방식"이 결여되어 있다는 것이다. "처리방식"은 방법, 즉 그리스어 méthodos에 해당하는 횔덜린의 어휘이다. "장인(匠人)다움"을 횔덜린 자신이 mechané라 했다. 이 어휘는 단순히 기계적인 성격이나 기술을 의미하는 것이 아니라 "투명한 생산"이라는 말로 풀어 볼 수 있는 어휘이다. 그리스의 예술, 특히 희곡은 그것이 어떻게 만들어 졌는지를 우리가 알 수 있도록 만들어 졌다. 다른 말로 하자면 그것을 어떤 천재가 영감에 따라서 구현해 낸 무슨 기적처럼 놀라워 할 필요가 없으며, 오히려 분석해 낼 수 있도록, 즉 그 mechané를 인식할 수 있도록 가공된 것으로서 우리는 작가의 처리방식을 추적할 수 있다는 것이다.

횔덜린이 그리스 예술의 법칙성을 소포클레스의 비극을 번역하는 과정에서 처음 인식했던 것은 아니다. 1801년 6월 2일자 실러에게 보낸 편지에서 그는 그리스 작가들의 "위대한 확실성"은 "그들의 충만한 정신의 결실"이라는 사실을 인식했다고 썼다.(서한집 467) "위대한 확실성"은 작품의 생산적 특성을 투명하게 해 주는 처리의 법칙성이다. 그것이 "충만한 정신의 결과"라는 것은 무엇을 말하는 걸까? 우리는 횔덜린이 그리스인들의 천부적 성격은 "하늘의 불꽃"으로 비유되는 망아적 경향은 지니고 있음을 지적한 바 있다. 이 망아적 성격에 자갈을 물린 것이 "정신의 충만함"이다. 횔덜린은 소포클레스의 비극에서 이 "정신의 충만함"의 수행을 확실하게 관찰해 냈다. 이러한 비극들에서의 법칙적으로 엄격한 형식은 스스로 자갈을 채우는 방식이다. 소포클레스는 그리스인 천성으로서는 무한히 펼칠 정신을 마치 강철의 꺽쇠로 지상에 붙잡아 매듯이 자신의 드라마에 부여한 엄격한 형식을 통해서 붙잡아 맸고, 그렇게 해서만이 예술이 가능했다는 것이다. 그러니까 횔덜린이 본 그리스 예술의 엄격성은 아리스토텔레스의 시학에 기술된 규칙성의 실현을 의미하는 것이 결코 아니다. 오히려 자기 방어, 즉 망아적 도취의 통제할 수 없는 것으로의 돌진에 대한 자기방어의 수단이다. 또한 망아적 도취는 아무것에도 근거하지 않으며, 아무런 지속성도 생성하지 않기 때문에 이를 제약하는 그 형식의 엄격성은 문화 의지의 징표이다. 그리스인들이 이성론자들이기 때문에 그들의 작품이 그렇게 규정되고 투명해 진 것은 아니며, 그렇게 해야만 스스로를 보호할 수 있기 때문에 그러했다는 것이다.

1799년말/1800년초 고전어문학자 쉬쯔(Christian Gottfried Schütz)에게 보낸 한 편지에서 횔덜린은 "당신도 알다시피, 고대인이 그들 문학의 여러 형태를 구분함에 있어서의 엄격성을 우리들은 오해했었습니다.심지어 그들의 예술을 그들이 신적인 일을 처리해야만 할 때의 성스러운 적절성으로서 보다는 잘 계산된 만족으로 간주했던 것입니다. 가장 정신적인 것은 그들에게는 가장 드높이 특징적인 것이기도 했던 것이 분명합니다. 거기서 그들 문학에서의 형식의 엄격성과 예리함이 유래합니다."(KA. III, 411)라고 썼다. "잘 계산된 만족"은 계몽주의 시학에서의 유용성(prodesse)과 쾌락(deletare)이다. 횔덜린은 이에 "성스러운 적절성"을 맞세운다. 그것을 통해서 그리스인들은 신적인 일을 올바르게 처리했을 것이 틀림없다는 것이다. 누구이든지 간에 올바르게 처신하는 자는 정신을 가다듬고 자제하는 법이다. 여러 그리스 비극에서 일어나고 있는 대로 신들에 대해서 말하거나 또는 신들을 등장시키게 되면 망아적인 도취나 디오니소스적인 현기증으로 잘 못 이어질 수 있다. 그러나 그런 일이 일어나서는 안된다. 그렇지 않아도 인간은 신과 구분 없이 섞여들 수 있기 때문이다. 신이 신으로, 인간의 극단적인 다른 측면은 그것대로 남아 있어야 한다면, 인간은 분수에 맞게 정신을 가다듬지 않으면 안된다. 신들의 인간과의 담판을 다루는 극을 쓸 때에는 인간은 이러한 가장 정신적인 것을 가장 높이 특성적인 것으로 변형시키지 않으면 안된다. "특징적인"(charakteristisch)이라는 말은 "인물 또는 사항의 본질을 드러내고 표시해주는"이라고 풀이할 수 있다. 그것은 "각인된", "법칙적으로 규정된"것과도 통한다. 그것은 1년반 후 실러에게 보낸 편지에서의 사상과 동일한 사상이다. 그리스 비극의 법칙적으로 엄격한 형식과 확실성은 신의 임재에서 나오는 망아적 도취의 지배자가 되고 예술작품을 대지와 그것의 법칙에 묶는 시도이다.

횔덜린의 소포클레스 비극에 대한 주석의 앞부분을 차지하는 그리스 예술의 법칙성에 대한 그의 견해를 요약해 보면 그리스 비극의 형식적 엄격성은 3중의 바탕을 가지고 있다. 그것은 자기 보호의 방책, 예술의지의 표현 그리고 신들을 마주하는 적절성의 표징이다. 이제 이러한 비극의 엄격한 형식상의 법칙성은 구체적으로 어떻게 나타나 있는가를 묻게 된다. 이를 위해 〈오이디푸스 왕에 대한 주석〉으로 다시 돌아간다.

횔덜린은 이러한 법칙을 "법칙적 계산"(gesetzlicher Kalkul), 또는 명사와 형용사를 맞바꾸어서 "계산이 가능한 법칙"(kalkulables Gesetz)(210쪽)이라고 부른다. 다시 말해서 우리는 이러한 법칙을 계산할 수 있다는 것이다. 무엇을 계산하기 위해서는, 예컨대 합계를 내기 위해서는 개별적인 항목과 각 항목이 가지는 수량(내용)을 알아야만 한다. 비극의 법칙은 우선 비극을 이루는 부분들 또는 요소들을 구분해 낼 때 비로소 인식이 가능하게 된다. 이러한 요소는 우리가 쉽게 나열할 수 있는 드라마의 도식적인 형식 요소, 합창, 대화, 등장가, 삽화, 정립가, 에소도스 등은 아니다. 횔덜린은 더 높게 잡고 한편으로는 등장인물에, 다른 한편으로는 줄거리에 해당하는 형식요소를 말한다. 이 양쪽에는 각각 3개의 요소가 있다.

2–2. 등장인물에 관련된 형식요소—표상, 감각 그리고 이성적 판단

횔덜린은 등장인물에 관련한 형식요소로 "표상(表象,Vorstellung)", "감각(感覺, Empfindung)" 그리고 "이성적 판단 (Räsonnement)"(210쪽, 222쪽)을 들고 있다. 그가 표상이라는 단어를 사용할 때, 그는 항상 단어의 의미에서 내가 떠올리게 되는 것, 예컨대 소망, 내가 달성하고 싶은 목적, 혹은 내가 피하고자하는 위험 같은 것 등을 말한다. 표상은 하나의 지적 행위이다. 그리고 항상 의지와 묶여 있다. 감각은 이와는 달리 내가 당하는 무엇이다. 감각은 나의 눈, 나의 귀, 나의 감정으로 들어오고, 나의 영혼에서 떠오른다. 감각은 일종의 수용행위이다. 이성적 판단은 심사숙고, 자기 정돈, 이해 의지와 해석이다. 그것은 사유의 일이며, 생산적 행위이다. 표상, 감각, 이성적 판단 대신에 우리는 단순화해서 의지, 감정, 사유라고 말할 수 있다. 이때 감정에는 두가지가 포함된다. 감각적인 인지와 감성적인 감정이 그것이다. 그것은 다름 아닌 18세기의 심리학이다.

우리가 오이디푸스에게 이 심리학을 적용해 보면 그것이 확실해진다. 맨 먼저 오이디푸스는 표상의 지배를 받는다. 한 살인에 대한 죄값이 치러져야만 한다. 그래야만 역병이 끝난다. 나는 살인자를 찾아내게 할 생각이다. 어떤 대가를 치르더래도 나는 그렇게 하려고 한다. 표상과 의지이다. 이어서 이 일이 자신과 관계 있을 수도 있다는 인식이 어렴풋이 떠오른다. 자신이 어쩌면 범인인지도 모른다는 생각, 불쾌함, 혼돈, 두려움, 분노, 절망이 그의 내면에 솟아오른다. 감각 또는 느낌이다. 마침내 전체의 내막이 해명되고 나자, 제우스가 그렇게 결정했고, 아폴론이 실행했으며, 나는 그것을 감수해야만 한다는 통찰에 이른다. 그것은 이성적 판단, 사유이다. 오이디푸스라는 인물에게서 표상, 감각, 이성적 판단이라는 개념의 심리적 카테고리가 순서에 따라 전개되는 것을 이해하게 된다.

2–3. 줄거리에 관련된 형식요소–휴지

계산 가능한 법칙은 무엇보다도 줄거리의 전개방식에 관계하여 적용된다. 이와 관련하여 우리는 맨먼저 쉽게 이해되지 않은 문구를 하나 만나게된다. 비극에는 "순수한 순서대로의 전개보다는 균형"(210쪽)이 우선이라는 것이다.

"순수한 순서대로의 전개"(reine Aufeinanderfolge)는 물론 서사문학의 특징이다. 서사 시인은 하나씩 하나씩 이야기하고 연속을 그 표현의 원칙으로 삼는다. 그러나 비극에서는 "균형"(Gleichgewicht)이 있어야 한다. 균형이라는 말은 한 부분과 다른 부분 사이에서만 사용할 수 있다. 횔덜린이 이 문구로써 무엇을 뜻하려 했는지 더 정확하게 서술하기 전에, 또하나의 불가해한 문장을 덧붙힌다. "비극적인 이행은 말하자면 본래 공허하다, 그리고 가장 구속되지 않은 이행인 것이다."(210쪽) "비극적 이행"(tragischer Transport)은 비극적 과정 이외 다른 말이 아니다. 그러나 무엇 때문에 그것이 "공허하고", "가장 구속되지 않은지" 설명이 없다. 이것을 이해하기 위해서 횔덜린 시대에 서사문학의 본질은 어떻게 이해되고 있었는지를 분명히 해야 한다. 서사문학에서는, 예컨대 괴테와 실러의 경우, 부분들의 자율성과 각 부분들의 내면적인 진리가 관심의 대상이다. 달리 말하자면, 그것이 《헤르만과 도로테아》처럼 한편의 서

사시이든 아니면 《빌헬름마이스터》처럼 한편의 소설이건간에 서사 시인은 개개의 장면이 자체적으로 완결되고 무엇인가 본질적인 것을 인식할 수 있도록 하고, 이로써 내면적인 진리를 가지게 되어서 독자가 즐기면서 그 작품에 열중하도록 주의를 기울어야 한다. 그러나 비극에서는 완전히 다르다. 여기서는 매 장면마다 이런 물음이 떠 오른다. 이 장면은 어떻게 이어질까, 행복하게 또는 불행하게 이어질까, 주인공은 거기에서 벗어날까, 아니면 좌초되고 말까, 그리고 죽음을 맞이하게 될까 등등 말이다. 그렇기 때문에 사람들은 매 장면에서 멈추어 설 수가 없다. 관객은 계속해서 내몰린다. 모든 것은 종말을 향해서 달려간다. 그것이 갈등의 해소이거나 파멸이거나간에 말이다. 결과적으로 진행의 매 상세한 내용은 역시 종말에 기능적으로 연관된다. 끝에 이르면 알게 되지만, 당장에는 알지 못한다. 비극적 이행의 공허함과 무제약성을 그렇게 의미한다. 비극적 이행은 어떻게 하더라도 어떤 결말을 고정시킬 수 없기 때문에 공허하며, 저지할 수 없이 "급격한 교체" 가운데 계속되기 때문에 "가장 구속되지 않는다"는 것이다.

이러한 비극적 이행의 질주는 관객이 어떤 생각에 채 미치지 못하며, 극이 본래 무엇을 말하고자 하는지를 파악하지 못하게 되는 결과를 초래할는지 모른다. 그렇기 때문에 희곡 작가는 관객에게 소위 말해서 숨돌릴 틈을 주기 위해서 무엇인가를 해야만 한다. 작가는 자신의 비극적인 이행을 어떤 지점에선가는 중단시키고, 횔덜린이 말하는대로 "휴지"(Zäsur)를 설치해야한다. 이 휴지는 극을 두 부분으로 나눈다. 그리고 "균형"은 이 두 부분에 관련되는 것으로 보인다. 이것으로 우리는 궁극적으로 횔덜린이 적어도《오이디푸스 왕》과《안티고네》를 두고 생각했던 비극의 법칙에 당도했다.

그는 휴지를 전후로 하는 이 두 부분을 각각 "평온한" 그리고 "신속한" 절반이라고 부른다. 그리고《오이디푸스 왕》을 놓고 제시해 보인다. 이 비극은 상대적으로 평온하게, 일단의 탄원자를 대표하는 사제의 탄원을 경청하는 장면과 델피에서 돌아온 크레온의 보고, 그리고 신탁의 실행을 위해 가장 먼저 가능한 일을 하겠다는 오이디푸스의 각오와 약속으로 시작한다. 그리고 나서 오이디푸스 자신을 향한 의심이 제기되는 순간부터 진행의 속도는 빨라지고 이와 함께 탄로가 이어지며 동요가 일어난다. 이것이 아마도 "신속한" 절반일 것이다.

그러나 동요와 가속이 극의 한가운데에서 시작되지는 않는다. 오히려 그것 이전에 극은 상당히 더 많이 진행된다. 그럼에도 불구하고 무엇 때문에 두 개의 "절반"을 말하고 있는가에 대해서 횔덜린은 이렇게 설명한다. "평온한" 절반은 우리의 감정으로는 천천히 진행한다. 그러나 "신속한" 절반은 빠르게 진행한다. 만일 휴지가 극의 한가운데 놓인다면 우리의 감정에는 불균형이 생길 것이다. 그럼으로 휴지는 앞쪽으로 이동한다. 그 다음에야 두 부분이 시행의 행수로나 쪽수로 볼 때 길이가 같지 않더라도 같지 않은 속도 때문에 우리는 같은 길이로 느끼게 된다. 횔덜린은 이때 그 두 부분이 "같은 비중"으로 보인다고 말한다. 이것이 그 극의 균형이며, 두 개의 "절반"을 말할 수 있는 근거이다.

그렇다면 "휴지"는 무엇을 의미하는가? 휴지는 단순한 쉼이 아니다. 예컨대 시행의 운율에 따른 쉼이 아닌 것이다. 오히려 휴지는 무엇인가로 채워져 있다. 다시 말해서 휴지는 매번 하나의 기능을 가지고 있다. 횔덜린은 휴지가 평온한 절반을 신속한 절반에 의한 사로잡힘에서 보호해 준다고 말한다. 만일 휴지가 없다면 관객은 사건이 주는 충격에 즉각적으로 빠져들 것이며, 사색에 이르지 못할 것이다, 관객은 처음의 상황을 나중에 더 이상 떠올릴 수 없을 것이며, 존경과 사랑을 한 몸에 받았던 왕과 이제 신들의 권능을 인식해야만 하고, 과정의 "급격한 교체"로 침몰하게 될 파멸적 결말에 놓인 인간 사이의 엄청난 긴장을 떠올릴 수도 없을 것이다. 휴지가 신속한 절반의 충격에 대응해서 평온한 절반을 보호하는 가운데, 휴지는 관객에게 사건의 의미를 묻기 위해 사건으로부터 충분한 거리를 띄게 하는 그런 숨돌림을 마련해 주는 것이다. 그런 의미에서 횔덜린은 휴지를 "반리듬적인 정지"(210쪽)라고도 부른다. 리듬은 흐름을 말한다. 휴지는 사건의 급한 흐름을 순간적으로 정지시킨다. 휴지는 그 흐름에 맞선다. 그렇기 때문에 "반리듬적 정지"인 것이다.

이제 이러한 휴지가 어디에 확실하게 놓여 있는가를 탐구하기 전에 횔덜린은 이 두 개의 절반의 순서가 뒤바뀔 수도 있다고 말한다. 신속한 절반이 먼저 오고, 평온한 절반이 뒤에 오는 순서도 가능하다는 것이다. 《안티고네》가 이 경우이다. 실제 《안티고네》는 가장 흥분된 사건으로 대뜸 시작된다. 안티고네는 크레온의 명령을 어겨가며 오빠의 장례를 치르고자 한다. 그녀는 실행하고, 체포되며, 심문을 당하고, 사형 언도를 받고, 동굴 감옥에서 스스로 목숨을 끊으며, 그녀의 약혼자이자 크레온의 아들인 하이몬도 자결한다. 그리고 나서 평온한 절반이 시작된다. 크레온에 대한 심판과

독단 가운데 너무 많이 나갔다는 사실을 알아야만 하는 한 인간의 몰락이 이어지는 것이다.

《안티고네》에서는 의미에 맞게 휴지가 뒤쪽으로 미루어진다. 《오이디푸스 왕》에서는 1/3이 진행되고 2/3가 시작되는 지점에 휴지가 놓여 있다면, 《안티고네》에서는 2/3가 진행되고 3/3이 시작되는 지점에 휴지가 위치한다. 또한 신속한 절반이 여기서는 앞서 있기때문에 휴지는 신속한 절반의 쇄도에 맞서 평온한 절반을 보호한다.

구체적으로는 이 두 비극 다 같이 예언자 테이레시아스가 등장하는 장면이다. 즉 《오이디푸스 왕》의 제2막 2장, 《안티고네》의 제4막 2장이 휴지의 현장이다. 여기에서 예언자 테이레시아스는 모든 것을 알고 있어 관중들을 위해서 전체의 의미를 발설한다. 오이디푸스의 마적 운명에의 예속, 크레온의 주제넘은 오만 불손 그리고 이 두 경우에 있어 신의 무조건적인 존엄을 그는 선포하는 것이다. 따라서 횔덜린은 "두 편의 비극에서 휴지를 형성하는 것은 티레시아스의 발언들이다"(211쪽)라고 명확히 밝히고 있다.

우리는 17-18세기를 통틀어 지배했던 격정과 그 정화라는 고전적 비극의 이론을 알고 있다. 이러한 시대에 비극을 바라다보는 횔덜린의 시각은 참신을 넘어서 획기적이며 현대적이다. 횔덜린의 엄청난 현대성은 비극이 격정을 정화시키는 것이 아니라, 즉 관객을 화해한 정서와 함께 극장을 떠나게 하는 것이 아니라, 휴지를 통해서 관객으로 하여금 극의 진행과 거리를 두게하고, 이를 통해서 인간의 신에 대한 참된 관계의 성찰과 통찰에 이르게 한다는 주장에 담겨 있다. 우리는 20세기 서사극 이론에서 제기된 거리두기를 잘 알고 있다. 횔덜린은 자신의 시대를 멀리 앞서 나갔던 것이다.

횔덜린은 이러한 그리스 비극의 법칙적 계산, 또는 계산적 법칙을 전제로 두 비극에 대한 해석을 시도한다.

3. 횔덜린의 소포클레스 비극에 대한 해석: 신과 인간의 일치와 분리를 통한 세계의 정화로서의 비극

3—1.《오이디푸스 왕》에 대한 해석

횔덜린이《오이디푸스 왕》을 어떻게 해석하고 있는가는 주석의 세 번째 단락을 통해서 밝혀진다.

이 세 번째 단락은 이 주석 가운데 가장 난해한 부분이다. 이 단락은 "비극적인 것"에 대한 해석을 담고 있으며, 이 "비극적인 것"을 두 개의 관점 아래 파악하고 있다. 즉 신과 인간의 관계가 그 하나이고, 시간의 방향 전환이 또 다른 하나이다.

세 번째 단락 첫 문장은 이렇게 열린다.

> "비극적인 것의 표현은 특히 신과 인간이 짝짓는 무시무시한 일과 자연의 힘[=신]과 인간의 가장 깊은 내면이 분노하는 가운데서 무한히 일체(Eins)가 되고, 이를 통해서 무한한 일체화는 무한한 분리를 통해서 정화(淨化)된다는 점이 이해된다는 사실에 근거한다."

여기에 주도적인 어휘인 "분노"(Zorn)가 등장하기 때문에 이 문장은 이해하기가 그렇게 어렵지는 않다. 신과 인간은 분노 가운데 하나가 되었다. 즉 인간 오이디푸스는 신 아폴론과 자신을 독단적으로 동일시했다. 횔덜린은 그들이 "짝을 지었다"라는, 동물과 관련해서나 쓰는 표현을 서슴지 않고 쓰고 있다. 그리고 이것은 "섬뜩한 일"이었다는 것이다. 다시 말해서 이 일은 누구에게나 으스스하지 않을 수 없었다는 것이다. 그 때문에 반전이 일어난다. 무한한 일체가 됨은 무한한 헤어짐을 통해서 "정화"된다. 끝에 이르러 신은 여기에 자신의 위엄 가운데 서 있고, 저기에는 인간이 그의 하찮음 가운데 서게 된다.

그렇지만 인간은 그저 파멸하고 만 것은 아니다. 횔덜린은 하나가 됨은 헤어짐을 통해서 "파악"된다고 말한다. 무슨 뜻일까? 순수하게 형식적으로는 모든 파악은 파악하는 측과 파악되는 측의 대립에 기인한다는 의미이다. 예컨대 내가 어떤 일이나 사람과 하나가 되어 있다면, 나는 일이나 사람을 파악하지 못한다. 내가 단순히 일체가 된 삶을 살기 때문이다. 내가 그것을 파악하고자 하면, 나는 이 동일성을 벗어나서 거리를 가져야만 한다,

이것은 다만 형식적인 해석이다. 그렇다면 내용상 이것이 무엇을 의미하는가? 오이디푸스가 신과 헤어짐을 통해서 파악한 것은 앞서 있었던 하나 됨 자체가 아니라, 이 하나 됨의 섬뜩함이다. 횔덜린은 강조해서 표현한다. 신과 인간의 짝짓기라는 섬뜩함이 파악된다고 말이다. 신이 오이디푸스를 자기로부터 내동댕이쳐 파멸 속으로 던질 때, 오이디푸스의 눈이 떠지고, 그는 아폴론과 자신을 동일시한 오만(Hybris)을 알아차리게 된다. 그는 자신이 지금까지 잘못 본 기만적인 기관인 눈을 찌르고 나서야 비로소 그 심연(深淵)에서 진리를 보는 것이다.

횔덜린은 무한한 하나 됨이 무한한 헤어짐을 통해서 "정화"된다고 말한다. 여기에는 물론 카타르시스라는 아리스토텔레스의 정화 개념이 관여된다. 그러나 횔덜린은 관중과 관중의 정서에 관해서가 아니라, 일종의 객관적인 과정, 즉 "신과 인간과의 관계의 정화"라고 말할 수 있는 그런 정화를 말하고 있다. 어떤 경우에도 아폴론이 오이디푸스를 굴복시켰을 때, 어떤 심미적 의미에서의 정화가 일어나는 것이 아니라, 불순함의 제거와 같은 그 무엇이 일어나는 것이다. "신을 순수하게 그리고 구분하여 / 보존하는 일"(시단편 〈바티칸〉)은 횔덜린이 시인의 과제를 표현한 구절의 하나이다. 독단적으로 신과 뒤섞인 자가, 오이디푸스처럼 스스로를 당당하게 여긴다면, 신을 순수하게 그리고 구분하여 보존하라는 계명을 범하게 된다. 이러한 오만에 찬 하나 됨의 정화는 절대적인 분리를 통해서 일어나야만 하는 것이다.

횔덜린이《오이디푸스 왕》에서 "비극적인 것"이라고 보는 것은 무죄한 자의 파멸에도, 주변 상황의 불리한 정세에도, 자체의 정당한 의지의 악의적인 기만에도 있지 않다. 다시 말해서 비극적인 것은 개별자와 그의 세계 사이의 수평적인 관계에서 발생하는 것이 아니라, 인간과 신의 수직적인 관계에서 일어난다. 그러나 이 인간은 혼자가 아니라 하나의 세계 가운데 존재하기 때문에, 구체적인 세계상황도 이러한 차원에 개입된다.

횔덜린은 이제 신과 인간 사이의 심판 과정에 세계와 그 상태가 어떻게 개입되는지를 물음으로써 말머리를 돌린다. 테바이에는 "페스트와 정신의 혼돈과 일반적으로 점화된 예언자 정신"이 지배한다고 말한다. 다시 말해서 역병이 인간을 어찌할 바 모르게 만들고, 거짓된 예언자와 사기꾼들이 번창했다는 것이다. 그러나 이것은 하나의 "한가한 시간"(müßige Zeit)의 징후라는 것이다. 독일어 "müßig"를 일반적인 뜻대로 "빈둥거리는/하는 일 없는"으로 옮기는 한, 이 문구는 이해되지 않는다. 그러나 횔덜린의 후기 시에서 이 단어에는 "진지하지 않은"(unernst)이라는 의미가 있다. 천상적인 자들은 오로지 "진지하게" 공경받아야 한다. "진지하지 않게 시도하는 것은 천공 앞에서는 걸맞지 않기" (시 〈빵과 포도주〉, 제94행) 때문이라고 그는 노래했다. 진지함은 항상 어느 누구와 무조건적으로 관계되는 것에, 예컨대 신들에 적용된다. 그러니만큼 진지하지 않은 시간은 신들을 잊은 시간이다. 그러나 페스트가 그것을 야기한 것은 아니며, 다만 그것을 드러나게 했을 뿐이다. 이미 오래전부터 테바이에서는 생동하는 신앙은 꺼져버렸다. 제물과 축제 행렬은 여전히 거행되지만, 그것은 그저 그렇게 하나의 습관일 뿐이다. 범국가적인 불행은 종교와 예배가 진흙탕 위에 서 있다는 것을 적나라하게 폭로해 줄 뿐이다.

이제 결정적인 말이 이어진다. 그런 시간에는 "천상적인 자들에 대한 기억이 꺼질" 위험에 놓이며, 그런 경우 "세계의 운행이 틈새"를 가지게 될지도 모른다는 것이다. 왜냐면 횔덜린의 신념에 따르면 세계는 신성에 대한 마지막까지의 의식 없이는 존재할 수 없기 때문이다. 그렇게까지 된다면, 천상적인 이들이 개입한다. 그들은 한 사람을 선택하고, 그를 치켜세운 다음, 그를 추락시킨다. 일체가 되었다가 결별하는 것이다. 하나 됨과 헤어짐! 세계는 이제 알아차린다. 세계는 신들이 아직 존재한다는 사실을 알아차리는 것이다. 세계 운행의 위험에 처했던 틈새는 메꾸어진다. 그러나 그

한 사람은 대표하여 그것을 위해 쓰러져야만 하는 제물이다. "왜냐면 한 번쯤은 / 우리 눈먼 자들은 기적이 필요로 할는지 모르기 때문이다"(《엠페도클레스의 죽음》, 제2초고, 732-33행)라고 엠페도클레스 희생의 죽음을 바라보면서 판테아가 말하고 있다. 그러나《오이디푸스 왕》에서는 어떤 구원의 기적은 일어나지 않는다. 오히려 하나의 파멸의 기적이 일어난다. 그 기적의 희생자는 속은 자이다. 횔덜린은 힘주어 말했다. 오이디푸스는 금지된 행위(nefas)로 "부추김"을 당했다고 말이다. 그의 오만은 지금까지 보인 것처럼 그의 자의로 저지른 죄악이 결코 아니었다. 신들이 그를 이러한 죄악으로 유인한 것이다. 그들은 몰락하는 과정에서 신을 망각한 시대를 두려워하면서 그들을 기억으로 소환하게 할 사람이 필요했다. 그는 그들의 눈먼 도구였으며, 그들이 그의 눈을 멀게 했던 것이다.

횔덜린은 "신적 불충실"을 언급하기까지 한다. 이를 통해서 "신적 불충실이 가장 잘 간직될 수 있기" 때문이다. 이 말은 이렇게 해석된다. 신들은 선하고 정의로운 왕을 자신들의 일에 주도권을 쥐도록 유혹하고 결국 다 쓰고 난 도구처럼 내동댕이친다. 이 일의 증인이었던 사람은 신들은 여전히 존재하며 인간을 마음대로 활용한다는 것—특히 인간이 스스로 이용되기로 마음먹었을 때는 특히 더 마음대로 이용한다는 사실—을 분명히 알고 이 사실을 다시는 잊지 않는다는 말이다. 그러나 오이디푸스가 신들의 도구였다면, 그들은 파멸을 통해서 그를 모든 필멸의 인간들 앞에 돋보이게 했다. 그들은 오로지 그만이 자신의 눈을 멀게 할 만큼 강인함을 가지고 있다고 믿었다. 크레온과 같이 계산적인 사람은 그러한 현혹을 당할 수 없었을 것이다. 오이디푸스의 고통은 그의 명예이다. 횔덜린이 공식적으로 표명한 것은 아니지만, 이것이야말로 수미일관한 그의 사상이다.

3—2. 《안티고네》에 대한 해석

횔덜린의 《안티고네》에 대한 종합 해석, 즉 주석 세 번째 단원은 《오이디푸스》의 주석의 세 번째 단원보다 분량이 약 4배가량 많다. 〈안티고네에 대한 주석〉에 나타나는 횔덜린의 본질적인 사유를 빠짐없이 살펴보기 위해서는 여러 주제로 나누어 볼 필요가 있겠으나 비극적 표현과 반신자(反神者)로서의 안티고네와 소위 말하는 조국적 반전(反轉)이 논의의 중심을 이루는 만큼 이 부분을 중심적으로 살펴보기로 한다.

비극적 표현과 관련해서는 오이디푸스 해석 중 종합 해석 절을 상기하자. 거기서 비극적인 표현은 횔덜린이 "섬뜩하다"고 한 신과 인간 사이의 하나 됨과 분리라는 판결에 근거한다고 말했었다. 말 그대로 그 심판 과정을 함께 본 사람은 섬뜩하지 않을 수 없다는 것이다. 왜냐면 그 사람은 필멸의 한 사람인 오이디푸스가 격정적으로 아폴론과 자신을 동일시하면서 분노 가운데 신과 하나가 된 다음, 마치 다 쓴 도구처럼 신에 의해서 내동댕이쳐지는 것을 보기 때문이다. "무한한 일체가 됨"에는 역시 "무한한 결별"이 뒤따른다. 그러나 이런 과정에서 섬뜩한 것이 파악된다. 동시에 파멸의 오이디푸스가 진상을 알게 된다. 그는 이제 신은 누구이며, 인간이 무엇인지를 알게 되는 것이다. 그것만으로 그는 자신의 정당성을 주장하지 않은 채 자신의 운명을 받아들인다.

횔덜린은 《안티고네》에서도 유사한 과정을 인식한다. 그의 언급을 인용하기에 앞서 먼저 언급해야 할 사항이 있다. 오이디푸스의 신과의 일체화는 횔덜린의 파악에 따르면 오만이었다. 그는 오이디푸스의 금지된 행위를 언급하고 덧붙여 그는 신탁을 통해서 이 금지된 행위로 유혹되었다고 했다. 말하자면 신 자신이 그를 오만에 빠지게 했다는 것이다. 그럼에도 불구하고 아폴론의 대리인으로 자신을 치켜세운 것이 오만이었던 것은 변함이 없다.

안티고네의 경우에 우리는 오만을 말할 수 없다. 안티고네가 크레온의 명령을 어겨가면서 죽은 오빠를 땅에 묻는 전대미문의 일을 제우스의 뜻으로 인식했으니 말이다. 그러니까 오만의 책임은 안티고네가 아니라 크레온에게 있다. 횔덜린은 이러한 사실을 분명히 알고 있다. 그리하여 그는 여기서 모독이라는 말은 꺼내지 않는다. 오히려 이 전체의 문제를 어느 정도는 미결 상태로 놓아둔다.

〈안티고네에 대한 주석〉 중 핵심적인 문구를 읽어보자.

> "비극적인 표현은《오이디푸스 왕》에 대한 주석에서 암시된 것처럼, 직접적인 신이 인간과 전적으로 일체를 이룬다는 점(왜냐면, 한 사도의 신은 한층 더 간접적이고, 최고의 정신 가운데 최고의 오성이기 때문에), **무한한** 감동은 **무한히**, 즉 대립들 가운데 의식을 지양하는 의식 가운데, 성스럽게 분리되면서 마음을 가라앉히게 된다는 점과 신이 죽음의 형상을 띠고 현현(顯現)한다는 사실에 의거한다."(231쪽)

우리가 이 문구를 조금 주의 깊게 살펴보면, 그렇게 난해한 문구는 아니다. 우선 우리는 앞에서 주도적인 개념을 이미 들은 바 있다. 즉 신과 인간의 일체 됨과 이 두 편의 갈라짐이 그것이다. 안티고네가 크레온의 면전에서 "나의 제우스"가 나에게 명했다고 선언했을 때, 그녀는 신과 자신을 동일시했다고 횔덜린은 말하고자 한다. 그 때문에 횔덜린은 "나의"를 강조하여 한 글자씩 떼어쓰기(M e i n)로 인쇄케 한 것이다. 그리고 그녀가 죽음으로 끌려가고 죽음의 신에 대한 "과감하고" 심지어는 "신성모독적인" 반항 이후 그녀가 그녀의 운명에 따를 때, 그녀는 결별을 실행한 것이다. 그녀는 "진정한다"고 횔덜린은 말한다. 이것은 오이디푸스의 진정에 상응한다. 오이디푸스처럼 그녀는 결국 신의 권위를 인정하고 신과 다투어서는 안 된다는 것을 알게 된다. 따라서 횔덜린은 이 결별을 단순히 경건한 분리라고 하지 않고 "성스러운" 분리라고 부른다. "성스러운"(heilig)이라는 말에서 그는 "온전한"(heil) 그리고 "치유의"(heilend)라는 동일한 어원의 단어를 상기한다. 이처럼 분리는 인간의 신과의 올바른 관계를 다시 복원한다.

이제는 신에 대한 두 개의 진술에 주목해야 한다. "직접적인 신, 인간과의 전적인 일체"와 "신이 죽음의 형상으로, 현현한다"라는 구절이 그것이다. "현현하는/그 자리에 있는"(gegenwärtig)은 횔덜린의 용어법에서는 항상 "마주 향해있는"(entgegengewendet)을 의미한다. 직접적인 신은 인간과 일체이며, 현현한 신은 인간과 마주 서 있다. 왜 그런가? 직접적인 신은 정신이다. 안티고네가 제우스를 소환했을 때, 그녀는 그 정신에 사로잡혔다. 그것은 동일화였다. 그러나 현현한 신은 죽음의 형상으로 그녀와 마주 서 있다. 이때의 신은 정신이 아니며, 그녀가 순응하기에 앞서 저항할 필멸이라는 잔인한 사실성이다. 그것은 절대적인 구분이거나 일체로부터의 분리인 것이다.

횔덜린은 반복해서 신과의 일체 됨과 절대적인 분리를 논한다. 횔덜린은 이 계속된 논의에서 신과의 직접적인 일체 됨을 동격으로 "무한한 감동"이라고 부른다. 감동은 횔덜린에게는 결코 우리가 알고 있는 정도의 의미, 즉 황홀함이나 환희에 지나지 않는 것은 아니다. 그것은 문자 그대로 영적 흥분, 영감, 신의의 충만이며, 그리스어 enthousiasmós, 즉 열광을 말한다. 이 감동 또는 영적 흥분은 무한하다. 무한하다는 것은 감동과 영적 흥분이 안티고네의 영혼을 완전히 채우고, 그 영혼 안에 다른 어떤 것이 들어설 여지가 전혀 없다는 것을 의미한다. 엄격하게 볼 때, "무한한"은 자체로 존재하는, 즉 타자와 외부로부터 독립적인 것을 의미한다. 한 인간이 신의 정신에 붙잡히면, 마치 그는 자기 자신에게서 이 정신을 생산이나 한 것처럼 여겨, 그가 신이며, 따라서 신과 일체가 된다. 그의 내면에는 다른 어떤 것도 들어 설 자리가 없게 되는 것이다.

이러한 "무한한 감동"은 "무한히, 즉 대립들 가운데" 분리된다고 말한다. 이것은 우리가 횔덜린의 철학적 논고를 통해서 아는 그의 기본 사상의 요약된 표현이다. 이 표현은 이렇게 풀어 볼 수 있다. 모든 무한한 것은 스스로에게서 나온 것인 만큼 자기 자신과 일체이며 전체이다. 그것이 분리되어야 한다면, 오로지 과격한 분리, 각기 대립으로 들어서는 수밖에 없다. 안티고네가 신과 동일화되는 "무한한 감동"은 무한하게만, 즉 대립들 가운데서만 분리되는 것이다. 이제 저쪽에는 취소가 불가한 죽음의 형태를 한 신이 그리고 여기에는 죽음을 마주해야만 하는 절망의 인간이 존재하는 것이다.

마지막에서 횔덜린은 "대립들 가운데"라는 표현에 설명조인 동격의 문구 "의식을 지양하는 의식 가운데"를 첨가하고 있다. 이것으로 그는 앞 절에서 한 문장을 끌어대고 있다. "비밀스럽게 작용하는 영혼에게 의식의 최극단에서 의식을 피한다는 것은 굉장한 도움이다. 그리고 은밀히 작용하는 영혼을 현현하는[죽음의] 신이 장악하기 전에 그 영혼은 과감한, 심지어는 신성모독적인 언사로 이 신에 맞선다." 의식의 최극단에서 의식을 피한다는 것과 의식 가운데 의식을 지양한다는 것은 같다. 두 번에 걸쳐서 돌아섬을 의미하고 있다. 처음은 신과의 일치, 그러고 나서 죽음을 요구하는 신에 대한 고발이 그것이다. 일치의 의식이 취소된다. 그래서 횔덜린은 "의식을 지양하는 의식"으로 대립을 설명한다.

저기에는 신이, 여기에는 내가 있다는 의식이 신과 나는 일체라는 이전의 의식을 폐기한다. 그러나 이러한 분리는 하나의 성스러운 분리이다. 왜냐면 이 분리는 올바른 신과의 관계를 복원해 주기 때문이다. 신이 죽음의 형태로 인간에게 현현하면, 즉 인간이 자기 삶의 마지막 현실로서 고백하지 않을 수 없는 현실과 맞닥뜨리면, 그는 마음을 "가라앉히게 된다." 그러나 체념으로서는 아니다.

반신자로서의 안티고네는 횔덜린의 해석의 두 번째 요점이다. 반신(Antitheos)은 문자 그대로 신에 반한다는 것을 말한다. 횔덜린은 Antigone와 Antitheos에 있는 접두사 anti-에 주목하면서 이 어휘를 선택한 것이 분명하다. 횔덜린은 이것을 이렇게 설명한다. 반신자는 "누군가가 자신이 신의 의도에 따라 마치 신에 거슬리게 연출이라도 하는 듯이, 지고한 자의 정신을 법칙 없이[자의적으로] 인식하는" 자이다. 그녀가 지고한 자의 정신을 법칙 없이 인식한다는 것은 그녀가 끌어대고 있는 "쓰여있지 않은 법칙"과 연관이 있다. 그녀는 자신의 신에 대한 사적 인식—"나의 제우스가 나에게 그것을 명했다."—을, 모든 종교론과 종교 제도의 너머에 있는 그녀의 확신을 주장한다. 그렇게 해서, 마치 신에게 반하는 듯한 태도를 취한다. 그러나 실제로 신에 반하는 것은 아니다. 다만 그녀는 자신의 사적인 신의 인식으로 오만의 죄를 저지르기라도 한 것처럼 보일 뿐이다. 그녀는 우선 신과 일체 됨을 통해서, 그리고 이어서 죽어야만 할 필멸의 운명에 저항하는 가운데 정해진 경계를 넘어서는 것처럼 보인다. 이러한 표면적인 현상은 그녀가 기꺼이 죽기를 기대하는 기독교적인 순교자와는 완전한 반대이기 때문에 일어날 수 있다. 진실은 이 모든 것이 신의 뜻 가운데 발생한다는 것이다. 왜냐면 신은 안티고네 내면에서 다시금 대표자를 선택해 냈고, 그 대표자의 파멸을 통해서 두렵게 하며 세계에 자신을 회상시키기 때문이다. 안티고네가 훨씬 더 진실하고 더 인간적인 새로운 신의 인식을 촉구하며, 제도적인 종교의 배후에 진을 친 크레온과 맞선다면, 그녀는 신의 대변자이다. 크레온은 신을 "하나의 정해진 신"으로서 숭배한다고 횔덜린은 말한다. 독단적으로 경직된 당대의 종교에 일종의 돌파구를 내고 사실적인 신이 다시금 표면으로 등장해야만 한다면, 안티고네는 반신자의 외관을 감당해야만 하는 것이다.

조국적 반전은 조국 그러니까 테바이에서의 어떤 전환, 어떤 혁명을 의미하지 않는다. 처음의 권력관계는 끝까지 변동이 없으며, 크레온은 여전히 왕이다. 조국적 반전은 조국적인 것의, 이 드라마가 공연될 당시 보이는 그리스 정신의 반전을 의미한다. 일반화시켜서 해석하자면 문화의 전면적인 변혁을 의미한다. 반전은 오늘날의 의미대로 앞에 있었던 것으로의 회귀(Rückkehr)를 의미하는 것은 결코 아니다. 횔덜린은 "모든 표상 방식과 형식들의 반전"에서 하나의 포괄적인 문화적인 페러다임의 교체를 보고 있다. 이때 특정한 시대 개념이 역사적인 변혁 상황의 바탕에 놓여 있다. "휴지"의 순간에는 "시작과 끝이 […] 완전히 맞물려지지 않는다" 역사의 진행은 말하자면 불연속적인 진행이며, 이 때문에 헤겔의 변증법적인 이성적 역사에 대치된다. 횔덜린은 이러한 표상 방식의 페러다임의 변혁에는 3개의 방식이 있다고 말한다. "종교적, 정치적 그리고 도덕적" 표상 방식이 그것이다.

정치적인 표상 방식의 변동은 크레온과 하이몬 사이의 다툼과 관련된다. 아들 하이몬이 "오직 한 사람에게만 속한 나라는 나라가 아니지요."(766행)라고 말하자, 크레온은 "통치자의 국가라고 말하지 않느냐?"(767행)라고 응수한다. 이에 대해서 하이몬은 "황무지에서라면 아버지 혼자서 당당한 통치자일 수 있겠지요."(768행)라고 반박한다. 한 전제국가의 왕위 계승권자는 이 전제국가의 오만한 왜곡을 접하고 공화주의적인 원리의 의미를 제기한다. 이 다툼에 대해서 횔덜린은 여기서 형성되고 있는 이성 형식은 "정치적, 즉 공화주의적"이라고 강조해서 말한다. 그는 소포클레스가 고대의 전제적인 상황에서 민주주의 사상이 사유의 혁명적인 충격을 통해서 어떻게 생성될 수 있는지를 보여 주고 싶어 했을 것이라고 말하고 있다. 짐작건대 그것이 소포클레스의 의도였다. 횔덜린도 바로 그렇게 해석하고 있다.

두 번째 도덕적인 표상 방식이 변동된다. 이것은 매장 금지와 관련된 것이 분명하다. 크레온은 매장 금지를 통해서 소위 말하는 보복(ius talionis)을 관철시킨다. 보복은 '네가 나에게 한 것처럼 나도 너에게', 또는 '눈에는 눈, 이에는 이'이다. 나를 죽이려고 했으나 스스로 목숨을 끊은 적의 시체를 내가 새들이나 개들에게 내맡기지 않고 장례를 치르게 함으로써 죽음의 나라에서 영면할 수 있는 권리를 적에게 인정한다면, 그러한 인간적인 도리를 통해서 나는 고대의 관례적인 보복의 원칙을 어긴 것이고, 그것을 무효화시킨 것이 된다. 안티고네는 이러한 보복의 원칙을 어김으로써 도덕적 표상 방식의 반전을 야기하고 있다.

세 번째 종교적인 표상 방식이 변동된다. 이것은 자명하다. 안티고네가 신들의 쓰여있지 않은 법칙을 주장한다면, 그녀는 실증적인 기성 종교를 근대적인 양심의 종교를 통해서 해체하게 된다. 이때 양심의 종교는 제 나름의 견해의 종교를 의미하는 것이 아니라, '함께 앎'(Gewissen)으로 번역되는 conscientia의 의미에서, 그러니까 신과 공유하는 앎이라는 의미에서의 종교를 말한다. 안티고네는 제우스의 뜻을 알고 있으며, 제우스는 매장 금지를 무효화한다. 크레온은 제우스를 '함께 알고 있지' 않다. 그는 생각할 수도 없이 먼 이전 시대 보복의 법칙을 선포했던 제우스를 주장하고 있다. 그는 "하나의 정해진 신으로서" 신을 숭배한다고 횔덜린은 말한다. 그로부터는 단순히 그의 법칙만을 우리가 알아야 하는 실증적인 신과 나의 양심을 실존적으로 요구하는 신—이렇게 해서 구태의연한 신에 대한 표상과 새로운 표상이 마주 세워진다. 이것이 종교적인 표상 방식의 변동이다.

이 삼중의, 그러니까 정치적, 도덕적, 종교적인 층위에서 횔덜린은 조국적 반전을 보고 있다. 충분한 도덕적 그리고 궁극적으로는 종교적 토대 없는 단순한 정치적인 의식의 변화라는 이념을 그는 항상 현혹으로 생각하고 순전한 권력욕을 무정부적인 광기로 생각했다. 이와 함께 이 3개 영역에서의 변혁은 각기가 아니라 상호 간에 일어난다. 민주적으로 사고하라는 요구는 도덕적으로 근거가 있으며, 죽은 적을 장사지내라는 도덕적인 요구는 종교적으로 근거가 있다. 제우스의 의지를 인식하지 않은 채 안티고네가 인도주의 정신이라는 도덕을 발견할 수 없었을 것이며, 이러한 도덕에 대한 이해 없이 하이몬은 민주적인 원리를 발견할 수 없었을 것이다. 정치적 의식의 변화는 종교적 의식의 변화로 시작된 연쇄적 변화의 끝일 뿐이다.

이처럼 횔덜린은 〈오이디푸스 왕에 대한 주석〉에서 일반적으로 논한 내용을 〈안티고네에 대한 주석〉에서는 분명하게 고대에서 근대에로의 이행과 연관시킨다. 횔덜린이 《안티고네》에서 일련의 문화적인 쇄신을 주시하고 있다면, 횔덜린이 본 안티고네는 "근대의 길잡이"(토마스 엠리히)인 셈이다. 크레온이 여전히 전제군주의 구태의연한 체제를 체현하고 있다면, 안티고네는 포괄적인 도덕적, 종교적, 정치적인 변화를 전적으로 편들고 있기 때문이다.

참고 문헌

본 번역과 해제를 위해서 참고한 소포클레스 비극의 한국어 및 독일어 번역서와 문헌은 아래와 같다.

소포클레스 비극의 한국어 번역서:

소포클레스, 《소포클레스 비극 전집》, 천병희 옮김, 숲 출판사 2008.

소포클레스, 《오이디푸스 왕 외》, 강대진 옮김, 민음사 2009.

소포클레스, 《오이디푸스 왕 외》, 김기영 옮김, 을유문화사 2011.

소포클레스 비극의 독일어 번역서:

Sophokles; Tragödien, Übertragen v. J. J. Ch. Donner, Goldmann Verlag, München o. J.

Sophokles; Oedipus, in: Griechische Tagoedien, Erster Band. Übersetzt v. Ulrich von Willamowitz Moellendorff, Berlin 1907.

Sophokles; König Ödipus. Übertragen v. Wolfgang Schadewaldt, Frankfurt/Main 1973

Sophokles; Antigone. Übertragen v. Wolfgang Schadewaldt, Frankfurt/Main 1974.

횔덜린의 소포클레스 비극 번역에 관한 저서 및 논문(독일어):

Beißner, Friedrich Hölderlins Übersetzung aus dem Griechischen, Stuttgart 1933.

Binder, Wolfgang;Hölderlin und Sophokles, Turm—Vorträge 1992, Eine Vorlesung an der Universität Zürich, Tübingen 1992.

Böschenstein, Bernhard; Übersetzungen, in: Hölderlin—Handbuch, Stuttgart 2002, S.270—289

Corssen, Meta;Die Tragödie als Begegnung zwischen Gott und Mensch. Hölderlins Sophokles Deutung, in: HJb. 1948/49, S.139—187.

Reinhardt, Karl;Hölderlin und Sophokles, in: Tradition und Geist, Göttingen 1960, S.381—397.

Schadewaldt, Wolfgang;Hölderlins Übersetzung des Sophokles, in: Über Hölderlin, hg. Jochen Schmidt, Frankfurt Main 1970, S.237—293.

Schadewaldt, Wolfgang(Hg.);Sophokles:Tragödien. Deutsch von Friedrich Hölderlin, Farnkfurt/M. 1957.

Schmidt, Jochen;Tragödie und Tragödientheorie. Hölderlins Sophokles—Deutung, in: HJb. 29 (1994—95), S.64—82.

Schrader, Hans;Hölderlins Deutung des "Oedipus" und "Antigone", Bonn 1933.

Turk, Horst/Klaus Nickau/Fred Lönker: Hölderlins Sophoklesübersetzung, in: HJb. 26 (1988 89), S.248—303

옮긴이의 말

이 책은 횔덜린이 독일어로 번역한《소포클레스 비극》을 한국어로 옮긴 책이다. 소포클레스의 비극을 그리스 원전에서 번역한 한국어 번역이 이미 여러 판본으로 나와 있음에도 불구하고 횔덜린의 독일어 번역본을 구태여 한국어로 번역해서 내려는 것은 횔덜린의 소포클레스 독일어 번역이 가지고 있는 독특한 성격—뚜렷한 목적의식과 비평가적 안목과 해석— 때문이다. 그 성격에 대해서는 나의 해제를 통해서 어느 정도 해명되었다고 생각한다. 그런 점에서 내가 번역한 것은 소포클레스의《오이디푸스 왕》과《안티고네》가 아니라 횔덜린의 그것이라고 해야 할 것이다. 우리는 이 번역 작품을 통해서 고전문학의 번역가로서나 비평가로서의—횔덜린은 예나 대학의 그리스 문학 교수가 되고자 실러에게 도움을 요청하기도 했었다— 그의 진면목을 다시 만날 수 있다. 그리고 다른 작가의 작품에 대한 그의 진지한 수용의 자세를 만날 수도 있다.

나는 약 40년 전 H. R. 야우스의《도전으로서의 문학사》(문학과지성사 1983)을 번역하면서 소위 수용미학의 이론적 기반인 능동적인 독자와 기대 지평이라는 개념을 만나 독자가 하나의 텍스트를 작품으로 완성시키는 것이라는 야우스의 주장에 크게 공감한 바 있다. 횔덜린은 바로 능동적 독자로 2200년 전의 소포클레스와 그의 작품을 만나고 있다. 그는 자신의 시대를 대변하는 능동적인 독자로서 기원전의 작가와 작품을 만나 거기에 역사적 생명을 불어넣어 재생시키고 있는 것이다. "고대와 근대의 대화"로서 횔덜린의 소포클레스 비극의 번역과 주석은 수용미학의 탁월한 범례의 하나인 셈이다. 그것은 창작 못지않은 문학적 업적이라고 할 수 있다. 번역과 해석을 통한 고전의 새로운 수용은 시대의 변천에 따라 항상 필요하고 또 항상 열려 있음을 횔덜린의 소포클레스 비극의 번역과 해석이 분명하게 보여 준다.

횔덜린 문학의 간과할 수 없는 특징은 그의 다각적인 수용의 역동성이다. 이미 소여된 것에 대한 집중적인 숙독과 수정작업, 의존과 거부, 강조점의 이동, 개정, 보완에 기인하는 것이다. 이러한 탐구와 창작의 자세가 확연히 드러나는 작품이 바로《소포클레스의 비극》이다. 따라서 나는 나의 이 횔덜린의《소포클레스 비극》의 한국어 번역이 이미 한국어로 잘 번역되어 있는 소포클레스의 비극에 하나 더 하는 번역으로서가 아니라 소포클레스의 텍스트를 당대의 기대 지평에 맞추어 새롭게 살려낸 횔덜린의 작품으로 읽히기를 감히 기대하는 것이다.

나는 횔덜린의《소포클레스 비극》의 번역을 끝으로 완벽하지는 못하지만 반세기에 걸친 시, 소설, 희곡, 서한을 포함한 횔덜린 작품의 한국어 번역의 긴 여정을 마친다. 관심을 가지고 이 여정을 격려해 주신 동학의 선후배 제현은 물론 어려운 사정에도 불구하고 번역의 결과물을 출판하여 생명을 부여해 주신 유로서적, 을유문화사, 책세상, 문학과지성사, 읻다의 편집진 여러분, 그리고 나의 마지막 횔덜린 작품 번역인 이 책의 출판을 기꺼이 맡아 주신 부북스의 신현부 사장께 이 자리를 빌려 심심한 감사의 말씀드린다.

2023년 2월

장영태

횔덜린 연보

1770년 3월 20일: 라우펜에서 수도원 관리인 하인리히 횔덜린Heinrich Friedrich Hölderlin과 요하나 크리스티아나Johanna Christiana(처녀명 헤인Heyn) 사이의 첫아들로 태어남.

1772년 7월 5일: 36세의 부친 뇌일혈로 사망.
8월 15일: 여동생 하인리케Heinrike 출생.

1774년 10월 10일: 모친 후일 뉘르팅겐의 시장이 된 고크Johann Christoph Gock와 재혼.

1776년 학교에 다니기 시작함.
10월 29일: 의붓동생 카를karl 태어남.

1779년 의붓아버지 사망함.

1780년 피아노 교습.
9월 중순: 1차 국가시험 치름.

1783년 셸링과의 첫 만남. 셸링은 당시 친척인 쾨스틀린의 집에 2년간 머물렀음.
뷔르템부르크의 신교 수도원학교에 입학할 자격을 주는 4차 국가시험을 치름.

1784년 10월 20일: 뉘르팅겐 근처의 덴켄도르프 초급 수도원학교에 장학생으로 입학함.

1786년 10월: 마울브론의 상급 수도원학교에 진학.

1788년 10월 21일: 튀빙겐 신학교에 입학. 슈투트가르트 출신의 장학생 가운데는 헤겔도 있었음.
겨울 노이퍼와 우정 관계를 맺고 문학동아리를 만듦.

1789년 7월 14일: 프랑스 파리 바스티유 감옥에서 폭동 발생.

11월: 카를 오이겐 대공의 신학교에 대한 더욱 엄한 감시 감독 시작됨. 모친에게 신학공부 중단을 허락해 달라고 하소연함.

1790년 9월: 석사자격 시험. 10월 셸링이 신학교에 입학함.

휠덜린, 헤겔, 셸링 학습동아리 맺고 우정을 나눔.

1791년 친구 힐러, 메밍거와 함께 라인 폭포에서 취리히까지 스위스 여행.

1792년 5월: 서한체 소설 『휘페리온』 집필 계획.

1793년 10월: 실러가 샤를로테 폰 칼프 가의 가정교사로 휠덜린을 추천함.

12월 6일: 슈투트가르트 종무국의 목사자격 시험에 합격함.

12월 10일경: 튀빙겐을 떠나서 28일 발테스하우젠에 도착, 칼프 가의 가정교사로 부임함.

1794년 칸트 학습, 소설 『휘페리온』 집필 작업.

11월: 제자 프리츠를 데리고 예나로 여행함. 실러가 간행한 『노이에 탈리아』에 『휘페리온 단편』 실림. 실러를 자주 방문함. 거기서 괴테를 처음 만남.

1795년 1월: 가정교사로서의 교육 시도 좌초되고 고용관계 해지됨.

예나에 특별히 얽매이지 않은 상태로 머무름. 피히테의 강의를 듣고 그와 교류함.

3월: 실러의 추천으로 출판사 코타가 『휘페리온』 출판을 맡기로 함. 싱클레어와 사귀기 시작함.

5월 말: 갑작스럽게 예나를 떠나 뷔르템베르크로 향함.

6월: 하이델베르크에서 에벨을 만났으며, 에벨이 프랑크푸르트의 은행가인 야콥 공타르 가의 가정교사 자리를 소개함.

연말까지 뉘르팅겐에 머물면서 『휘페리온』 집필 계속.

1796년 1월: 공타르 가에 가정교사로 입주.

7월: 주제테 공타르, 세 딸의 가정교사인 마리 레처Marie Rätzer, 휠덜린 그리고 그의 제자 앙리Henry Gontard는 전쟁의 혼란을 피해서 카셀로 피난함.

8월:작가 하인제와 함께 드리부르크로 계속 여행함. 서간체 소설 『휘페리온』

제1권 집필 계속.
10월: 카셀에 두 번째로 머물다가 프랑크푸르트로 귀가함.

1797년 1월: 헤겔, 횔덜린이 소개한 프랑크푸르트의 가정교사 자리 받아들임.
4월: 소설『휘페리온』제1권 출판.
9월 초 비극『엠페도클레스의 죽음』에 대한「프랑크푸르트 구상」을 씀.

1798년 9월 말: 공타르 가에서의 소동이 있고 나서 횔덜린은 프랑크푸르트를 떠나 홈부르크의 싱클레어 가까이에 거처를 정함. 홈부르크에 머무르는 동안 주제테 공타르와의 짧은 밀회, 서신교환이 계속됨. 가을『휘페리온』제2권의 인쇄 회부용 원고 완성됨.『엠페도클레스의 죽음』제1초고 집필 시작함.
11월 말: 라슈타트 회의에 싱클레어와 동행하여 그의 많은 공화주의 동료들을 만남.

1799년 10월말:『휘페리온』제2권 발행.

1800년 5월 8일: 주제테 공타르와의 마지막 만남. 생활비 고갈, 건강 악화, 싱클레어와의 우정관계 파탄.
6월 20일: 개인교습자로 슈투트가르트의 란다우어 가로 입주함.

1801년 1월 15일: 스위스의 하우프트빌에 있는 곤첸바흐 가에 가정교사로 들어감.
4월: 곤첸바흐 해고를 통보, 횔덜린의 뜻에 따랐을 가능성이 높음. 4월 중순 슈투트가르트를 거쳐 뉘르팅겐으로 돌아옴.
8월: 코타 출판사 1802년 부활절에 횔덜린 시집 출판 계약 체결.
12월 12일: 가정교사로 일하기 위해 도보로 남프랑스 보르도를 향해 출발.

1802년 1월 28일: 어려운 여정 끝에 보르도의 함부르크 영사 마이어의 집에 도착. 소포클레스의 비극『오이디푸스 왕』번역은 보르도로 출발하기 전에 대단원에까지 이르렀음.
5월: 초 주제테 공타르의 고별 편지 받음.
5월 10일자로 발행된 여권을 가지고 귀국길에 오름.
6월 7일: 켈에서 라인 강을 건넘.
6월 22일: 주제테 공타르 사망.
6월 말: 횔덜린 정신이 혼란된 모습으로 기진맥진하여 슈투트가르트에 도착,

뉘르팅겐으로 귀향함. 가족에 의해서 정신착란자로 취급됨.
9월 말: 싱클레어의 초대로 레겐스부르크로 여행함. 헤센-홈부르크의 방백 프리드리히 만남.
10월 말: 뉘르팅겐으로 돌아옴.

1803년 1월 30일: 방백의 55회 생일을 맞아 싱클레어가 횔덜린의 시 「파트모스」 헌정.
여름까지 소포클레스의 비극 『안티고네』 번역 작업.
9월; 프랑크푸르트의 프리드리히 빌만스, 소포클레스 번역의 출판을 수락함.
12월 초까지 횔덜린은 이 비극 번역을 퇴고하고, 『오이디푸스 왕에 대한 주석』과 『안티고네에 대한 주석』 탈고함.

1804년 1월 말: 빌만스 '밤의 노래들' 인쇄에 회부함.
4월: 두권으로 된 『소포클레스의 비극들』(Die Trauerspiele des Sophokles) 출판됨.
6월: 싱클레어가 횔덜린을 홈부르크에 데려감.
싱클레어의 제안에 따라 매년 200굴덴의 추가 급여가 횔덜린에게 지불됨. 방백은 횔덜린을 궁정사서로 임명함.

1805년 1월: 블랑켄슈타인이 싱클레어를 혁명적인 모반의 우두머리로 밀고함.
2월 26일; 싱클레어 선제후가 보낸 사람들에 의해서 뷔르템베르크로 압송됨.
횔덜린은 홈부르크 방백의 변호와 의사의 진단서로 체포를 면함.
7월 10일: 싱클레어 구속에서 풀려남.
여름: 5월에 〈예나 문학신문〉에 빌만스의 『1805년 시 연감』에 실린 '밤의 노래들'에 대한 부정적인 비평 게재. 횔덜린은 9편의 『핀다르 단편에 대한 주석(Anmerkunggen zu Pindar-Fragmenten)』으로 이에 반응함.

1806년 8월 6일: 신성로마제국의 종언.
9월 11일: 헤센-홈부르크가 대공국 헤센-다름슈타트의 통치로 넘어감. 방백비 카트린네가 횔덜린의 강제적인 압송을 알림. "불쌍한 횔덜린이 오늘 아침에 이송되었다"고 씀.
9월 15일: 아우텐리트 병원에 입원.

1807년 5월 3일: 횔덜린보다 2세 연하인 목수 에른스트 치머가 횔덜린을 돌보기로 함.

횔덜린은 죽을 때까지 네카 강변의 반구형 옥탑 방에서 기거함.
하반기: 바이플링거의 소설『파에톤』에 실려 전래되고 있는「사랑스러운 푸르름 안에…」를 쓴 것으로 추측됨.

1843년 6월 7일: 횔덜린 세상을 떠남.